最好的告别

BEING MORTAL

蒋林 著

四川文艺出版社

图书在版编目（CIP）数据

最好的告别 / 蒋林著. — 成都：四川文艺出版社，2018.7（2025.12重印）
ISBN 978-7-5411-5020-3

Ⅰ.①最… Ⅱ.①蒋… Ⅲ.①长篇小说—中国—当代 Ⅳ.①I247.5

中国版本图书馆CIP数据核字（2018）第073360号

ZUIHAO DE GAOBIE
最好的告别
蒋林　著

出品人	冯　静
责任编辑	周　轶
封面设计	叶　茂
内文设计	王　玉
责任校对	蓝　海
责任印制	崔　娜

出版发行	四川文艺出版社（成都市锦江区三色路238号）
网　址	www.scwys.com
电　话	028-86361802（发行部）　028-86361781（编辑部）
排　版	四川胜翔数码设计印务有限公司
印　刷	成都勤德印务有限公司
成品尺寸	140mm×210mm　　开　本　32开
印　张	8.75　　字　数　180千
版　次	2018年7月第一版　　印　次　2025年12月第八次印刷
书　号	ISBN 978-7-5411-5020-3
定　价	35.00元

版权所有·侵权必究。如有质量问题，请与出版社联系更换。028-86361795

最好的　告别

苏菲娅躺在床上，浑身插满管子的她像个被调皮孩子糟蹋得凌乱而肮脏的玩具。从八月底到现在，她完全处于沉睡之中。四肢僵硬，双眼紧闭。只有微弱的呼吸和心跳，证明这个形如枯槁的女人不是一个死人。不过，我此时最大的希望，不是苏菲娅醒来，而是尽快死去，彻底与这个世界脱离关系。

一

　　这是成都最好的医院，病房里很安静。几只饿得发慌的蚊子发出微弱的哀号，在我脑门前狂乱地飞舞，却对苏菲娅那张惨白的脸视若无睹。

　　初秋时节，成都一夜之间告别酷热，国学巷路边的树叶开始长出黄色的斑点。医院里的气温已经很低了，一切都是冰凉的。布满污迹的褐色窗帘仿佛沾满了各种病菌，让昏暗的屋子更显萧索与阴森。为了不让苏菲娅冻着，我开了空调，呼呼的热风软绵绵地四处飘荡。但是，我却感觉不到暖意。我穿着一件薄薄的灰色外套，佝偻的身子悄然地发抖。三天没合眼，疲倦的眼皮快要掉到地上了。尽管如此，我还是目不转睛地盯着病床上的苏菲娅。家人来了又走，走了又来，只有我静静地守护着奄奄一息的苏菲娅。不是他们不愿意陪她，而是我自己执意想要与她单独相处。

　　结婚几十年，我与苏菲娅一直过着沉默的日子。但是，自从她昏迷不醒之后,这样的沉默变得黑色而充满荒谬。

我吃力地站起来,一个趔趄差点栽倒在地。

长时间的静坐,让我的双腿变成了两根木桩,没有丝毫勇气向前挪动脚步。我掐了一把小腿,隐隐约约的疼痛像毛毛虫那般爬满全身。这种感觉让我兴奋,疲惫和沮丧被疼痛吞噬。自从苏菲娅成为植物人后,我的情绪就跌入冰窖,被封在一个寒冷的空间。我长长地吁了一口气,蹒跚地绕着病床走着,高一脚低一脚,每一步都小心翼翼。路过空调的位置时,热风让干涸的眼睛无比酸痛。我揉了揉,一串温热的眼泪默默地掉进脸颊上横生的沟壑。

一把椅子静静地待在那里,与病床另一边的一模一样。棕色靠背有些斑驳、老旧,如两位不合时宜的闯入者呆立在病房里。我怔怔地看着苏菲娅,有好几分钟。

我又坐了下来,重复着刚才的姿势。佝偻着背,低垂着头,双手机械地搭在膝盖上。苏菲娅依然躺着,悬挂着的液体一滴一滴地落下来,顺着白色的塑料管子流进她的身体。这段时间,全靠这些成分复杂的液体维系着她的呼吸和心跳。但是,我比任何人都清楚,这些液体救不了苏菲娅的命。她一只脚留在今生,另一只脚却已踏上来世的路。现在,她需要别人帮她一把,留在今生的脚才能拔出来顺利地走向另一个世界,开始一段全新的旅途。

唯一能够帮助苏菲娅的人,非我莫属。

我想做一件犹豫很久的事。我并不知道它是好是坏是对是错,很多时候想法极其强烈,但真要下手时却又临阵退缩。翻来覆去迟疑很多次了,都没有付诸行动。举棋不定深深地折磨着我,快要耗尽我的心力。这个秋风萧瑟的下午,我的眼神再一次投射到那一袋透明的液体上,心里暗自数着水滴的数量。

一、二、三……我的心跳开始加速,胃部痉挛由轻到重,并带有隐隐的疼痛。我不断地吞口水,滋润着即将冒烟的喉咙。七、八、九……刚数到第九时,我伸出颤抖的手果断地滑动开关,停止了苏菲娅的营养供给。接着,我快步绕着病床走向另一端,用最快的速度关掉呼吸机。

终于,我实施了这个酝酿已久的计划,而且动作机敏、连贯得不像是一个心若死灰的老人。

这个邪恶的想法诞生在盛夏的午夜,当我意识到随便怎么努力苏菲娅都再也不能好起来时,便想着尽快结束她的生命。夫妻多年,我单薄而瘦削的手掌没有带给苏菲娅幸福,但在她生命垂危之时可以让她死得痛快。每当看到医生拿着冰冷的手术刀在妻子的身体上划来划去时,我心都碎了。我固执地认为,抢救苏菲娅所付出的任何努力,对她来说都是一种伤害,唯有死亡才是真正的解脱。

但是,当我在这个秋日的午后切断苏菲娅的生命之源后,并没有轻松下来,反而更加焦躁与惶恐。我站在床边,死死地盯着枯萎的妻子,全身上下的血液汇聚在一起,怒气冲冲地撞向我衰老的心房。我感觉身体越来越沉重,那颗急速跳动的心脏快要挤出胸腔了。我紧握拳头,努力地希望自己保持镇定。

正当我神情恍惚之际，苏菲娅的眼皮开始跳动了。很微弱，但我看得清清楚楚。苏菲娅那掉光了睫毛的眼皮，微微地眨巴着。眨巴几下又闭上，眉头紧紧地皱着，两颗眼珠几乎全部陷进眼眶。连续好多天没有知觉的苏菲娅，又出现了生命的迹象。这个突如其来的变化让我不知所措，惊喜中交织着惧怕。

我俯下身子双手捧着苏菲娅干枯的脸庞，试图带给她一丝温暖。手指接触冰凉脸皮的一瞬间，苏菲娅一直紧闭的嘴巴突然张开。我下意识地把手缩回来，全身布满细密的汗水，鸡皮疙瘩迅速蔓延，密密麻麻地冒出来。我深深地吸了一口气，尽量让情绪平静下来。但是，苏菲娅接下来的反应让我陷入巨大的恐惧之中。她的嘴巴一张一合，节奏由慢到快。苏菲娅好像有话要说，但喉咙已经干裂，干号着却憋不出一个字。她那只剩一张皮的脸开始抽搐。接着，手臂也动起来了。先是左手，后是右手。它们早已失去了力量，只得在布满污迹的床单上无力地扭动，像电力快要耗尽的玩偶。

看着眼前的情形，我知道苏菲娅在人世的时间已然不多，最多两三分钟，甚至更短。只要我闭上眼睛屏住呼吸，坚持一下就大功告成。但是，转瞬之间我身上每一根毛细血管都被惊恐堵塞，一股巨大的寒气包围着我。我蜷缩在墙角浑身哆嗦，十根手指着了魔一样抽搐着，仿佛精神狂乱的钢琴家。片刻后，身体中巨大的寒气转化成强大的力量，从脚到头直窜上去。我咬紧牙关站起来，手忙脚乱地重新接上呼吸机，又跌跌撞撞地跑到床的另一端，把液体开关打开。由于仓皇失措、东倒西歪，我一条腿撞在病床的铁栏杆上，痛得骨头仿佛成了粉末。

这就像是一场梦，或者记忆中某个电影的情节。

当我从懵懂中清醒过来时，刚才的一切仿似从未发生。房间里的温度好像更低了，床是冰冷的，椅子是冰冷的，空调出风口呼哧呼哧喘着白气。我怀疑空调由制热变成了制冷，便拿起遥控器看了看，确定依然是制热并把温度调到28℃。我努力地回想刚才发生的事情，但脑子里全是冬日的野草。我低垂着昏沉沉的脑袋，不断地告诉自己，那不过是一场幻觉，是我长久以来的想象在脑子留下的印象太深刻。

苏菲娅依然躺在原来的位置，面如死灰，与成为植物人以来的表情别无二致，看不出刚刚经历过一次垂死挣扎。

我重新坐下来，凝视着苏菲娅的脸，想起她这辈子磕磕绊绊的人生，想起她患病以来遭受的折磨与痛苦，禁不住哇哇大哭起来。眼泪顺着脸颊流进嘴里，泪水中的咸味让我难受。我抹着老泪，青筋爆裂的枯手在病床上拍得啪啪响。"老天啊，你就让她上路吧！"泪水和口水混在一起，在嘴巴里发酵成一种奇怪的味道，"她这辈子够苦了，就别再折磨她了吧！"

"让她走吧，让她走吧……"我双膝跪地，声音越来越小，长时间地在死寂的病房里孤独地呜咽。

五十九岁的年龄，正是进入宁静黄昏的惬意时刻。但是，苏菲娅的晚年却是一片凄风苦雨。这并非是突如其来的病患让她痛不欲生，事实上多年以前她就开始了无尽的煎熬。

苏菲娅别无选择，母体中带来的病原，从出生那天起就开始蚕食着她那娇弱的身体。虽然每个人从来到这个世界就开始走向衰败和死亡，但是在我们平庸而琐碎的生活中，苏菲娅无数次在我面前为自己的命运唉声叹气。体弱多病的身体让她从出生那天开始就一直做着减法，一种巨大的宿命感牢不可破地笼罩在她的生命中。新婚之夜，苏菲娅曾自嘲地说："身体太差了，所以才沦落到在一个破厂里打杂，才沦落到嫁给你这个迂腐的男人。"说完，她咯咯地笑了。有些尴尬、无奈和力不从心。看着苏菲娅那张白里泛着黄的脸，我的脑海里莫名地泛起未来举步维艰的生活场景。

婚后的日子淡如白水，最浓厚的气息便是中药的味道，房间里的每一个角落都能闻到。这样的味道甚至浸入到桌子、椅子以及地板之中。只要踏进房间，依稀之中总会闻到中药味道。每次蹲在炉子前为苏菲娅熬药时，院子里那帮童言无忌的孩子都会欢快地嚷嚷道："药罐子，药罐子，一天不喝药，就是破罐子。"苏菲娅能活到现在，全靠那些苦涩的深棕色液体，外加一些白色的颗粒药丸。自从我与苏菲娅认识以后，她都在同一家医院的同一个医生那里看病。那个常年板着脸孔的医生告诉我，苏菲娅的身体好不了，但一时半会儿也没有性命之忧，唯一的办法就是常年吃药调养。

但是，苏菲娅那副不争气的身体，就算每天浸泡在中药汤里，还是无法支撑她坚持工作。在我的记忆中，她曾创下一个月晕倒三次的纪录。每当看到同事惊叫着跑来告诉我苏菲娅晕倒在某个地方时，我心里都会出现一阵强烈的痉挛。这样的经历，对我和苏菲娅来说，都是一种折磨。

工作六年后，苏菲娅离开单位，结束了一生中短暂的工作生涯，从此走进深不可测的庸常而冗长的生活。那时候，我们的儿子智杰才一岁多，刚学会喊妈妈。用苏菲娅自己的话说，她的人生轨迹就是一道抛物线，最终沦落到当一名家庭主妇。说完，依然是咯咯地笑着，与新婚之夜的神情差不多。在我的记忆中，这是苏菲娅最后一次自我调侃。

离开单位那天，苏菲娅默不作声地收拾东西，急匆匆地逃离坚守了六年的工厂，就像犯了天大的错误被开除一样。回家后，她把自己关在卧室里拉上窗帘蒙头大睡。我做好饭，她不吃；孩子哭了，她也不搭理。等我将一切收拾妥当准备上床睡觉时，苏菲娅突然号啕大哭起来。哭声尖厉、刺耳，仿佛传递着一种不祥的预兆，让人烦躁不安。我试图靠近她安慰她，但不奏效。苏菲娅拒绝了我的拥抱，一个人独自坐在床头，任由眼泪泛滥清癯的脸庞。

在昏暗的灯光里，我喋喋不休。我告诉苏菲娅，让她在家安心地休养，照顾好家庭和孩子，赚钱养家的事交给我。苏菲娅看都不看我一眼，哭声停顿一下后又骤然响起。她宁愿相信自己的眼泪，也不相信我的豪言壮语。在她的眼里，我一直都是个普通得浑身上下裹满灰尘的男人，这辈子不能升官也不能发财，每天早出晚归只是为了混口饭吃。其实，我自己也不相信。但是，除此之外，我又能证明些什么呢？

那天晚上，圆月赖在天空落不下去，月光如水般浸在幽幽的房间里。我翻来覆去地重复着那几句单调的言辞，困倦终于漫过全身，自己什么时候睡着的都不知道。第二天醒来后，苏菲娅不在身边。我一骨碌爬起来，慌乱地在房间里搜寻她的影子。窗帘很厚，屋子里黑漆漆的。苏菲娅到哪儿去了？我穿着大裤衩就往外跑。

打开卧室房门，我看见苏菲娅正弯腰擦拭客厅的地板。她双手撑在地上，屁股高高地撅起，身体因为用力而摇摇晃晃。我伫立在门口，心里湿漉漉的，有种说不出的难过。擦完地板，苏菲娅又开始擦桌子、椅子、鞋柜。擦完鞋柜，她又拿出皮鞋，每一双都擦得亮闪闪的。苏菲娅瘦弱的身影在逼仄的屋子里穿梭，一刻也停不下来。

"歇会儿吧。"我慢慢向她靠近，"这些东西都是干净的，用不着打扫。"

苏菲娅没有回应，木然地从我身边绕过去。

我趿着拖鞋，啪嗒啪嗒地穿过客厅，在沙发上坐下来。手中的烟刚刚点燃，苏菲娅就忙不迭地送上烟灰缸。我想与她聊聊，便顺手拉住她，让她挨着我坐会儿。她表现出从未有过的倔强，阴沉着脸想要挣脱。不过，她越是用力挣脱我越是不放手。你推我搡之中，我咆哮道："你就不能消停一会儿吗！"

"班都不能上了，如果不做点家务事，我活着还有什么意思？"苏菲娅没有哭，但听她这么闷声闷气地说着，我宁愿她大哭一场。

"你还有很多事情做,这个家不能没有你。"我觉得自己说的是废话,但除此之外,口舌笨拙的我实在不知道怎样劝慰刚刚失去工作的妻子。

苏菲娅看着我,瘪了瘪嘴,起身朝厨房走去,准备一家人的早饭。我看着她的背影消失在厨房门口,掐灭烟头一声长叹。我来到隔壁房间,看着酣睡中的智杰,百感交集。

从那以后,苏菲娅几乎过着与世隔绝的生活,家是她的全部世界。一年后,女儿智美出生。一双儿女和一日三餐,成了苏菲娅人生的主旋律。几十年来,苏菲娅的生活半径十分狭小,周而复始地重复着买菜、洗衣、做饭、打扫卫生。为了给她解闷,我花光所有积蓄买了一台电视机。但是,苏菲娅从来没有打开过。即便是我打开电视,她也几乎目不斜视。无所事事的时候,苏菲娅最喜欢靠在窗前,单手托腮呆呆地望着灰蒙蒙的天空。

我们的日子过得像张抹布。

时间慢得仿佛故意与人作对,非要让我和苏菲娅尝尽生活冗长的苦涩。好在智杰和智美成长的速度惊人,每个星期都会带来变化。很多时候,当我像只灰头土脸的老鼠一样忙完一个星期的工作,在周末的清晨看着两个孩子时,常常会有一种莫名的陌生感。这是一种难以名状的分裂。面对苏菲娅,我觉得日子长得像寒冬的霉味那般挥之不去;面对智杰和智美,我又感觉日子短暂得像夜空中的流星,一眨眼就不见了。

智杰和智美各自成家,拥有属于他们的生活。一切景象看上去充满生机。但是,苏菲娅却逐渐凋零。不知道从什么时候开始,她的头发开始变白,身体开始萎缩,一阵风都能将她吹倒。但是,我从未想过苏菲娅的晚年会如此急促和悲凉。

四个月前的一个黄昏,苏菲娅突然摔倒在一直以来带给她安全感的阳台上,不省人事。我费尽全力气喘吁吁地将她送到附近的医院后,等来了一个令人窒息的消息,医生宣告苏菲娅的生命进入倒计时,体内的癌细胞已经扩散到全身。谁都知道苏菲娅的身体不好,但没想到会如此糟糕。我和智杰、智美都傻了,未成年的孙子、孙女和外孙当场痛哭起来。一个风平浪静的家庭瞬间遍地瓦砾、乌烟瘴气,让人错愕与惶恐。没有人能够接受,这个任劳任怨、命运悲戚的女人即将从我们的生命中远去,到那个遥远而冰冷的世界。倒是苏菲娅自己出奇地冷静,怔怔地看了看我们,朝医院外面走去。她边走边说:"没事,没事的。"

声音越来越小,背影越来越模糊,消失在医院走廊的尽头。

几天之后,我便明白,冷静不过是苏菲娅的伪装。病来如山倒,她的身体变化让人触目惊心。苏菲娅的头发大把地掉落,直到一根头发都不剩。随着时间的推移,她的脸庞变成包在骨架上的一张皮,苍白的肉皮上面布满黄褐色的斑,两只眼睛深深地陷入眼眶,几乎难以看见色泽暗淡的眼珠子。苏菲娅开始恶心,难以进食,吃什么吐什么,同时呼吸困难,仿佛随时都会断气。好多次,她气若游丝地对我唠叨,交代各种事情。大到房子怎么安排、规劝夫妻感情不好的智杰不要离婚,小到孙子、孙女和外孙的饮食习惯。每到最后，苏菲娅总是用暗淡无光的眼神看着我说："老头子啊，我这辈子对不起你。我没用啊，什么都帮不上你。"

"谁说你没用啦？你可是劳苦功高啊。"我握着她冰凉的手说，"你不是把两个孩子带得这么好吗？这都是你的功劳。"

"孩子啊？他们好跟我有什么关系？"她眼巴巴地望着我，"我带不带他们，他们也能长大成人。"

"那可不一定，孩子能不能成才，母亲至关重要。"我摇摇头说，"你看智杰和智美多好，都有自己的事业。对于我们来说，这就够了。"

"如果我能工作挣钱，家庭条件好一些，你也不用憋屈一辈子，在一个破单位闷声闷气地干这么多年。你呀，真是一头老黄牛。"她想笑却没笑出来，"我知道，你一直不喜欢这个破厂子。"

"我这个人的性格，也就适合闷在这样一个破厂。"我还是摇头，"即便有机会到外面去闯荡，也不会有好结果。"

"你别骗我了，我看得出来你不甘心。如果不是我拖后腿，你不会是现在这个样子。"她咳了一长串嗽，"你是不是早就不想要我了，只是可怜我这个破破烂烂的样子才跟我熬了一辈子？"

"我真的从来没有这样想过，你一定要相信我。"我哭了，狠狠地摇着昏沉沉的脑袋。我知道，苏菲娅对我那件莫须有的风流韵事还耿耿于怀。我很想对她解释，但又知道这样做无济于事，只会越描越黑。苏菲娅只知道这件事对她是一种伤害,却不知道对我来说也是一生的耻辱。我只是淡淡地告诉苏菲娅:"这辈子跟你在一起,我从来没有后悔过。"

"不管你后悔还是不后悔,反正这辈子就这样了。"苏菲娅哽咽着,"现在,我只想早点死了算了。我受够了,再也不想拖累你和儿女了。"

我轻轻地捏着苏菲娅的手,一遍又一遍地抚摩,想说的话全部哽在喉咙里。我很清楚,无论怎样也留不住苏菲娅,她离开我们的时间到了。面对死亡的步步紧逼,任何人都弱小得像只蚂蚁。

但是,一心求死的苏菲娅并没有及时脱离苦海。我眼睁睁地看着她的身影渐行渐远,却始终走不出苍茫的世界。苏菲娅就在我面前,却不是从前的她,仅仅是一副躯壳。癌细胞掏空了苏菲娅的身体,让她死去活来,生不如死。好几次,我们都以为她快要撑不住了,但没过多久她又重新缓过气来。每当苏菲娅从死亡的边缘活过来时,智杰和智美都抱着感恩的心态泪眼蒙眬。可是,我却满怀悲伤。

八月底的一天,苏菲娅似乎真的已经踏上死亡的旅途了。盛夏的尾巴,成都的天气还十分炎热。苏菲娅病怏怏地躺在病床上,床单的霉味包围着她、侵蚀着她。我坐在旁边读奥尔罕·帕慕克的《新人生》,这位土耳其作家笔下的故事让我欲罢不能。我随着那些文字进行着一趟奇特的旅程,忘记了现实的悲伤。正当我沉浸在故事的迷宫中时,却被病床上的苏菲娅拽了回来。

苏菲娅喘着粗气，嘴巴歪歪咧咧，叽里呱啦地说着什么。我丢掉书跌跌撞撞地跑过去，双手捧着她的脸庞，耳朵凑近她的嘴巴，想听清她到底在说什么。我悲凉地意识到，这是苏菲娅在做最后的交代。三十多年来，我们真正倾心而谈的时候不多，在弥留之际，她应该有很多掏心窝子的话要说。不过，苏菲娅已经无法清晰地吐出一个字，更无法说一句完整的话。我的耳朵里只有她冰冷的气息，透过耳膜直往脑袋里钻。

我失望地看着苏菲娅，祈求上天能再给她一次说话的机会，给她最后一次表达的权利。可是，她已经接不上气。正在我摇头叹息时，苏菲娅的手脚开始抽搐，双脚有气无力地蹬踏，弄得病床吱呀作响。我有些慌乱，扑过去摁住她，试图让她平静下来。片刻后，虽然苏菲娅的腿没有动弹了，但我又发现她双手十指僵硬并不断地颤抖，就像一个在钢琴前挣扎的钢琴家。我想握住苏菲娅的手，让她感觉到我依然在身边。可是，当我刚起身时，她的双腿又挣扎起来。我又立即回到原地，按住她的双脚。我无法兼顾她的手和脚，这让我十分狼狈。

就在我慌乱和悲伤之时，苏菲娅终于恢复了平静，脖子硬邦邦地伸着，脑袋斜歪在枕头上。她急促地喘着气，越喘越急促，气息越来越短，仿佛刚刚做了百米冲刺。突然，苏菲娅双唇紧闭，不再喘气。我探身过去看她，发现她只闭了一只眼睛，另一只怔怔地盯着那瓶只输了一半的药水。

一切都安静下来。

我给智杰和智美打电话。智杰只说了句"我马上过来"就挂断电话，智美却在电话里呜呜地哭个没完。我不知道怎样安慰智美，只有等她自己停止哭泣。我把手机贴在耳朵上，听着她的眼泪滴滴答答地掉落。大概过了十多分钟，她才机械而冰冷地重复着智杰的话："我马上过来。"

智杰与智美都在赶来的路上，我松了口气。

我放下电话，重新朝病床走去。不可思议的是，苏菲娅那只睁着的眼睛不知道什么时候又闭上了。我的双脚死死地钉在地上，大概过了好几分钟，才迈着细碎的步子向她靠近。我发现苏菲娅并没有死去。她刚才只是短暂性休克，现在又缓了过来。我把手凑近她的鼻孔，有温热的气息。床单也在缓缓地起伏。我长长地吁了一口气："苏菲娅没死，她居然没死。"

只是，苏菲娅从此再也没有对我说过一句话。

苏菲娅成了植物人。

我穿行在记忆的隧道里，浑身上下仿佛被填满了冰块。天色渐渐暗下来，被厚重窗帘遮盖的病房显得格外阴冷，空气中弥漫着潮湿。我打开灯，再次调高空调的温度，气氛却并没有改变。重新回到椅子上，脑袋里又回响起苏菲娅曾经多次对我说过的那句话："有没有什么办法让我早点死啊？"

灯光映在苏菲娅的脸上，苍白得看不到一点血色。

"有办法。"我自言自语地说。

苏菲娅当面问我时，我想方设法搪塞。支支吾吾，语焉不详。现在，我明确地告诉苏菲娅自己有办法，尽管我不知道她能否听见。只是，这个办法太残忍。我不是害怕承担刑事责任,而是不想亲手杀死自己相濡以沫的妻子。但是,现在我必须做出最不愿意做的决定。我不想苏菲娅这么快就离开我和孩子们,上帝应该给她更多时间安享晚年。可是,我更无法接受她如此痛苦地在死亡的边缘来回挣扎。

我再次站起来,坚决地关掉输液瓶的开关,然后急匆匆地朝病床的另一端走去。我在心里不断地重复着一句话:"你就轻轻松松地走吧,天堂里没有癌症没有痛苦,那是享福的好地方。"

遗憾的是,苏菲娅还是没能离开缠绕一生的病魔。当我的手指刚刚接触到呼吸机时,一声喝令让我的计划半途而废。

"爸,你在干什么?"智杰突然出现在门口。他一边朝我大吼,一边冲进来重新打开输液瓶的开关。

"你怎么这么快就来了?"

"我幸好这么快来了。要不然,你就干傻事了。"

"我是想……"

"别说了,别说了!"智杰愤怒地挥舞着手臂,"不论你有什么冠冕堂皇的理由,我都不能让你这么做。"

"我是在帮你妈!她太痛苦了。"

"你是在犯罪,难道你不知道吗?"

"我愿意承担一切后果。"

"我不愿意。"智杰怒目圆睁,"我不愿意,智美也不愿意。"

"可是,你妈愿意。"

"她愿意让你杀了她?她愿意看着你去坐牢?"

我一时语塞,脑子里仿佛有成千上万只苍蝇在狂乱地飞舞。光线很暗,我看不清智杰的脸,但能感觉到他脸上散发的怒气。我不想再次重复自己这么做的理由,那些话已经说过好多遍。无论怎样,智杰和智美都不理解我的苦衷。

发呆的时候,智美来了。

我这个女儿,平日与她妈妈的关系并不好。但是,当初知道我打算不让苏菲娅接受治疗时,她跳得最高。我说,癌细胞都扩散到全身了,任何治疗都是在增添她的痛苦,我想带着她去旅游一次,带她去最想去的地方。智美指着我的鼻子说,你是想让妈等死?我语重心长地解释,你妈这辈子天天都窝在家里,哪里都没有去过,我只是想让她在愉快的旅途中走完人生最后的路。智美觉得不可理喻,她朝我怒吼道:"我觉得你就是想让妈等死。"

进门后,智美立即察觉到气氛不对,她问:"你们怎么都黑着脸?"

"你问他。"智杰的气还没有消,口气中弥漫着火药味。

"爸,你怎么了?"智美的眼神,看似温和实则无比锋利。

"我……"我支支吾吾没有回答。

智杰抢先说:"他想把妈的呼吸机关了。"

"爸,你不是说妈走了吗?"智美不解地看着我,"到底是怎么回事?"

"是他要妈走,而不是妈走了。"智杰差点跳起来,"我亲眼看见的。"

"你妈先前的确是走了，可是……"我的喉咙好像被一口浓痰堵住，"可是，后来她又活过来了。"

"你觉得有人相信你说的这些话吗？"智杰接口道，"只有三岁孩子才相信这样的鬼话。"

"事实上，你妈刚才真的走了……"我百口莫辩。

"事实上，我亲眼看见你关掉妈的输液瓶开关，还要关呼吸机。"智杰义正词严。

三个人都不说话了，屋子里一片死寂。

我斜着眼睛看了看智美，她呆在那里，耷拉的脸上可以拧出一盆水来。我不敢再看智美的脸，转过身，望着窗外绰绰的暗影。

智美问："爸，你是不是老糊涂了？"

"我哪里糊涂了？我清醒得很。"我转身回来，看着智美。

"你清醒？你就是太清醒了，清醒到要杀人。"智杰朝智美走去，兄妹俩肩并肩地站着。

"爸，只要妈还没有断气，就还有活过来的机会。"智美说，"你怎么傻到干这种事呢？"

"你看她这个样子，还会活过来吗？"我指了指病床的方向。苏菲娅安静地躺着，不知道她能否听见我们的对话。

"就算妈总有一天会死，我也想她多活几天，活一天是一天。"智美急得直跺脚。

"那还不如死了算了。"我幽幽地说,"免得受这么多罪。"

"如果能够活过来,我宁愿让她受点罪。"智杰在一边帮着智美。

"对,我宁愿让妈受点苦,只要她能坚持下来,往后就有好日子过了。"智美哭了,眼泪淅淅沥沥地掉落,"妈这辈子太苦了,我们希望她能好好地享清福。"

"智杰智美啊,我觉得你们都太自私了,从来没有为你妈考虑过。"我从不在苏菲娅的病房里抽烟,但此刻却抽了起来,烟火在昏暗的光线下特别明亮,"她活不过来了,就让她少受点苦吧。"

"你相信医生还是相信自己?"智杰不再像先前那样愤怒,"医生说只要没有断气,就还有机会。"

"哥说得对。"智美说,"我们就相信医生吧。"

"医生说了,你妈的生命最多只能再维持几天而已。"我没有骗智杰和智美,那个眼睛总是浮肿的医生的确是这么对我说的。

"哪个医生这么不负责?医生的职责就是全力抢救病人啊。"智美又跳起来了,"我去找那个混账医生!"

话音刚落,智美夺门而出。

我立即跟上去,不能让智美找到医生。当时,医生只是悄悄地对我说:"你要理解孩子们舍不得母亲的心情,但我实话告诉你吧,苏菲娅的日子不长了。你也别告诉儿女,就让那一天自然而然地到来吧。"

智美终究还是被我拽住，跟跟跄跄地回到病房。她还不依不饶，喋喋不休，不停地追问到底是哪个狼心狗肺的医生敢这样轻视生命。智杰看到妹妹情绪失控，忙不迭地过来安慰。智杰的安慰反倒让智美的悲伤发酵，哇啦啦地哭起来，并不停地诉说着苏菲娅几十年的坎坷与心酸。智美说苏菲娅没有过上一天好日子，说自己还没有来得及好好孝顺妈妈，说希望老天能再给她一次机会让她好好尽一次孝道。

"够了，够了！"智美的哭腔让我心烦意乱，"从此以后，我再也不管她了，就让你们好好尽孝道吧！"

我埋着头往门外冲，老迈而沉重的双脚把地板踩得咚咚响。智杰见状，松开智美朝我跑来："爸，你又在发哪门子疯啊？"我没理他，在门口一个急转身重新回到房内，拿起放在椅子上那个污迹斑斑的帆布包毅然地走了出去。智杰没有反应过来，跟着我的屁股转悠了一圈还是没有拦下我。智杰靠在走廊栏杆上大声喊道："爸，你都一大把年纪了，怎么还一副臭脾气呀？"

"你妈就交给你们两兄妹了，你们看着办吧。"我停下脚步，回头气呼呼地说。然后，一头扎进灯火迷离的街道。

城市被一块巨大的油布罩着，街灯苍茫，行人匆匆。

恍恍惚惚的我迷了路，不知道该坐哪趟公交车回家。一个女孩快步走过来，我立即迎上去说："你好，请问……"后面的话还没有说出来，只见她已经离我好几米远了，留下一股刺鼻的香味。我继续朝前走，隐约记得顺着这条街，穿过十字路口左转的第一个公交站就有回家的车。但我不能确定,看着闪烁的霓虹灯,心里惴惴不安。

此时,我感觉有人从背后向我走来。当他刚刚与我并肩而行时,我停下来一把抓住他。他怔怔地看着我,两眼放着寒光。我立即赔笑道:"你好,请问三圣乡成龙大道坐哪一趟车?"他半天没有回过神来,一副怒不可遏的样子。我又说,"我以前都记得路,但今天忘了。"愣了片刻,他干脆利索地回答说不知道,并狠狠地甩开我的手,头也不回地消失在茫茫夜色里。

我不打算再找任何人问路,独自朝前走去,在闪烁的灯火中寻找家的方向。三年前,我由二环路搬到三圣乡智杰为我和苏菲娅买的新房子。这里紧靠成都著名的幸福梅林,生态优良,风景秀丽。毫无疑问,智杰希望我和他妈妈有个幸福的晚年。

有些冷,空气中依稀有薄雾飘绕。我的眼眶湿漉漉的,可眼泪却始终流不出来。几分钟后,我来到路的尽头,前面是一堵围墙,左右都是深幽的巷子。我走错了,这不是回家的路。我的心情极度沮丧,不想再挪动脚步了,只好站在路边等出租车。看着一辆辆载着人的出租车飞驰而去,我陷入了绝望的泥潭。但是,除了等待我别无选择。也不知道等了多久,我终于坐上一辆绿色的破旧汽车。司机满脸络腮胡,擅长开快车和踩急刹。一路上,他不断地提速和猛踩刹车。我的身体跟随着络腮胡的节奏摇摇晃晃,胃里的酸水一次次往喉咙上冒。

智杰住在南边的天府二街,智美住在西边的温江,平常只有我和苏菲娅住三圣乡。自从苏菲娅彻底病倒后,这套房子就更显冷清。最近两个月,我在家和医院之间奔忙,从未搞过清洁卫生。咔嚓一声开门后,我怀疑自己进了别人的家,一种强烈的陌生感扑面而来。开灯,进屋。灯光清冷,潮气袭人。我疲倦的身体找不到一个舒适的地方,无论哪里都感觉被一层厚重的灰尘覆盖。我在沙发上一抹,手掌上满是灰尘。但我累了,烂泥一般滑倒在沙发上,斜躺着大口喘气,像只不幸跳上岸边的鱼。

墙上时钟的指针冷漠地敲击着我的神经,发出嘀嗒嘀嗒的声响。

半晌,我吃力地把身体摆正,双手交叉抱着,用右手捏着左臂,用左手捏着右臂,十指用力很猛,但身体并没有疼痛感,只是精神似乎好了一些。我瞟了一眼时钟,马上就到十二点了。迟疑片刻,我窸窸窣窣地从口袋里掏出手机,再一次拨通了那个常常在午夜时分拨打的电话。

"再次打扰你,真的很抱歉。"我说得十分小心,"但是,我觉得今天晚上这个电话非打不可,否则我会睡不着。"

"没事的。"他声音微弱,好像很困,"我一般睡得很晚。"

"苏菲娅的事情,你能否再考虑一下?"

"凌先生,我不能那样做。"

"可是,她现在需要解脱。"

"但是,我的身份是医生。"

"医生的职责是带给人健康快乐,可苏菲娅正承受着巨大的痛苦。"

"这只能说我无能为力。可是，如果按照你的想法去做，便违背了我的职业道德。"

"那你自己心里真正的想法呢？"

"我希望每个人都能愉快地离开，但是做不到。"

"哦……"

"嗯……"

"医生一辈子都在救死扶伤，却无法真正阻止一个人的死亡。"

我没接话，不知道他为什么说这么一句。

这是我最后一次与他通话，因为该说的早已说完。站在狭窄而灰尘弥漫的客厅里，我有点后悔再次找他。作为一个社区医生，他是个好人，但我的要求或许真的有点过分。我还记得第一次到他办公室的情形，当我提出为苏菲娅实施安乐死的要求时，他脸上的表情风云翻滚。他看着我，好半天才说："我是一名医生，也仅仅是一名医生。"

秋日的凌晨，凉意渐浓。

我哆哆嗦嗦地朝卧室走去，在衣柜里翻出一件背心套上。但我没有返回客厅，而是独自枯坐在床边。这是苏菲娅的位置，她喜欢睡靠近衣柜那边，翻找衣物方便。这地方空置很长时间了，两个月前苏菲娅住进医院后，就再也没有回来过。

尽管我疲乏得像被抽走了脊髓，却毫无睡意。我在屋子里转悠，木然地东瞅西看，什么物件都想触摸一下，什么东西也仅仅一碰就放。没什么感慨，事到如今所有情绪都已冻结，唯有麻木地看着物是人非的情景。时间一分一秒地过去，直到天际露白，街边嘈杂声渐起。我缓缓朝卫生间走去，洗漱之后便动身出门。

我要去的地方，大约要坐两个小时班车。

这座寺庙坐落在成都以东的山里。山其实不大，只是对于高楼林立的都市，这里倒是能显出几分幽静和深邃。我每年都会来这座寺庙烧香祈福，希望苏菲娅的身体能够好起来。虽然我的愿望从未实现，苏菲娅依然日复一日地拖着病体，但我还是坚持每年都来，只是为了让内心更加踏实，只是为了给生活增添一分希望。不过，我从未告诉过苏菲娅。这一次，我更不可能告诉她。

天已放亮，阴霾已久的天气居然明朗起来，太阳懒洋洋地往上爬。我在路边小摊买了一杯豆浆，坐在摇摇晃晃的汽车里慢悠悠地喝着。司机是个三十出头的女人，身体瘦弱的她开车却很狂野。虽然肚子很饿，却不想进食。从成龙大道往外走，一路畅通，用了大半个小时便来到龙泉驿。汽车穿过龙泉驿市区后，在蜿蜒的山路颠簸前行。窗外葱茏的树木和林立的高楼，相互交映，甚是陌生。记得上次来的时候，这里还没有什么建筑，想不到没过多久就变了样。我不相信自己的眼睛和记忆，但心里很清楚这就是通往寺庙的路。

我欠了欠身子，把沉重的脑袋放在靠背上，眯着眼睛昏昏沉沉地睡去。我好像做了几个梦，又似乎觉得那根本就是生活中某些模糊的片段。不知道是梦见了生活，还是生活闯进了梦中。一些熟悉而陌生的人和事，就像被放进了搅拌机，不断地翻滚着。当我睁开眼睛时，发现车上只剩下自己一个人了。我被一只柔软的手拍醒，她说："终点站到了。"我揉揉惺忪的眼睛，看清了这个漂亮的女司机。凭她的长相和身材，不去当模特真是可惜。

即便是这样一个稀松平常的日子，寺庙里的人依然很多，香火旺盛。我穿梭在双手合十虔诚许愿的人流里，看不出与别人有什么不同。不过，别人都是祈求保佑家人健康平安，而我则希望妻子早点死去。

我点燃香，闭着眼睛，双手合十放在脑门前，脑海里浮现出苏菲娅奄奄一息躺在病床上的样子。从车站到寺庙的路上，我一直在默念那些准备已久的话，担心因为紧张而忘记。此刻，我小心谨慎地说着心中卑微的心愿，一遍又一遍。直到手中的香燃了一大半，才放进香炉。

寺庙有很多殿，我缓缓地走着，在每一个大殿重复着刚才的动作。磕头、作揖、默念心中的愿望。当最后一炷香放进香炉里时，我如释重负，望着寺庙里的银杏树感慨万千。我不认为自己的行为荒诞可笑，但心里终究怅然若失。

我并没有立即离去，在庙里踱着步子。这里能让我安静，即便只是停留片刻，也可以感到内心平静得像一面湖水。庙里有很多走廊，曲径通幽。我在最安静的角落里坐下，把沉重的肉身放在冰凉的石板上。望着天空，听着明净的风声，看着飘摇的落叶,仿佛置身于另一个世界。身边人来人往,他们的表情平静、温和,脸上的笑容如金黄的树叶那般迷人。

时间凝固,内心澄明的感觉十分美妙。

走出寺庙时已是午后,秋日的太阳早已悄然隐退到云层。车站离寺庙有十多分钟路程,窄小的山路由形状规则的小石板铺成。石板被一双双虔诚的脚踩得又白又净,像是被清洗过。路边树木足有碗口粗,年龄最大的已有千年。寺庙不大,但修建年代久远,这些树是当年修建寺庙时种植的,风吹树响中带着历史的韵味。

秋风惬意,落叶纷飞。

我脚步轻快地朝山下走去,一种强大而奇特的惯性把我朝回家的路牵引着,往日的沉重一扫而光。在半山腰时,我听到熟悉的手机铃声。我停下脚步掏出手机,眯着眼睛看了看电话号码,是智美打来的。我迟疑着,心想她这时候打电话来做什么?如果她问我在哪里,要不要告诉她?如果她问我到寺庙里做什么,我该怎么说?

没有答案。不过,我还是按下了接听键。

智美说:"妈走了……"

二

我躺在病床上，眼睛微微闭着，思绪有气无力地在记忆与现实中穿行。六年过去，这家医院看上去与当年苏菲娅住院时毫无变化，就连病房里的病床、窗帘和椅子都是以前的模样。自从上午被确诊为肺癌晚期后，我就被一种巨大的恐惧笼罩着，每一个毛孔都散发出绝望的气息。那一行冰冷的字眼告诉我，死亡正拿着脚镣手铐面目狰狞地向我一步步走来。我知道死神会一点点地消耗我，直到我成为一副白骨。

尽管我对死亡无所畏惧，但依然对生命充满眷恋。从知道病情结果那一刻起，我从未如此对生存保持着强烈的渴望。我想活下来并非贪生怕死，而是自己还有太多事情没有完成。如果就此向死亡投降，我将失去所有希望，虽然那些希望如此渺小和卑微。

我希望有更多时间陪陪智杰和智美，以及他们的孩子。六十六年来，我与他们在一起的时间屈指可数。寥寥无几的相聚场景，已在久远的记忆中模糊不清。我很喜欢全家人欢聚一堂的感觉，只是这样的美好在我心中难觅踪影。孙子凯瑞、孙女若曦和外孙俊博都非常可爱，我想看着他们长大成人。可如今，看着病历上寒气逼人的诊断结果，我明白这已经是一种奢望。

在那个人人都认为破得不能再破的单位，我是一头人所共知的老黄牛，那些琐碎不堪的事情全部亲力亲为，几乎没有过一个清风雅静的周末。不是领导信任我，也并非我愿意承担那些杂乱、费神的工作。事实上，我自己也难以弄清为何总是像蚂蚁那样忙得停不下来。苏菲娅总是噘着嘴讥讽我："早晚有一天，你会是单位的一把手，因为在你心里单位比家还重要。"对此，我常常报以苦涩的微笑。对我来说，升官发财的美梦，比起与某个女人逢场作戏更加遥不可及。

除了忙碌的工作，我最大的兴趣就是见缝插针地写作，日复一日地打磨视为珍宝的文字。即便是退休后，我也没有用更多时间来陪伴苏菲娅和儿孙，而总是坐在那台老旧的电脑前，噼噼啪啪地敲击着。

现在，我已记不清自己从什么时候开始喜欢上写作。我只知道我对写作有瘾，一旦动笔便难以放下，不知不觉已经写了几十年。不过，沉迷于创作的我至今没有出版一部作品，作为一个写作者的成绩，我仅仅是零零星星在一些刊物上发表了一些短篇小说和随笔。这些文字不过是浩瀚文学海洋中的沧海一粟，我相信没有几个人能够记住那些粗陋的文字。那些已经泛黄的杂志，毫无生气地躺在简易书柜里，我自己都懒得翻看。生活中更没有几个人知道我在写作，即使是知道也并不理解。智杰智美两兄妹小时候还会因为一本杂志上有父亲的名字而兴奋，长大成人后他们的态度却发生了颠覆性转变，都认为我做了一辈子无用功。无论是苏菲娅还是智杰和智美，他们都觉得我那些文字枯燥无味，一致判定："作者是个自言自语的疯子。"

其实，我没指望有人理解，包括苏菲娅和孩子们。写作的乐趣和意义，只有我自己心里明白。如今，当我不得不面临死亡的威胁时，最遗憾的是再也没有时间好好写作了。当我在世俗生活中精疲力竭时，曾梦想着有朝一日清闲下来写一部伟大的小说，现在想来命运不打算给我机会。

已是下午了，秋日的阳光如寂寞的怨妇，无精打采地投射到窗台一株干枯的植物上。我慢悠悠地环视这间病房，想到接下来将要在这里度过很长一段时间，不禁悲从中来。我从未想过死亡会来得这么快，并且势不可挡。看着主治医生不断地给智杰和智美交代什么，看样子这个冬天将是我人生中最冷的冬天。

"唉……"我一声长叹。

我把身体往下挪了挪，蜷缩在濡湿的被窝里，刺鼻的潮味让人难受。我捏着鼻子，捂住嘴巴，努力不让自己陷入回忆。但是，我的脑子一点也不听话，使劲地把我往过去的时光里拖拽。曾经的那些人和事在脑袋里挤成一团，像一群马蜂蜇着我的神经，疼得我的眼泪快要掉下来了。

不知道曾被我欺负的童年伙伴刁晓波现在过得怎么样，前年聚会时得知他离婚独自一人生活，境况凄凉。当时他十分感慨，说没想到自己六十多岁了还晚节不保妻离子散。我安慰他说，至少她还在啊，只要你想见随时可以看到，我想见苏菲娅都找不到她。他看了看我，一颗浑浊的老泪滴了下来。

曾在青春时期蓦然闯进我生命的徐佳慧，不知道现在是否过得幸福。大学毕业后，她留在上海工作，嫁了一个非常有钱的老公。不过，前些年我总是听到她年迈的母亲在我面前喋喋不休，诉说着女儿婚姻的不幸。徐佳慧的老公在外包养情人，两口子斗得死去活来。曾经亭亭玉立的少女已然人老珠黄，为了儿女保全家庭，始终不愿离婚。

李勇康呢？退休前，我们在海椒市一个小饭馆里有过一次长谈。酒过三巡之后，他向我倾诉一生不得志的际遇，听得我耳朵生疼眉头紧蹙，他还说个没完没了。或许，他觉得我俩的命运有着相似的轨迹，才在我离开单位之际倾吐满腔惆怅。那是我们最后一次见面，离开单位后便失去了联系。后来，我给他打过一次电话，提示所拨号码是空号。这老家伙，电话号码换了也不告诉我。

我的脑海里突然浮现出张丽芬的影子，莫名其妙地想起了她。我们在同一个单位，她在财务室工作。不过，我们第一次见面时并不是在那个我们都厌恶的破厂子。那年冬天，老妈托人给我说媒，在一个雾气弥漫的周末，我在茶馆里见到了这个肉乎乎的女孩。当时，急着抱孙子的老妈催着我早点结婚，但我觉得她太胖有点不乐意，只是碍于情面没有当面拒绝。她倒是一眼便看穿我的心思，傻呵呵地说："你别嫌我胖，你要是找个病恹恹的，一辈子把你折腾够。"张丽芬一语成谶，苏菲娅那副病体把我折腾了三十年。张丽芬经常调笑我："苏菲娅是身体有问题，你是眼光有问题。"张丽芬的身体最终还是瘦了下来，只不过是用两次不幸婚姻换来的。

想起张丽芬，就想起了苏菲娅。我从未想过当初如果与张丽芬在一起，生活将是怎样一番景象。我习惯了逆来顺受，生活给我什么就接受什么。此刻，我想起的倒不是苏菲娅短暂一生无精打采的生活，而是她在病床上挣扎的样子，濒临死亡的痛苦让人揪心，永生难忘。

六年后，我重复着苏菲娅的轨迹，躺在病床上，等待着死神在某个时刻突如其来地宣布生命的终结。那是一个残忍的时刻。我实在受不了被褥的潮味，重新靠在床头上，试图让呼吸通畅一些。但是，苏菲娅的表情并没有从我的脑海里离开。她临终的样子与我未来的样子交替闪烁，我看见了自己未来的可怖面貌。两眼深陷，光秃秃的脑袋下面是一张布满各种斑点的脸，奄奄一息地躺在污迹斑斑的病床上，面对一双双同情、怜悯和惋惜的目光。无论是自己还是关心自己的人，都无能为力。

我哭了，眼泪悄悄地滑落。医生还在门口与智杰轻声细语地交流，声音小得似乎刻意不让我听见。

为了避免被人看见，我忙不迭地抓起湿润的被褥擦拭着眼角。倔强了一辈子，不能让人看见我的眼泪，即便内心非常痛苦和恐惧。可泪水却越来越疯狂，原本就湿润的被褥可以拧出一大把水来。这块遮羞布不仅没有让我停止哭泣，反而越哭越厉害。我全身颤抖，声音嘶哑，听上去就像一只被捏住喉咙的小鸟，呜呜地干哀着。声音透过潮湿、发霉的被褥传出来，演变成一种凄楚与荒凉。我的意识越来越朦胧，声音越来越小，隐约中感觉喉咙干燥，头疼欲裂。

我不知道自己是什么时候睡着的，醒来后已是傍晚。屋子里阴森而潮湿，黑黢黢地没有一丝亮光。我全身酸软、麻木，坐在病床上发呆，想了很久才明白自己是个癌症晚期的病人，身处一家医院的病房。智杰到哪里去了？我清楚地记得，上午是他送我来的。早晨起床后，我连续咳嗽胸闷气短，喘不过气来，心脏急速下坠，仿佛随时都会掉在地上粉碎成一团模糊的血肉。我立即给智杰打电话，他火急火燎地开车把我送进这家医院。

"小杰，小杰……"我喊了两声，黑暗中没有人回答我。

我摸索着下床，找了半天才把灯打开。白色的灯光比较明亮，但在黑夜里依然显得昏幽和阴冷，把房间里所有东西都照射得寒气袭人。一切都是静止的，病床、柜子以及那台看样子从来就没人看过的电视机。我在椅子上坐下，盯着灰色地板，悲哀地意识到自己将会在这里度过余生。眼里不再有泪水，只是情绪缓慢地下沉。但是，就在一瞬间，我下意识地摇了摇头，内心里一个声音强烈地抗议："不行，我不能留在这里。"

苏菲娅的样子立即跃入眼帘,浑身插满管子地睡在床上,任凭我怎么呼唤也没有半点反应。我知道要不了多久,我也会变成她那样:不管智杰和智美说什么,我都听不见;不管智杰和智美表达怎样的悲喜,我都无法感受。我的儿女和孙子们想方设法挽救我,但都无济于事。在一片痛哭流涕中,我慢慢离他们而去。

"我不能像苏菲娅那样等死,坚决不能!"我再一次告诫自己。

声音很微弱,但我听得很清晰。

我想用最快的速度逃离这里,担心晚几秒钟就会被逮住。即便不被医生碰见,也会被智杰逮住,我知道他在附近,或许就在走廊里。那样的话,我就成了任他们宰割的羔羊。我拖起麻木的双腿,一颠一簸地往外跑。慌乱和急躁让我忘记做这样的事需要小心翼翼、蹑手蹑脚,而不是把门关得山响,"砰"的一声吓坏了走廊里那位年轻护士。她以为我急需要上厕所,热情地说:"厕所在那边。"我没有回应她,虽然她的声音越来越大:"大爷,我给你说了,厕所在那边,你走反了。"

走出医院大门的那一刻,自由的空气让我感觉非常美好。

街上人流涌动,车流湍急。我想起来了,明天是周末,而且要放一个长达七天的假期,人们都拼命地往城外赶。这个城市的人总喜欢旅行,不放过任何一个可以踏上旅途的假期。只要放假超过两天,他们就会像逃命一般往外跑。长长的车队，汇聚成一股灯光闪烁的河流，蔚为壮观。堵慌了的人忍不住性子，时不时地按着喇叭。这除了增添烦恼之外，并没有任何效果，依然是前行一秒停留三分钟，就像是在黑夜里迷路的蚂蚁。

起风了，枯黄的叶子在秋日的夜晚发出沙沙的响声。我哆哆嗦嗦地把夹克领子竖立起来，踽踽地往家走。

我没有找公交车站，也没有招呼到出租车。我压根儿就不想这么做，只想一个人静静地回家。身无旁物的我，双手插在口袋里，竖着衣领在萧瑟的秋风中独自朝家的方向走去。沿途行人匆匆，闪烁的街灯交织出五彩斑斓的世界。我颤颤巍巍地走在街头，大半辈子走过的路在脑海里一幕幕出现，像极了电影片段。刁晓波、徐佳慧、李勇康、张丽芬、苏菲娅……还是那些熟悉的面孔，他们在我眼前晃来晃去，就像是担心我孤独，非要陪我回家一样。走着，想着，心里竟然开朗许多，步调也轻松起来。

回家时已经是晚上八点，屋子里像往常任何时候一样清寂。步行一个多小时，全身上下沁出细密的汗水。我脱掉夹克，穿着一件单薄的T恤钻进厨房。从早上到现在，我只在医院里吃了一碗八宝粥，早已饥肠辘辘。回家路上遇见几个小饭馆，当时没有胃口不想吃，现在却成了一匹饿狼，好像什么食物都能吃几大碗。

冰箱里东西不多，几个鸡蛋，一把韭菜，两个西红柿。苏菲娅离开之后，曾经三餐都想吃肉的我竟然爱上了素食，曾经嗜酒如命的我竟然彻底戒了酒。我拿出鸡蛋和西红柿，准备做一碗西红柿煎蛋面。我最喜欢吃面条，尤其是西红柿煎蛋面。以前上班时，中午就是靠这种面条撑肚子。有很长一段时间，我天天中午在单位外面的小面馆吃西红柿煎蛋面，从不厌倦。苏菲娅走后，我孤身一人生活，冰箱里从来少不了西红柿和鸡蛋。打火，煎蛋，切西红柿，对于原本就没有什么要求的胃，我算得上一个称职的厨师。

很快面条就好了，我窝在沙发上呼啦呼啦地吃着。电视里正在播放一档专题节目，看了好几分钟我才明白其中的意思，主题是老人的孤独。镜头中那些在街边花园坐着的老人，目无神光，脸色仓皇。他们并不知道镜头对准自己在做什么，也不知道这样的节目对自己的处境会有怎样的改变。一个头戴灰色帽子的老妇人咧着嘴说了句什么，但编导并没有收录她的声音。我一哧溜吃完面条，喝完最后一口汤，靠在沙发上呆呆地瞅着电视屏幕。此刻，电视机里传来了解说员充满磁性的话语："这些孤独的老人坐在街边，数着秋天的黄叶一片片落下，在西下的夕阳中悄无声息地老去……"

我不喜欢这样的说辞，衰老哪会这样诗情画意，不明白电视台为什么要做这档专题节目。我走进厨房收拾碗筷，电视机没有关，耳朵里隐隐约约飘进哀婉、伤感的电视配音。在厨房里忙碌一番出来后，节目早已结束，屏幕上正在播放一个治疗心血管疾病的药品广告。我没多瞧，"啪"的一声关掉电视，把遥控器丢在凌乱的茶几上。

只要没有不可抗拒的事情，这个时间我通常都会读点书。我想，今晚也不能例外。我泡好一壶茶，来到狭窄的书房。智杰和智美没有成家之前，这间房子是他们的卧房。最开始，我给兄妹俩购买了上下两层的床。他们略微长大后，我就把房子重新装修，隔成两个分别仅仅只能放下一张床的卧室。条件有限，只能委屈两个孩子了。我本来需要一个书房，无奈没有空间，便在卧室的阳台上放置一个书架和一张电脑桌。智杰和智美搬出去后，我才拥有属于自己的书写空间。

我在书柜上仔细搜索，挑选着自己的精神食粮。

当《与死亡言和》跃入眼帘时，我怔了怔，背脊发凉。书买了好多年一直没有翻开过，早已被灰尘覆盖。这本封面肃穆、印制精良的书，是一本漫谈死亡的严肃之作。这个夜晚，我已经无法想起当初自己为何购买它。我站在书柜前，手指在书脊上由上而下缓慢划过，停留在那几个醒目的白字上。迟疑许久，我还是取了下来。折身回到书桌前，我喝了一口茶，走进书中的世界。

"在人类大规模死亡中被埋葬的死者，他们生前过得快乐吗？我们愿意死吗？他们死得自然安详吗？……"我一头扎进这本书里，体验着古往今来人类世界千奇百怪的死亡。时间一点一滴地过去，茶杯里的水已经喝光，茶叶死气沉沉地躺在杯底。我揉了揉腰缓慢起身，右手在胸膛轻轻地抚摩几下，踱步到厨房为杯子续满茶水。

返回书房后，我又走进《与死亡言和》中。"死亡是温柔和安详的,它有着无比宽广的胸怀。人类能够死,真是不可思议的奇迹——茫茫宇宙,哪里能够找到死亡?如果没有死亡,哪里能够出现生命?死亡是美丽庄严的。"

我长长地吁了一口气,继续安静地读着这些严肃而又具有亲和力的文字:"如果能够更理性更成熟地对待生命,人类就能学会如何死亡:庄严地、体面地、自然安详地走向死亡——这是人人都应该学习的;每个人都有这样去死的权利。"

夜风吹拂,窗帘摇曳。

我探头朝窗外望去,城市黑压压的,偶尔从某户人家泄露出的灯火暗淡无光。我握着杯子喝了一口凉茶,一个激灵把我从沉静的思绪中拽回来。我有些疲倦,放下手中这本暗红色封面的沉重之书,起身到厨房再倒一杯热水。刚过客厅,电话蓦然响起。我拿出手机,看见智美两个字在屏幕上闪烁。

这么晚了,她打电话做什么?望着那盏炫目的白炽灯,我有点晕乎乎的感觉。

"爸,你在哪里?"智美的口气从来没这么暴躁过。

"在家里啊。"我转头看了看墙上的钟表,已是晚上十点。

"你怎么在家里?"

"大晚上的,我不在家里应该在哪里啊?"

"医院啊。"

"好好的去医院干什么?"

"爸爸,哥都给我说了。"智美语重心长,"检查报告出来后，他就告诉我了。因为我一直在开会，所以没有及时赶过来。"

我以为智杰还没有告诉智美，现在看来瞒不过去了。不过，转而一想，我为什么要瞒着她呢？我左手拿着手机，右手端着杯子，继续去厨房倒热水。看着茶叶在清澈的水中自由地漂荡，我实在不忍心喝掉杯中的水。

"我在倒水。"我莫名地说，"烟……没有抽了。"

"我只想告诉你，你应该在医院接受治疗。"

"医院那种地方，我受不了。"我支支吾吾，"你知道我这个人喜欢自由自在，那病房太憋屈了。"

"以前，你想怎么自由都行，但是现在不行了。"智美压低声音，"现在，你是个病人。"

"病人就应该受委屈吗？"

"爸，你听我说，你这个不是小病。你以为你仅仅是感冒了吗？"

"我知道，肺癌嘛，晚期嘛。"

"那你还当儿戏？"

"我不当儿戏，还能怎样？"

"至少你应该住在医院里，如果有什么突发情况，医生也好及时采取措施。"

"措施？医生能把晚期治疗成早期吗？"

"爸，你就别犟了，哥把住院手续都办好了。六点的时候，他打电话说晚上要陪一个重要客户，让我先到医院陪你。

我八点钟才开完会,饭都没吃就往医院赶,可是到了之后又找不到你。"

"别找了,我在家好好的。你赶快回去休息吧。"

我极不耐烦地挂断智美的电话,担心她过会儿又会打过来。作为女儿,我明白她急切的心情。我想关掉手机,但又觉得不妥。如果智杰和智美真的又打电话,找不到我岂不是急死人了?我把手机丢在一边,洗了把热水脸,用醋泡了个热水脚。这些年来,我养成了用醋泡脚的习惯。

收拾妥当之后,我关灯躺在床上。黑暗漫过来,覆盖我的身体,弥漫整个房间。四周很安静,只有那个骨架松弛的空调偶尔发出一声怪怪的声音,咔嚓咔嚓的,就像是骨质疏松的老人在活动筋骨。我翻来覆去,怎么也睡不着,脑海里总是漂浮出各种各样的事物。我凝神屏气,挖空心思地想要把这些景象从脑子里踢开,但越是努力那些记忆就越清晰。我起床上了一次厕所,喝了一杯温热的白水,双眼紧闭重新躺在床上,可还是睡不着。刁晓波、李勇康、张丽芬、苏菲娅、智杰、智美、若曦、凯瑞、俊博……一张张脸孔在脑海里翻飞。越是想沉入梦乡,意识就越清醒。

我索性起床,来到书房,端坐在书桌前。

写点什么吧,我对自己说。每晚写字已是我多年的习惯,从未间断过,即便那些文字仅仅是只言片语。我在如墨的夜色里自嘲道:"看吧,不写几个字怎么都睡不着。这就是命啊。"这句话既是对自己说,也想说给苏菲娅和孩子们听。

几十年来，他们一直反对我写作。我理解苏菲娅、智杰和智美，我的精神世界他们永远不懂。虽然长时间伏案写作抹杀了我生活中的诸多美好，却能换来内心的慰藉。写作的过程是寻找温暖港湾和平静内心的过程，否则生活中那一次又一次的坎坷与磨难，早已将我击得粉身碎骨。这些文字是神奇而伟大的魔术师，在艰难的现实里变换出无数个幻影，让我看到缥缈的希望。

被诊断出肺癌晚期的第一个夜晚，我打开电脑新建一个文档，思索半响取了个自己都有些诧异的名字：与人生言和。

六十多年来，我活得纠结至极，每天都处于矛盾与自责之中。我想当一个出色的作家，可自始至终都没能如愿；我想让妻子儿女的生活过得更好，但日子一直过得跟跟跄跄；我想壮志闯天下，却终其一生没有离开那个腐朽的单位；我一生中规中矩，晚年却陷入一桩桃色丑闻。迷惘与痛苦，希望与失望，一直折磨着我。不过，从拿到诊断报告那一刻起，我反而释然了。人生不过数十年，何必跟自己过意不去？

我准备从这个夜晚开始，认真打扫曾经走过的弯曲小路，把那些枯枝败叶清理干净，为自己寻找一条干净、宁静的人生之路，就像我常去那个寺庙门前的青石板路。我要用生命最后的时光，去原谅曾经拥有的两万多个日日夜夜，化解与生活的所有冲突。

不过，这个伟大而幸福的工程一开始就遭受挫折。我的思绪掉入荒芜的杂草之间，始终无法找到切入人生的路口。走进某条路，发现是死胡同便转身回来。换一条路，刚走几步发现依然走不通，只好硬着头皮折回。进进出出，来来去去；写了又删，删了又写。折腾了好多遍，没有一个字让自己满意。我残忍地将好不容易写下的几个段落删去，只剩一个黑色的光标在电脑屏幕上孤冷地闪烁。

咚咚咚……

有人敲门。我竖起耳朵，眉头紧蹙。邻居的门"吱呀"一声，一串脚步声消失在清冷的夜晚。邻居房东是一位老太太，半年前跟随儿子到另一个城市定居。新来的租客是两男一女，三个人合租，看样子三人之前互不相识。但没过多久，他们就打得火热，关系无比亲密。不知道他们在什么场合上班，总之每晚回家都很晚。在我的印象中，十二点之前很少见人。我瞟了瞟钟表，此刻已是十一点四十二分。

我神情呆滞地看着屏幕，空白文档格外刺眼，让人头晕目眩。

咚咚咚……

敲门声再次响起，比之前略大一些。恍惚间，我感觉是有人在敲我的房门。但是，谁会在夜半时分找我呢？自从智杰和智美搬离后，几乎没有外人找过我，更别说在夜深人静时登门拜访。带着满脑子疑虑，我踮着脚尖来到门前，昏花的眼睛小心翼翼地贴在猫眼上。一个人影在晃动，但我看不清到底是谁。突然，声控灯熄灭，一团黑暗朝我扑来，惊得我一身鸡皮疙瘩。外面的人使劲跺了跺脚，门外一片朦胧。那人低垂着头,我看不清脸,只有一头弯曲的波浪长发在眼前晃来晃去。我琢磨着,应该是找我的。

"谁呀?都这么晚了。"我的声音飘忽不定。

"爸,是我。"即便隔着厚重的门和浓浓的夜色,智美的声音依然显得刺耳。

我打开门,风尘仆仆的智美伫立在面前。我没让路,身子倚在鞋柜上,她也没主动进来的意思。我们就这么站着,相互审视着对方。我们有一段时间没有见面了,智美重新做了头发。那头鬈发蓬松地耷在脑袋上,显得脸有些大,看上去有点不像印象中的女儿。但是,那身一成不变的西装告诉我,她永远都是个大忙人。以前我给她打电话,十次有九次都在开会,后来我就懒得打了。我知道她很忙,明白干事业的艰辛。作为父母,不能把对孩子的关心和思念变成对方的累赘。我为智美感到高兴,她与智杰一直让我引以为豪。

"进来吧。"我说,"这么晚了,你还跑来不嫌累吗?"

"有多晚?你都还没有睡。"智美随我进屋,"我的累有你的病重要吗?"

智美显得局促不安,东瞅西看半天没有坐下来。我说:"你坐啊,这也是你的家呢,怎么好像第一次来似的。"说着,我取杯为她倒水,她立即丢下手中的包拉住我:"你好好休息,我自己来。"她夺过我手中的杯子,朝厨房走去。

我在沙发上坐下来,一只手搭在智美的皮包上。皮包质地很好,柔软又带着丝丝暖意。倒好水,智美回到客厅,挨着我坐下。灯光惨白,房间很静。父女俩肩并肩坐着,半晌没话说。我用余光偷偷瞄了智美一眼,她目光呆滞地看着玻璃杯子,那杯清澈的白水在她的摇晃之下微微荡漾。自从分开居住以后,智美和智杰基本上每个星期都来看我,以往我们一见面总有说不完的话,满屋子叽叽呱呱,仿佛要掀翻屋顶一样。可这个夜晚,我和智美一言不发地呆坐着。其实,我们心里都有很多话要说,只是苦于不知从何说起。

"一直说给你请个保姆,可你三番五次地拒绝。"智美一声长叹,"你看这屋子,冷清得不像话。"

"天气凉了嘛,难道还能像夏天那样热气腾腾?"我自顾自地解嘲,试图让气氛不那么尴尬。说完,又没头没脑地补充一句,"我喜欢一个人生活。"

"不过,现在不用请保姆了。"智美无奈一笑,"医院里有护士照顾。"

"怎么又说去医院呢?难道你夜半三更跑过来,就是拉我去医院?"

"今晚可以不去,但是明天必须去。"

"如果明天我还是坚持不去呢?"

智美不再摇晃手中的杯子,直愣愣地望着我。我转过去看了她一眼,立即又转头盯着灰色的地板。智美眼神犀利,寒气逼人。良久,她反问道:"从什么时候开始,知道自己身体不行了?"

"昨天晚上。"我想了想觉得时间不对,"哦,是今天早上。"

"到底是什么时候？"智美有些不耐烦。

"今天早上，吃完饭准备写点什么，刚坐到书桌前，就感觉自己不行了，软绵绵地瘫倒在地。我硬撑了一会儿，感觉实在不行了，就给你哥打电话。"

"硬撑了一会儿？怕是硬撑很长时间了吧。"

我没给智美做过多解释。

最近半年来，我的确感到身体有些不适，咳嗽加剧，发高烧的次数一次次增多，但每次拿点药也能应付过去。我没多想，一个暮年之人，身体有点毛病很正常。我也没有告诉孩子们，他们都很忙，事业都是用时间换来的。智杰开着厂子，每天有见不完的客户；智美是企业高管，每天有开不完的会。我寻思着，但凡不是命在旦夕，都不用给他们添麻烦。不过，知道自己身体出了大问题，的确是今天早上。当我天旋地转地滑倒在地上时，才知道自己彻底要垮了。

"唉……"智美的眼泪啪嗒啪嗒地往下掉，"其实，我们没有好好地照顾你。"

"小美呀，没事的。"我说，"你们都很忙，都有自己的事业。"

我想为智美擦眼泪，她却一把抓过我手中的纸巾，抹在脸上。片刻后，她起身给家里打电话。我站在一旁，木然地看着她。我听出来了，智美今晚要在这里陪我。我立即上前阻止她，让她立即回家。智美工作繁忙早出晚归，孩子正在积极备战中考,平常也没有怎么照顾。我说:"你先回去,俊博还需要你照顾呢。有什么话,明天再说。"

智美执意留下来,我坚决拒绝。

我和智美陷入拉锯战,最终我以父亲的身份命令她回家照顾孩子。她轻轻地摇头,无可奈何地答应了。走的时候,智美再三叮嘱我早点休息,明天一早入院。我不想多费口舌,只想让她早点回去,于是频频点头:"明天再说。"

我关上门,在窗口看着智美的车子缓缓驶出小区才折身回来。不想看书,更不想写作。关掉电脑后,我踱到卧室,和衣躺下却辗转难眠。迷迷糊糊中,苏菲娅一直出现在我的梦中。她头戴紫色帽子,鼻孔、嘴巴插着两根管子,右手切开一条口,尖细的针尖往她的身体里输送着维持生命的液体。一点一滴,不急不缓。我双膝跪地,在病床边呼唤着苏菲娅的名字,但她始终双眼紧闭不应答。看着那张死灰般的脸,我泪如雨下,竭力嘶吼。

醒来时,已是早上九点。我想翻身下床,却半天起不来。裹着衣服睡了一宿,全身冰冷僵硬。我咬着牙移动身体,吃力地靠在床头。窗外,秋阳温暖,偶尔响起几声小贩悠长的叫卖声。要是几年前,我已到楼下买菜,顺便为苏菲娅买一串糖油果子。那家糖油果子的店主是个小姑娘,人长得甜美可人,手艺也很不错,做出来的糖油果子皮脆面嫩,酥口爽心,深得苏菲娅喜欢。小姑娘的生意越来越好,很多时候中午时分便已卖完。如今，心衰力竭的我只能躺在这里，听着窗外人们熙熙攘攘，不禁一声叹息："真是病来如山倒，人老不中用啊。"

手机突然响起，熟悉的铃声竟然吓我一跳。

电话是智杰打来的。

智杰与智美在一起，正在来我这里的路上。他说路上很堵，大概半个小时后能到。我挂断电话，心里泛起一股莫名的反感。我明白，兄妹俩合谋来绑架我，看样子非得把我弄到医院去不可。不过，我早已打定主意，任凭他们怎么说也不会同意。

明明是儿女来探望，我却如临大敌，拖着老迈的双脚在客厅里走来走去转着圈子，时不时踱到窗前看智杰的车是否已到小区。半个小时后，他们还没有到。我很忐忑和矛盾，心里直犯嘀咕，不知道要不要打电话问智杰什么时候到。我不想见到他们，但又没有任何办法把他们赶回去。我去厨房倒水，发现水壶已干，便接水点火烧开水。蓝色火苗欢快地跳跃，我看着那些盛开的花儿，竟然忘掉了烦恼和不安。

刚把一杯新鲜开水放在茶几上，敲门声就传进耳朵。我强压住内心的抵触，若无其事地来到门前，看都没看是谁便直接把门打开。智杰和智美喘着粗气，这六层楼他们俩大概是一路飞奔上来的。智杰脸色不好看，茂密的胡茬非常刺眼，一览无余地展示着他的疲惫。我没说话，端起茶杯吹了吹，抿了一小口。水还很烫，不得不重新放回去。

"准备好了吧？"智杰的话如棍棒一样，直截了当地挥舞过来。

"准备什么？"我也没有好气。

"你是真糊涂还是装糊涂啊？"

"我不糊涂。"

智杰被我顶得无言以对，在一旁吹胡子瞪眼。智美立即前来解围，她一把拉开智杰，嘀咕着："哥，你怎么这样对爸说话？"

"那你让我怎么说？"智杰的火气不减反增，"我都给他安排好了，住院手续也全部办齐，可他一声不吭地跑出医院回家了。"

"刚开始爸不习惯嘛，慢慢地就好了。"智美对智杰挤眉弄眼，让他少说两句。转而，她又殷勤地问我："吃早饭了吗？"

我耷拉着老脸，不知道说什么好。

"你们先坐会儿，我去做饭。"智美边说边朝厨房走去，"哥，有话好好说。"

"不用做饭，我现在不想吃。"我对着智美的背影说，"既然你们都来了，我们就把这件事说清楚。"

"这件事情非常清楚，不用再说。"智杰的情绪越来越急躁，"你生病了，就该到医院治疗。"

智美在厨房门口愣了片刻，讪讪地转身回来，在沙发上与我并排而坐。她示意智杰冷静："你坐下来听爸把话说完吧。"

"我就喜欢站着。"智杰的话硬得像块冬天的石头。

突然之间,三个人都不说话了,气氛很别扭。事情因我而起,还得因我而结束。思索半天,我准备彻彻底底与孩子们谈一谈。

"小杰,我没有给你说就跑出医院是我不对。但是,医院那种地方我的确非常不喜欢。"开水冷了,我喝了一大口,心里舒服了点,"我宁愿待在家里,就这么待着。"

"谁会喜欢医院啊?"智杰直愣愣地瞪着我,"你喜欢在家里待着,在家里等死吗?"

"对,在家里等死。"我莫名地冷笑一声,"在医院里难道还不是一样地等死吗?还不如在家里等。"

"医院里有医生给你检查治疗呀。"智杰朝我走来,强忍着怒火,"在家里谁管你?"

"肺癌,晚期。"我针锋相对,"医生能给我治疗成肺癌早期吗?"

"早期也好,晚期也罢,能在医院治疗总比不治疗好。"智杰一副恨铁不成钢的样子,"而且,我们有这个经济条件。"

"我知道,我知道。"我频频点头,"但是,钱挽不回我这条老命。"

"能多活一天,不是很好吗?"智杰的口气软弱下来,眼泪就快掉出来了,"老爸,你就听我们的话,到医院积极地配合治疗吧。"

"既然无论如何都挽不回性命,我为什么又非要去争取一两天时间呢?"我的话彻底让智杰哑口无言,他无奈地转身而去,倚在窗口,木讷地看着窗外。

"爸爸,如果你不去医院而是住在家里,你知道外人会怎么看我们吗?"一直没吭声的智美幽幽地说道,"别人会说我和哥不孝顺,父亲生病都不送到医院治疗。"

"别人怎么看,那是别人的事。"

"我和哥的心里也不好过啊。就像哥说的那样,我们又不是没钱。"

"小美呀,有些事情钱解决不了。我理解你们的心情,但是,我认为最好的尽孝方式,就是尊重我的意见,让我就这么自然而然地老去吧。"我拍着她的肩膀,"我可不希望像你妈当年那样,在医院里把各种罪都受遍了,最后还是得死去。"

"真是执迷不悟。"智杰终于忍不住了,"六年前你就搞这一套,让妈也放弃治疗,甚至还关掉呼吸机想把她杀了。"

智美对着智杰大吼:"哥,你别乱说!"

"我没乱说,我亲眼看见他关掉妈的呼吸机。"智杰离开窗户,一脸怒气地站在客厅中间,"如果不是我正好碰见,他就酿成大祸了。"

"那是因为你不知道你妈承受了多少痛苦!"我憋着一口气大喝一声,换来一阵急促的咳嗽,涨得脸红脖子粗。智美见状,立即过来给我捶背。

"如果因为她感到痛苦你就让她去死,你就是在杀人。"

"那我现在是什么？是自杀吗？"

"你就是在自杀。"

"我自己的生命，我自己处置。"

"你……不可理喻。"

天空低沉，太阳被云层遮住。屋子里阴沉沉的，上午十一点的光景，看上去有点像黄昏时分。谈话陷入僵局，气氛十分尴尬。几只小鸟绕着窗户飞来飞去，仿佛在看我们这家人的笑话。

智美一直温柔地给我捶背，暴跳如雷的智杰也平静下来。

我重新整理着谈话的条理和情绪，想说的太多又不知怎样说起，心绪如漫天飞舞的蒲公英。我暗自吸气，努力让内心平静。想了半天，我只有苍白地重复着一句话："我只想死得安静一点，体面一点，轻松一点，有尊严一点。"

智美的手悄然地从我的后背滑落。我转过身，看见她像一只泄了气的皮球。智美很疲倦，脑袋低垂、眼睛微闭，缓缓地、长长地吸气。我回头看智杰，他黑着脸瞅着墙上的时钟，眼神随着指针的转动而晃悠。

"你们说句话啊。"我叹了口气，"这样闷着不出声能解决问题？"

智杰和智美相互看了看，但依然是两只闷葫芦。

"回去吧，我再想一想。"我极有耐心，"你们也再想一想。"

智杰和智美再次交换眼神，依然没说话。

"回去吧,回去吧。"我起身送客,"我们都再想一想。"

智杰和智美都垂头丧气,失落地朝门外走去。他们急匆匆地赶来,以为可以把我带回医院,却没想到吃了闭门羹。但是,我看得出来兄妹俩心有不甘,以退为进。因为我刚关好门时,智美又嘟嘟嘟地跑回来。她说:"爸,你真的要好好想一下,别耽误了入院治疗的时间。"

我一声苦笑,挥手示意她赶快回去。

空寂,惶惑。好像什么事都没发生,又好像有很多事即将发生。

我把自己封闭在秋日的忧伤里,六年前的某个场景浮上心头。我想起那个心有余而力不足的医生,想起那些想为苏菲娅实施安乐死而四处奔走的日子。六年后,我再一次置身于漫无边际的荒原。

三

怀人居坐落在龙泉驿一个松柏苍翠的小山坳，从三圣乡乘车一个半小时便可到达。这是一家医院，但却没有先进的医疗设施和医术高超的医生，工作人员主要是心理医生和志愿者。所有到怀人居来的人，不是对生抱有幻想，而是寻找死的意义。这里住着两百多位濒死之人，年龄最大的有一百多岁，最小者十多岁。

十二年前，在商海浮沉半生的林芙蓉出资五百万，修建了这个城市唯一一家临终关怀医院。林芙蓉为何创办怀人居的故事，一度被演绎成各种版本，成为人们茶余饭后的谈资，广为流传。十二年后，我带着复杂的心情，开始与怀人居进行一次生命的约会。

智杰开着一辆商务车，宽敞的车里挤满了人。智杰的老婆和一对儿女，智美夫妇以及他们的孩子。一路上，智杰绷着一张脸，其他人也不说话。就连只要见到我就口吐莲花满脸笑容的乖孙女若曦，也满脸阴云不苟言笑。我坐在副驾上，双眼直勾勾地盯着窗外，路边的行人和萧条的田野，从远处扑进我的眼帘又迅速消失。路上车辆稀少，智杰的车速却一会儿快一会儿慢，他自己也拿不定主意到底开多少码。

十月初，清晨的空气中缠绕着丝丝薄雾。怀人居躺在一片略显沧桑的绿色之中，安静得如一位慈祥的老人。这里没有门牌以及任何标语，只有朴素的院墙和一扇生锈的铁门静静地伫立着。智杰把车开进院子里，停在一个角落。下车后，他们忙着从后备厢里取我的生活用品。衣服、毛巾、沐浴液、洗发水、杯子、牙刷，以及在我再三坚持下携带的一台笔记本电脑和一大堆书。当然，还有最重要的药品。我三番五次地唠叨，怀人居里什么都有，可他们还是不听，非得把偌大一个商务车的后备厢塞得满当当的。

院子靠近大门那边的角落，停着一辆殡仪馆的车，几个人正在无声地忙碌。我机械地走过去，三个孙辈跟了上来，分别扶着我的胳膊。凯瑞、俊博在左，若曦在右。若曦紧紧地拽着我，好像一撒手我就会在空气中蒸发掉。与凯瑞和俊博相比，她与我的关系最亲近。无论功课有多忙，若曦每个周末都会来看我，风雨无阻。知道我要去怀人居，上车前她扑进我怀里哭得稀里哗啦。若曦机械地重复着一句话："我不让爷爷去死。"我搂着她，安慰道："爷爷不会死，爷爷永远不会离开若曦。"

我停留在一米开外，看着几个白大褂毫无表情、有条不紊地干着这份特殊的工作。他们把一个硬挺挺的人放进车内,"砰"的一声关掉车门。马达声随即响起,那个留着平头的瘦高个司机动作娴熟地开着车在院子里转了一个弯,一溜烟冲出院子消失在两旁长满野草的山路尽头。几个人正要往里走,我拉住一个小姑娘问:"刚才走的是哪个?"

"你认识这里的人?"

"不,不,我只是随便问问。"

"嗯。一个小女孩,昨天早上才住进来,今天凌晨就走了。"

"她得的是什么病啊?"

"具体病情不晓得。"她摇摇头,朝楼梯口走去。

我看着她的背影,鼻子一酸,但强忍着没有让眼泪掉下来。但是,若曦却控制不住情绪,泪水顺着脸庞长串长串地滑落,在尖细的下巴上形成一串晶莹的珠子。她又重复着那句话:"我不让爷爷去死!"

"乖孙女,别哭了。"我慌乱地在身上找纸巾,"爷爷不会死的,爷爷是来度假的。"

"爸,我们回去吧。"智美不知什么时候过来了,手里提着一袋香蕉。

我没吱声。

"爷爷,回去吧。"

"外公,回去吧。"

"你们看这里多好呀,绿树环绕,空气清新。"我指手画脚地向他们解释,"我是肺有问题,就应该住在这样的环境里。哪像市区里，乌烟瘴气、灰尘满天。"

我和颜悦色，尽量保持着轻松、平静的口吻。但是，若曦的哭泣还是没有停下来，下巴的泪水滴答滴答地落在水泥地上。她紧紧地抓着我的手说："爷爷，我们回家吧。回家后，我还是每个星期都来看你。"

"你也可以到这里来看我啊。"我拍了拍若曦的脑袋，又对大家说，"你们以后可要随时来看我。"

没有一个人回答。

"走吧，走吧。"我尴尬地笑着，"把东西给我搬到二楼的216房间。"

怀人居是个四合院，初冬的院子里洋溢着浓浓的温暖。根据我和院方之前达成的协议，我住在正对大门的二楼。房间不大，却有两扇窗户，空气通透，随时能够享受到阳光的沐浴。后墙窗户外面是一面山坡，开窗便能闻到泥土的芬芳。放眼望去，尽管秋日萧瑟，但绿色依稀可见。我第一次独自来怀人居时，领我看房的是一位四十岁开外的女人，她边走边说我运气好，刚好遇到好房子。我问："为啥说我运气好呢？"

"住在这间房子里的人上午才拖走，你就来了。如果来迟一步，可能就会被别人占了。"她有点哮喘，呼哧呼哧地吼着气，"房子紧俏得很哩。"

"来这里的人很多？"

"多啊，好多人连跑几趟也预约不到房子。"

我心里真的隐隐约约地感到庆幸，第一次来竟然就遇到好房间。不过,此刻我最大的好奇之处在于那人是怎么死的。我问:"那个人得的什么病啊?"

"你说哪个?"

"上午才拖走的那个人。"

"肺癌。"

"肺癌?"

我轻轻地重复了好几遍,轻得只有自己的内心才能听见。可我没有料到,她还是听见了。

"嗯,就是肺癌。"她斜着眼睛瞅着我,"肺癌怎么啦?"

"没什么,没什么……"我绕过她,独自朝房门走去。

几天后,我这个肺癌晚期病人,住进了上一位肺癌患者的房间。我强颜欢笑地把智杰智美他们迎进来,房间瞬间被塞满得没有一丝空隙。我热情地招呼着他们,好像他们是远道而来的客人。但是,我并不是真正的主人。我与这间小房子才刚刚认识,不属于彼此。我的热情轻浮缥缈,甚至有点夸张,缺乏足够的感染力。我没有给他们倒水,没有给他们削水果,只是一个劲儿地让他们坐,可房间里却只有一把椅子。他们显得局促不安,用审视的眼神打量着这个狭窄的空间。只有若曦、凯瑞和俊博在床沿坐下来,三个人都低垂着头。

片刻的尴尬后,家人便着手布置这个临时的栖身之所。水果放在哪个柜子,备用毛巾放在哪个抽屉,牛奶放在什么地方,他们都一而再再而三地叮嘱。最让他们放心不下的是吃药,担心我老眼昏花吃错了,或者吃多了。智美向一路陪同的志愿者借了一支笔，把每种药的服用方法清清楚楚地写在纸上，具体到饭前吃还是饭后吃，以及每种药吃几粒。尽管如此，她还是不放心，转身对那个志愿者喋喋不休："我爸这个人，没生病时就糊里糊涂，现在生病了更容易丢三落四，拜托你们好好照顾他。特别是吃药，千万不能吃错了。"

那个女孩点头答应："放心吧，既然来到怀人居，我们就当他是自己的亲人。"

智美特别感动，眼泪差点掉下来。

"我是肺部有问题，又不是精神病人。"我佯装生气，拍了拍智美的肩膀，才没让她哭出声来。

"我还不知道你吗？"智美真的生气了。

"好了，好了，我都记下了。"我故作腔调地安慰智美，就像她小时候丢掉一块橡皮擦哭得稀里哗啦时那样哄着她。

一番忙碌下来，终于收拾妥当。停下来后，大家又陷入别扭与尴尬，就像莫名其妙地被抛入一个不合时宜之地。我假装咳嗽几声，在窗口心思散漫地望着悠远的天空。我知道每一个人都不愿意让我到这里来，但是自己依然如愿以偿地成为了怀人居的一员。不过，听着智杰和智美的窃窃私语，好像他们都觉得我不过是一时意气用事，住不了多久就会重新返家。

时间已经来到中午十二点，我催促着他们尽快回去，三个小孩子下午还要上学。昨天晚上，我一再说不需要他们送，自己乘出租车就可以了。不仅没一个人听我的话，而且三个孙辈还一同跟着来，弄得气氛凝重而肃穆，好像今日一别就再无重聚之时。此刻,依然没有一个人听我的话。我让他们走,他们却赖着不动;我说时间晚了孩子们赶不上下午上课,智杰说开车很快;我说还要带孩子们去吃午饭,智美说车里有牛奶和面包。

我还能说什么呢?只得垂头丧气地远眺窗外摇摆的野草。一只褐色小鸟停留在枯黄的草根上,懒洋洋地梳理着羽毛。

突然之间,大家都紧闭嘴巴不说话。半响,我指着窗外,自言自语道:"这里环境实在太好了,空气好像都是甜的。"

没有人回应。

我又故作惊讶地说:"若曦,你们过来看,那只小鸟好可爱。"

一向开朗活泼的若曦坐在床沿上,木然地盯着地板。

我无趣地转过身来,打量着他们。每个人都警惕地看着我,眼神又立即挪开。我来到床前,打着哈欠,伸着懒腰:"已经安顿好了,你们就回去吧,我想躺会儿。"

若曦、凯瑞和俊博齐刷刷地站起来,扶着我坐下。我脱外衣的时候,若曦已经帮我把鞋脱了。我靠在床头,对着三个孙辈说:"快回学校去吧。"

凯瑞和俊博点了点头。若曦没说话。

片刻后,所有人开始窸窸窣窣地收拾东西,准备离去。

我目送他们走出去,门缓缓关上。正当我准备长出一口气时,门却"吱呀"一声打开。若曦跑进来,一把搂着我的脖子。她的脸庞贴在我的耳边,温热的气息让我感到无比幸福。若曦慢悠悠地说:"爷爷,你要好好照顾自己,周末我就来看你。"

"爷爷会照顾好自己,你就安心地学习吧。"我抚摸着若曦清秀光滑的头发,一行老泪流下来。

我恍恍惚惚地听见有汽车开出院子的马达声,心想应该是智杰他们走了,忐忑不安的心终于踏实下来。翻身下床,推开窗户,看着风吹草动的景象,心情顿时舒爽。我暗自庆幸,这个地方没选错。

九月底,也就是两个星期前,我与智杰智美两兄妹的明争暗战呈胶着状,谁也无法说服对方。我坚持不去医院,他俩坚持不让我住在家里等死;我始终认为既然治疗无法挽救性命就不如顺其自然,他们俩始终认为家里有经济能力让我到最好的医院接受最好的治疗。眼看着一家人快到脸红脖子粗了,我抛出一个折中方案,到怀人居生活。这里环境优美,有相对专业的医护人员和热心的志愿者。我三番五次地重申拒绝治疗的观点,只想去一个适合度过生命最后时光的地方。无奈之下,智杰和智美都同意了。他们明白,这是别无选择的最好选择。

智美眯着眼睛叹着气说:"哥,明天我们去怀人居看看吧。"

我笑呵呵地说:"不用去啦,我几年前就看过。前几天,我又去了一次。"

智杰和智美完全忘了,六年前我曾对他们提起过这家临终关怀医院。那时候,关于林芙蓉不绝于耳的讨论早已随风飘散。没有人记得那个创建临终关怀医院的女企业家，怀人居这三个字更是被忘得一干二净。

苏菲娅离世之前三个月的一个下午，我曾悄悄来过怀人居。当时，我打算让苏菲娅来这里生活。苏菲娅生命的最后阶段，我挖空心思想了很多办法。只要是能避免她在冰冷的医院里等死的方法，我都愿意尝试。一个朋友看我心急如焚，便指引我去寻找这家已经成立好多年的临终关怀医院。

那时候，怀人居不如现在这样受人关注，在里面生活的人不过几十个。秋风萧瑟，庭院冷落，几片黄叶在水泥地上无精打采地翻滚。但是，我觉得这里的宁静可以让任何一个人忘却病魔带来的痛苦。我给在病床上挣扎已久的苏菲娅轻声细语地描绘这个偏远而安静的场所，她眨眨眼睛点点头表示同意，并露出会心的微笑。遗憾的是，这个想法被孩子们坚决拒绝了。我还没有来得及详细介绍怀人居，他们只听到临终关怀这四个字就火冒三丈。

我曾答应过苏菲娅带她去很多地方，但没有一个诺言实现过。我是如此坚决地要兑现自己最后一个诺言，但在怀人居安静度日依然只是我和苏菲娅心中的一个幻影。两个满腔孝心的孩子说，不能眼睁睁地看着母亲在大山里等死。六年后，时间终于来到我面临死亡的时刻，与智杰和智美几番较量之后，我向他们做了最后的宣战："这一辈子，无论是工作还是生活，我都没有什么选择的余地。这一次，就让我自己选择怎样死亡吧。如果你们尊敬我这个父亲，就请尊重我的决定。"

伴随着安静的回忆，我度过了在怀人居的第一段时光。午后的阳光照在窗台前的桌子上时，专门负责照顾我的志愿者推开房门小心翼翼地走进来。与几个小时之前相比，此刻她的笑容更加温暖动人。

"你感觉这里怎样？"她的嘴角微微上翘，跟若曦一模一样。

"安静得就像梦中的花园。"

"嗯，喜欢就好。"

"哦，对了，我可以出门吗？"我指了指外面，"我是说走出这个院子。"

"你要到市区？"

"不是，我只是想到附近的田野走走看看。"

"如果你的家人来了，可以带你出去。如果你平常需要出门，必须得我陪着。"

"那多麻烦你呀。"

"怀人居实行一对一护理，一个人照顾一位病人。而且，对病人实行二十四小时全天候照顾。"

"哦。你叫什么名字？"

"我叫程文玲，以后你就叫我小程吧。"她来到窗前，把窗户关好，"走，我们下楼吃饭。"

"我觉得叫文玲好，叫小程听起来就像外人。"我边说边往门外走，"你在这里工作多长时间了？"

"夏天快结束时来的，两个多月了。不过，现在我只是在这里实习。"

"打算往后在这里工作吗?"

"这个说不清楚,毕业后再说吧。"

食堂很大,却很冷清,稀稀拉拉地坐着几个人。大家埋头吃着饭喝着汤,几乎没有人说话,偶尔传来几声锅碗瓢盆清脆的碰撞声。我问旁人为什么吃饭的人这么少,一个皮包骨的老头一声长叹,他说能坐在食堂里吃饭是好事呀,说明还有几天日子过,吃饭都要躺在床上的,就意味着很快就会吃不下饭了。我觉得他说的有点意思,笑着向他点了点头。意外的是,他不但没有回应我,反而把脸一沉,像是把我当成了仇人。

怀人居的饮食很清淡,素食居多,很合我的胃口。冬瓜、萝卜、西红柿、小白菜、韭菜、豆腐……好像全是为我准备似的。

我一边吃饭一边对刚才那位老头说着话。不过,他却不搭理我,只顾闷头漫不经心地吃着几片萝卜。他不但没有回答我的问题,甚至都没再抬头看我一眼。自言自语一会儿后,我不想再自讨没趣,独自吃着小葱烧豆腐。

这是我最近几年吃得最香的豆腐。此刻,我痛恨楼下那家菜市,仿佛从未卖过任何一点好东西。菜是枯黄的,西红柿是烂的,我最喜欢吃的豆腐没有一丝黄豆味。怀人居食堂里的豆腐,让我找回了久违的黄豆味道。小时候,因为家境不好,母亲很少买肉吃,取而代之的就是豆腐。我常常看着她提着一小块豆腐从菜市场走出来的身影,这是我记忆中难以忘却的影像。奇怪的是，常年吃豆腐的我竟然没有厌恶，反而充满依赖。

盘子里还剩最后一块豆腐时，皮包骨冷不丁地问："你这样能吃能喝，看不出有什么病啊，怎么跑到这里来了？"

"我想来啊，这么优雅的环境，不是很好吗？"

"你真是个怪人。"皮包骨扑哧一声，"随便环境有多好，估计也没有几个人想来这种地方。"

"听说房间很紧张，说明想来的人很多嘛。"

"唉……"皮包骨一声叹息，"实话实说，你到底是什么病？"

"肺癌晚期，年轻时烟抽多了。"我吞下最后一块豆腐，用纸巾抹了抹嘴巴。锅里的萝卜汤还不错，可突然不想喝了。

"肺癌，你抽烟太多说得过去。可是，我从来不抽烟呀。"

"你也是肺癌？"

皮包骨晃晃荡荡地点着头，浑浊的泪水浸满褐色的眼眶。

面对突如其来的哭泣，我束手无策。无论意志多么坚强，当死亡真的来临时谁都扛不住。皮包骨心中的恐惧，我感同身受。一个多月前，当医生把病情报告递到我面前时，曾经乐观的心态也瞬间被冰封。但是，生老病死树木枯黄，这是自然现象。既然无力改变，不如顺其自然。

"有什么好害怕的，你看我还不是一样的肺癌。"我故作轻松，喉咙里挤出来的声音有点沙哑，"而且，还是晚期。"

"我不是怕肺癌晚期。"

"那你哭什么？"

"我是不想来这里，环境再好我都不想来。"

"那为什么还要来呢？不想来就不来嘛。"

我这么一说，本来已经停止哭泣的皮包骨又抹起泪来，哭声比之前有过之而无不及。我有些后悔画蛇添足地问了最后那句废话，但覆水难收，只能静静地等他停止哭泣。他不用纸巾，就用老树根一般的手指在脸颊上抹来抹去。这个笨拙而滑稽的动作，不仅没有掩饰住他哭泣的狼狈样子，反而看上去愈加可笑。皮包骨的十根手指湿漉漉的，泪水从指缝间流了出来。看着他这副模样，我心中涌起一股莫名的心酸。

吃罢午饭，我和皮包骨来到院子里晒太阳。程文玲在二楼阳台上对我说了句什么，我指了指耳朵，示意听不清楚。她一路小跑过来，贴在我的耳朵边问是否要睡午觉。我摇摇头。她又说："好长时间没有见到这么好的太阳了，你们就好好晒晒吧。"

我和皮包骨懒洋洋地坐在太阳里，天空吹着甜丝丝的微风。现在，我才彻底把眼前这个瘦削的老头子看清楚。薄嘴、长鼻、颧骨高凸，宽阔的额头上有三条很深的皱纹。但最难忘的，却是他说话的时候总是一只眼睛大一只眼睛小，而且随着情绪越波动，眼睛大小的对比越是强烈。

这天下午，皮包骨总是长吁短叹，控诉着他这辈子白养了两个儿子。从他的口中，我得知他中年丧偶，晚年独居。两个儿子都在同一个城市，但却很少来看望孤苦伶仃的父亲。大儿子生性老实,几十年来窝在一个破败的单位,收入微薄,家徒四壁。妻子实在无法忍受贫穷的生活,选择离婚走人。至今,大儿子依然未婚,与女儿相依为命。二儿子与大儿子截然相反,没有一天沉下来好好过日子,三十多年中,有一半时间在监狱里度过。他总是什么都喜欢换,不仅工作三天两头地换个不停,婚姻在他面前也是儿戏。三次结婚又三次离婚,三个儿女都跟着前妻生活。每一次离婚,他都放弃抚养权。他养不活儿女,儿女也不愿意跟着这个没有责任感和安全感的父亲。

皮包骨一家三个男人,全是单身,孤独地分散在这个偌大的城市。

一场巨大的灾难降临在这个家庭,皮包骨得了肺癌。从医院出来后,他分别给两个儿子打电话告知病情。他以为他们会惊慌和难过,没想到两个儿子都一副无所谓的态度。挂断电话后,皮包骨想到命运如此凄凉,便号啕大哭。

两个儿子没有足够的金钱给皮包骨看病,也没有时间照顾他。所以,他们极力说服皮包骨到怀人居去。皮包骨觉得太丢脸,把两个儿子狠狠地羞辱了一顿。两个儿子猥琐地蹲着,低垂的脑袋快要碰在地上了。听完父亲的臭骂后,他们起身便往回走。皮包骨急了,上前拖住两个儿子的大腿,呼天抢地地号叫。两个儿子你看看我,我看看你,推开老父亲就要各自回家。临走时,半是警告半是劝说皮包骨,如果去怀人居的话他们还负责生活费,如果非要进医院,他们就彻底撒手不管不顾。

皮包骨一个人呜呜地哭了半天,万念俱灰的他来到了怀人居。

"你说这是哪辈子造的冤孽啊,我辛辛苦苦地养了两个白眼狼。"在明晃晃的阳光下,皮包骨那只小眼睛越来越小。

"听你刚才说的意思,他们的生活条件本来就不好。"我极力地劝解他。

"条件好不好,老子生病了,儿女总得想办法治疗。"

"我们这样的病,没有几十万根本无法进医院。这不是个小数目。"

"按你的话说,这两个儿子我不是白养了?"

"生儿育女又不是做生意,你付出多少就想加倍回收,感情回报才是最重要的。"

"感情回报?那两个狗日的对我有屁的感情!如果真有感情,就不会让我一个人到这里来了。"

"我觉得吧,到这里来你应该高兴才对。"

"我怎么高兴得起来?刚来的时候每天都哭,眼泪都流干了。"

"你看我吧,一个儿子一个女儿,儿子自己做生意当老板,女儿是外资企业的高管,生活条件都比较好。"我原本不想说儿女的事,但看着皮包骨死钻牛角尖,便想个法子开解他,"我生病以后,他们立即给我办了住院手续,可我自己却不愿意去医院。为此,我还和儿子女儿吵过好几次。"

"你非要吵到他们同意让你到怀人居来为止?"

"嗯，是这个意思吧。"

"你呀，身在福中不知福。"

"我是看明白了。既然是晚期，花多少钱治疗都捞不回这条老命。"

"你儿女这么有钱，还怕花钱？"

"我不是怕花钱，我是怕花了钱折腾来折腾去，最终还是一个死。"

"如果好好治疗，或许能多活几天。"

"即便能多坚持几天，那又有什么意义呢？"我认真地看着他，一字一句地说，"人这一辈子啊，活多活少都是命中注定。该来就来，该走就走，没有什么值得留恋。"

"你真傻。"皮包骨摇晃着脑袋。他的表情告诉我，他对我很不理解。

我呵呵一笑，不再言语。

太阳疲倦地隐去，空气的味道由甜变苦，并有丝丝冷意。我们的谈话结束得很唐突，说停就停，转身就走。皮包骨住在另外一幢房子里，他佝偻着背慢慢走远。我望着他的背影，久久说不出一句话来。半响，我突然想问皮包骨住几楼几号房间，但他已经消失在走廊的尽头。

回到房间，时间才两点过一刻。我想看会儿书，可翻开之后却沉不下去。来的时候，我带了一大堆书，包括《与死亡言和》，最近它一直是我的枕边书。我伫立在窗口，看着那些枯草和不知名的花朵。一只色彩斑斓的蝴蝶飞过来，自由自在地飞舞。我纳闷，这个季节有蝴蝶吗？它一直在窗口徘徊，好几次就快要飞进房间里了。我眼巴巴地望着它，有一种莫名的激动。可是，它终究没有进来。疲惫突然袭来，我带着失落的情绪躺在床上，在胡思乱想中进入梦乡。这一觉睡得很香，醒来时快到吃晚饭的时间了。我伸伸懒腰，恍惚记得做了一个梦，但始终想不起到底梦见了什么。

晚饭后，我打开电视机独自看着一档读书节目。我非常喜欢这档节目，几乎每期不落。主持人是个漂亮的女人，常年戴着一副金丝边框眼镜，骨子里透着一股优雅。更重要的是她与我有着相同的志趣，推荐的每一本书我都喜欢。唯一的遗憾是节目太短，每次对书的品评浅尝辄止，让人意犹未尽。

节目快要结束时，程文玲来了。

程文玲是来监督我吃药的。我告诉她自己不会出错，她却一脸认真地说，既然答应智美，就得兑现承诺。"这不仅是怀人居对护理人员的要求，也是我自己做人的品格。"昏暗的灯光下，程文玲倒好开水，放在旁边凉着。热气在充斥着凉意的空气中摇曳而上，画着美妙的弧线。程文玲看了看我，摊开智美留下的纸条，有条不紊地取着药丸。我看着她认真的模样，内心洋溢着温暖。影影绰绰中，我觉得程文玲与若曦长得有几分神似。我想象着，若曦长大后应该就是这般模样，幸福在心里悄然生长。

药分好后，开水还没有冷下来。

"文玲，你去忙你的吧。"我用手背贴了贴水杯，还有点烫,"我虽然身体不好,但脑子还是很清醒呢。"

"我必须亲眼看着你把药一粒一粒地吃下去才能离开。"她摆手摇头,似笑非笑,"这是我的任务。"

"智美的话不必当真,在她的眼里,我一直就是个糊涂的老头子。"我的口气听上去既调皮又倔强,"其实,我才不是糊涂虫呢。"

"你有这么一个孝顺的女儿,真是有福气。"她笑呵呵地说,"不过,除了智美阿姨,还有一个人也交代过我,一定要好好照顾你。"

"哦……还有谁呀?"

"林芙蓉。"

"怀人居的创办者?你说的就是那位企业家林芙蓉女士?我可不认识她呀?"

"她认识你啊。"

我看着程文玲,半响没有说话。

"她说,你是一个奇特的人。"

"为什么?"

"真正心甘情愿到怀人居来的人不多,大多是无可奈何才来这里。孤寡老人,或者没钱治病的人。而且,到怀人居来生活的人,基本上都是医生宣布了最后的死期,你却刚刚确诊就来了。"

"林女士交代你好好照顾我,原来是因为我是个怪人。"

"这只是原因之一。更重要的是,她认识你,尊敬你。"

"尊敬我？"

"她说你是一位作家，曾经在杂志上拜读过你的作品；她说你的文字朴实得有些笨拙，但的确有才华。"

我一直以为自己零零星星地发表在杂志上的文章没有多少人看，却想不到在现实生活中遇到读者。这些年的坚持与努力，竟然换来了朋友和知己。虽然我最近几年从未放弃写作，却再没有文章发表，想必林芙蓉看到的文字，应该是我很多年前写下的吧。

开水温度降下来了。程文玲把水杯和药丸递给我。她想一粒一粒地亲自喂药，我笑着拒绝了，自己还没到生活不能自理的地步。吃完药，我咕嘟咕嘟地把一杯水喝完。程文玲又倒满一杯，放在床头柜上。一番交代之后，她便转身告辞，我慌忙叫住她。她停下脚步，娇小的身体倚在门上。

"你与林芙蓉是什么关系？"我不知道自己为什么要这样问，说完后有点后悔和尴尬。

"她是我姨妈。"程文玲微微地笑着。

"你姨妈在哪里看过我的文章？"

"这个她没有告诉我。"

"其实，我也很早就知道她了。"

"你认识我姨妈？"

"不认识，我只是听说过一些关于她的传闻。"

"传闻？"程文玲虚掩房门，重新在椅子上坐下，"什么传闻？"

"一些街谈巷议，都是关于她为什么要创办怀人居的事。"

"我很想听听，人们到底怎么议论我姨妈。"程文玲笑着把水杯递给我。

"无非是乱七八糟的猜测，不论是说的人还是听的人，都不确信是真的。"我喝了一口水，呛得咳了好几声嗽。"有人说，林芙蓉与官员勾结，空手套白狼赚得千万身家。但是，年纪轻轻的她却身患癌症，看透奔波劳碌，便为自己修建一个清净优雅之地，以便将来养老之用。也有人说，林芙蓉所结交的官员贪污巨款，让她想办法帮忙转移资产，于是便修了怀人居。还有人说啊，现在是老龄社会，老年人越来越多，林芙蓉及时修建一家临终关怀医院，是做面子工程拍马屁，争取在官员那里捞取更多的生意。"

"你相信哪一种说法？"

"我与很多人一样，哪种说法都不相信。没事的时候，听听热闹而已。"我略微停顿，转而又说，"不过，对我来说，哪一种说法都无所谓。我得感谢你姨妈，怀人居让我感到温暖，这就够了。"

"现在的人，都喜欢这样胡说八道吗？"

"这都是十多年前的事情啦，就是你姨妈刚修建好怀人居那会儿。"我想安慰一下程文玲，"现在没有人说了，恐怕就连当年说得唾沫星子四处飞的人也早已忘记这事儿了。"

"那你想不想听一听我姨妈创建怀人居的真实想法呢？"

"如果你愿意说，我当然愿意听。"我真的有点好奇，"当年的那些八卦之说，我听了很多，现在还真想知道真相到底是怎么回事。"

"看来，你依然还是个喜欢八卦的人嘛。"程文玲呵呵一笑，声音在夜间的空气中格外清脆。

"都说人老了就返老还童，变成小孩子了。"我陪着她笑，"小孩子最爱听故事，越离谱的故事越爱听。"

"我姨妈这个故事，一点都不离谱。"

"嗯。"

"外婆去世那年，我妈六岁，姨妈才四岁。姐妹俩全靠外公一个人养活，日子过得非常艰难。"程文玲哽咽难语，"姨妈很聪明，读书很刻苦。靠着外公卖苦力挣来的血汗钱，读完高中上了大学。读大学时，姨妈就不再要外公的钱了。她利用业余时间，在街边贩卖小商品，竟然挣够了所有学费和生活费。我真佩服姨妈的精力和毅力，每天早出晚归地做小生意，还能以全优的成绩从大学毕业。"

"你姨妈大学读的什么专业？"

"工商管理。"程文玲机敏地看了我一眼，大概不明白我为何要这样问，"毕业之后，她在成都一家公司做总经理助理，两年之后便离开公司自己创业。由于经营得当，她的公司越做越大，没几年便拥有千万家产。可是，正在她春风得意时，却迎来了人生中最悲痛的事。"

"生意失败家财散尽？"

"我想姨妈这辈子不会因为失去金钱而痛苦,她曾告诉我生意的成功之道就是敢拼敢打,即便投资失败成为穷光蛋也无所谓,因为她原本就是一个身无分文之人。"程文玲幽幽地说,"那一年,外公去世给她带来了沉重的打击。"

"人终将是要死的。"

"外公得的是胃癌,他在病床上说大概是年轻时家里穷吃不饱,长期饥饿才得上这么一个病。"程文玲的眼里泛起泪花,"外公在病床上折腾了几个月,好几次眼看着要断气了,却又迷迷糊糊地醒来。每次醒来,外公说的第一句话便是让姨妈回去把外婆的坟修好。当年外婆去世时家里太穷,葬在一个土坡上连个坟头都没有。长期不修,坟上长满野草,一般人根本看不出那里还有一座坟。"

"对你姨妈来说,这个愿望不难呀。"

"可是,那段时间姨妈一边在公司里忙,一边在病床上照顾外公,分身乏术。"程文玲面色沉重,被一股巨大的悲伤笼罩,"外公三番五次地请求姨妈回家为外婆做坟头,仿佛让她明白了什么。她让外公放心,马上回老家为外婆修坟头。但是,坟头却没有修成。"

"为什么?"

"的确是走不开,她回老家后,如果公司有事谁来处理?如果外公有突发情况谁来安排?"程文玲语气中没有了伤感,"所以,她准备撒一个谎。"

"她欺骗你外公?"

"是的。"程文玲轻快地说,"姨妈在公司里埋头工作好多天,然后到病床前告诉外公,外婆的坟头她已经安排人做好了。而且,做得非常气派,是村东头坟场里最气派的坟头。"

"你外公相信吗?"

程文玲突然不说话了。

"他看出你姨妈在撒谎?"

"他没有半点怀疑,完全相信自己的女儿。"程文玲摇晃着脑袋,"只是,在听到姨妈的谎言十多分钟后,外公就去世了。"

"哦……"我轻轻地吐了一口气,"原来是这样呀。"

"外公去世除了让姨妈感到悲痛之外,也给她带来启迪。"程文玲脸上凝重的神色终于散去,"人这一辈子最怕的或许不是死亡,而是带着遗憾离开。"

"所以,她就创办了怀人居。"我豁然开朗,"让濒临死亡的人,在这里过上他们想过的生活,做他们想做的事。"

"我姨妈常常说,患病后如果还有机会治疗,当然得好好治疗,毕竟活着很重要。如果已经到了晚期,没有治疗的必要时,就该把死亡的权利交给他们自己。"程文玲一声叹息,"只是,真正懂得和理解的人不多。"

"理解不理解不重要,来不来怀人居也属于正常。"我笑着说,"这也算是一种尊重。"

程文玲笑吟吟地看着我,点了点头。

我躺在夜色里,偶尔能听见山间的虫鸣。林芙蓉的故事一直在我的脑海里徘徊，我真想见她一面，看看她到底是怎样一个女人。这样想着，我觉得自己有点可笑，不明白自己为何突然想起要见她。莫非是听说她看过我的文章？或许，这只是程文玲随便一说，让我高兴一下而已。可是，她又怎么知道我是一位写作者呢？

越想越糊涂，越想越可笑。

我在天鹅绒般的夜色里摇了摇头，用手捂了捂软绵绵的被子，一股暖意在身体里缓缓流动。

四

我在怀人居的生活平淡而惬意，花草树木代替了高楼大厦，马达轰鸣变成了虫鸣鸟唱。很多个清晨，当我在鸟语花香中醒来时，有种恍然的错觉，不知身在何处。虽然救护车随时进进出出，死者家属的哀号总是从各个角落里响起，但我却在这里获得了有生以来从未有过的平静。读书写字，听风看雨，死亡的气息在绿树环绕的天然氧吧里被稀释得无影无踪。

每个周末，智美都会带着孩子们来看我。他们满怀热情，笑容可掬。尽管我对他们脸上的笑容感到怀疑，猜想那不过是为了讨好我而强颜欢笑，但在钢筋水泥丛林里闷得太久之后，来到空气清甜的山间应该会带给他们舒适的感觉。我最喜欢见到若曦、凯瑞和俊博这三个小家伙，在他们身上总能找到一种生机与希望。不过，凯瑞和俊博并不常来，好像只是在我入住怀人居后的第一个星期六来过一次。若曦却兑现了她的承诺，每个周末都会出现在我的房间，不是星期六就是星期天，从不缺席。而且，每次来之前她都会给我打电话，询问我需要什么，她好给我买过来。我总是一股脑儿地全部拒绝，但结果却都是她自作主张地给我买来几大堆。好在若曦懂我心思，基本上都是我喜欢的。

到怀人居快一个月了，智杰从未来看过我。第一个周末时，他打电话说要约见重要的客户走不开；第二个周末时，他又打电话说要去外地出差来不了；第三个周末时，我没有听到智杰的声音。当然，我也没有看到他的身影。我还记得那是一个细雨绵绵的日子，当我看着智美的车缓缓驶进怀人居的院子里，当我看着若曦撑着一把黄色的伞在雨中欢快地朝楼上跑时，心像一个陀螺迅速下沉。我非常失望，二十多天的期盼终究成为泡影。

我站在走廊上望着远山，直到若曦撒着欢儿向我跑来。

进屋后，我忍不住问若曦："你爸到哪里出差了？"

"他在家啊，哪里都没去。"若曦满脸疑惑。

我"嗯"了一声，半天没说话。我突然意识到，这个一向孝顺的儿子可能不会再到怀人居来看望我了。智杰的固执和偏见，让我的内心交织着一种复杂的情绪。他不想让我到怀人居来，事业有成的他想用金钱为我的生命做最后的努力。或许，智杰认为这才是他尽孝的最好方式。我这样想着，心中轻松了许多，甚至还泛起一股内疚，可能是自己辜负了儿子的一片孝心。

"既然他不来看我，那我就回去看他吧。"我没有讽刺的意思。

"我回去劝劝他,哥就是这个脾气,还不是从你身上遗传的。"智美见我有情绪,立即接话安慰我。

"说起来,我这是自作自受。"

"自己的儿子,就宽容一些吧。"

我笑了笑,点点头。

若曦挽着我的胳膊,乖乖地站着,像只温顺的小绵羊。

智美有些不知所措,她不明白我的心思。我不再强求智杰,站在他的立场和角度,应该给予理解和宽容。只是,他没有站在我的立场和角度考虑问题。我们之间横着一条湍急的河流,两个人站在河的两岸相对无语。原本是甜蜜而融洽的相聚,却因为我的情绪而变得沉闷而尴尬。

我没有回去看智杰,当然他也没来看我。时间一天天流走,平静得如秋天的月光。不知道从什么时候开始,智杰会隔三岔五地打电话询问我的病情和生活。不过,结束时依然为不到怀人居来看我寻找各种借口,不是开会就是出差。但是,我们说话的口气却慢慢缓和下来,不再像当初那般充满火药味。我们都给对方一个台阶,只是相互靠近的速度太慢。但是,再慢的速度都好过停滞不前。

天气变得越来越凉,阳光中偶尔带着一丝潮湿。我的病情并没有明显恶化,定期检查,按时吃药,平静得出人意料。一个梧桐树叶飘落的上午,我吃完早饭坐在走廊上眺望远方,目光落在远山与天际接触的地方，久久不愿挪开。突然之间，我有一股强烈的冲动，想要立即动笔写作《与人生言和》。这是给自己的交代，就像当年林芙蓉创办怀人居一样。我要利用生命最后的时光，记录下这辈子走过的点点滴滴。冲动激发出强大的力量，促使我立即起身回房，把自己关在逼仄的空间里，任思绪在岁月的通道里自由穿行。

记忆的闸门突然爆开，曾经的经历奔涌而来。

六十六年前一个雾霾沉沉的冬天，一家老旧的工厂宿舍楼里迎来了一个新的生命，我在众人的期待中来到这个世界。母亲之前两次怀孕，都没能成功生产。两次都是胎死腹中，胎儿莫名其妙地停止发育。不同的是一次是三个月，一次是五个月。两次流产并没有耗尽父母的希望，这对生活艰难的夫妻，始终带着巨大的期望等待第三个孩子的到来。母亲曾经告诉我，她在怀我期间每天都用双手轻轻地托着肚皮，时刻担心孩子掉下来。在战战兢兢的等待中，我有惊无险地出现在父母面前。母亲揉着眼睛说："你爸听到你第一声哭啼时，蹲在地上抱头痛哭。"

我的出生给父母带来幸福的同时，也带来沉重的生活负担。作为工薪阶层，他们每天重复着机械的节奏，睡眼惺忪地出门，灰头土脸地回家，劳碌而庸常。唯一的乐趣和希望，就是看着我一天天长大。记得三岁那年，父亲把我举过头顶傻呵呵地说："如果你这小子也死在你妈的肚子里，我就再也找不到生活的勇气了。"那时候，我俯瞰着父亲掉光头发的脑门，咯咯地笑个不停。当时，我不明白父亲的话，长大后才明白一位中年得子的男人的心酸。

父亲是普通工人，每天忙碌在阴暗、嘈杂的车间里。八岁那年秋天，我去过那个封闭的地方，轰鸣的机车声好像随时可能将屋顶掀翻，工人之间的交流全靠手势。我在门口望了望，看见父亲单薄的身影摇摇晃晃地穿梭其间。我接连喊了好几声，可惜他没听见。我稚嫩的声音，淹没在咆哮的机车声中。我想冲进去让父亲给我钱买数学课要用的三角尺和一本据说故事十分精彩的连环画，但门口值班的叔叔却将我拦下。他笑嘻嘻地告诉我，想来上班还得等十几年。我讪讪地笑着离开，站在十米开外对着那个脸庞清癯的人做鬼脸，心想呆子才愿意到你这个破地方上班呢，长大了我要到外面的世界去闯荡。

母亲与父亲在同一个工厂上班，主要工作是负责车间的清洁卫生。每天，她将车间里的垃圾清扫出去，用一个三轮车运到工厂的垃圾站。她总喜欢把头发盘起，戴一顶破旧的帽子，表情木然目光呆滞，身体有节奏地摇晃。伴随母亲佝偻的身影，传来的是三轮车吱吱呀呀的声响。工作时，母亲的眼神主要集中在成山的垃圾和前方的道路，但她却总能用任何一丝余光捕捉到自己的儿子。每当她看见我在某个角落里玩耍时，第一句话总是说："作业写完了吗？"

不管我怎样回答，母亲下班回家第一件事情就是检查作业。一旦发现我撒谎，她就抓起一根棍子朝我砸来。别看母亲身体瘦弱，手臂在挥舞木棍时却相当有力，好几次痛得让我怀疑自己不是她的亲生儿子。在童年记忆中，我始终好奇的一件事情是，母亲把那根用了好多年的木棍到底藏在什么地方。我发现只要母亲想要教训我，她总能像个魔术师一样，眨眼间那根木棍就出现在她手中。好几次，我偷偷地在家里寻找，想将这个带给我疼痛的东西丢掉，可无论怎样都找不到。母亲用她的刚烈使我养成了爱学习的好习惯，但也培养了我循规蹈矩的行事风格。六十六年的漫长岁月里，我的耳畔总是回响起她那句话："做任何事情，都要脚踏实地。"

我至今都还清晰地记得，父母所在的这家工厂总是处于风雨飘摇的境地，随时都可能一命呜呼。红色墙砖，灰色水泥地，一排排厂房宛如一个个笼子，死气沉沉地摆放着。整个工厂的上空，弥漫着浓浓的烟雾。每天晚上，父母在餐桌上有一半话题是关于厂子的未来，好像这两个人是厂子的一把手和二把手。事实上，他们只是最底层的员工，经年累月的讨论对单位的未来没有起到半点作用。后来，这家工厂在时代的发展进程中不断搬迁。等到我接班时，它已经搬到城东。很长一段时间里，成都的东边工厂林立，看起来一派繁华。

与其说我的父母是关心厂子的前途，莫如说是忧心自身的生存。艰难的世事，总是让人失去生活的耐心和勇气。从我很小的时候开始，他们就在盘算着如何将我养大成人，退休了事。母亲常常哀婉地对我说："用功读书，争取考上大学，找个好工作，逃出这个破厂子。"每次母亲说这话时，父亲都在一旁捏着酒杯，沉迷于那种透明的液体。

但是，我辜负了父母。我很爱学习，但成绩却始终好不起来。智商是硬伤，后天的努力并不能完全弥补先天的缺陷。希望有多大，往往失望就有多大。随着年龄的增长，曾对我寄予厚望的父母失望至极。每学期期末，我的成绩单总是成为父母郁闷的催化剂。父亲的酒瘾越来越大，言语却越来越少；母亲的眼神不再凶神恶煞，但挥舞手中的木棍却越来越有力。

在父亲的无助和母亲的高压之下，我对学习越来越没有耐心和热情，逆反心理日益强烈。我开始撒谎、逃学，能不去学校就不去，能不回家就不回。我对拉帮结伙打架斗殴的事情没有丝毫兴趣，也没有在学校喜欢上任何一个女孩子。无所事事的我，只是独自一人在街头游荡。我穿过一条条街道和巷子，心思散漫地盯着灰头土脸、行色苍茫的路人。

对我来说，最痛苦的莫过于周末和寒暑假。在漫长而无聊的假期里，我就像一只被囚禁的鸟，被母亲关在屋子里读那些枯燥乏味的书。我在屋子里来回扑闪，却没有勇气冲破窗户飞向外面广阔而自由的天空。

初中二年级那年暑假，我看着院子里的孩子们玩得热火朝天，欢颜笑语不断地诱惑着我，心里就像飘落下漫天花絮那般痒痒的。我也想加入到他们中间，找寻曾经的快乐。这一群十多岁的小家伙，曾经是我最好的伙伴。我们在这个并不宽敞的院子里度过了很多美好的时光，滚铁环、老鹰捉小鸡，以及爬到老树上去取鸟窝里的鸟蛋。那时候，城市里随处都有参天大树，天空中时刻可见各种各样的飞鸟。还有一种非常刺激的事，用一条肥滚滚的虫子去引诱觅食的蚂蚁，顺着蚂蚁爬行的路径找到蚁巢，一帮小家伙兴奋地往洞里灌水。我们试图淹死蚂蚁，从中获得快乐。谁也不知道蚂蚁是否真能淹死，但是这种毁灭带来的快感却让年幼的我们异常兴奋。但是，这些美好在我十几岁时就成了遥远的记忆。

那个闷热的午后，我在屋子里上蹿下跳，三番五次去窗口张望，没有看见母亲的身影。于是，我蹑手蹑脚地开门，悄悄地出现在院子里。大家怔怔地看着我，嬉笑之声戛然停止。我木讷地看着他们。大概半分钟后，他们收回眼神继续开始自己的游戏。没有人招呼我，我也没有向他们传达想要加入其中的意愿，就那样默默地站着。我还清晰地记得他们的名字，还分得清二狗子和闷头强分别是谁的小名，但是，我和他们已经成为陌生人。看着他们又奔又跑又叫又嚷，我只有落寞地沉浸在回忆之中。

失落的我靠着院墙蹲下来，双手捂着脸。透过指缝，我只能看到那群伙伴的下半身，几十双腿在我的眼前晃来晃去。我头晕目眩，晃晃悠悠地站起来，顺着小巷子朝外面走去。在厂子门口，一根棍子挡在我面前。我以为是那个瞎了一只眼的保安，继续低着头绕行，没想到那根木棍也跟着我绕行。我觉得蹊跷，一抬头便看见母亲怒目圆睁地站在面前。我撒腿便跑，一口气冲到家门口。她健步如飞地追上来，一边跑一边挥舞着手中的木棍。我站在门前焦躁而慌乱地在衣服和裤子的口袋里掏钥匙，却猛然发现刚才出门时忘记带了。

我悲伤地坐在地上，等待着母亲手中的那根木棍。

那些一直在欢快玩耍的小伙伴们齐刷刷地停下来，等待一场惊心动魄的好戏。这个不大的工厂宿舍楼里，我妈的棍棒教育家喻户晓，是人们茶余饭后最热衷的谈资。此时此刻，她喘着粗气站在我身后，嘴里嚷嚷着："你跑啊，你不是跑得像风一样快吗？现在，我看你往哪里跑。"

没有容许我说一句话，母亲手中的木棍便在我的屁股上啪啪地打起来。我抱着脑袋，弓着身子，耳朵里嗡嗡作响，只听到院子里一片幸灾乐祸的笑声。这种笑声让我感到屈辱和羞愤。我索性站起来，面对怒气冲冲的母亲怒吼道："你干脆把我打死吧，反正我也不想活了！"

母亲怔住了，扬在半空中的手僵在那里，半天没有落下来。她看着我，眼神里充满无奈和沮丧。我依然一脸愤怒地站在那里，与她对峙着。半晌，母亲的手缓缓放下来，垂头丧气地站着。片刻后，她开门独自走进屋里。那群看热闹的小王八蛋发现这场戏没了下文，便乐呵呵地作鸟兽散。

屋子里的空气格外沉闷，好像丝毫的火星子都能引起一场爆炸。

我进屋后，看见母亲坐在那里呜呜地哭着，泪水在她尖细的下巴上连成一条线。这是一场没有胜负的战争，但母亲的确投降了。我开始感到沮丧和难过，但又没有心情也不知道怎么安慰她，只好灰溜溜地回到自己那间狭小的卧房。我站在窗口遥看深邃的天空，脑子一片空白。半响，我重新坐到书桌前。

但是，我依然无法涉入知识的海洋，只是木然地看着那些干瘪的方块字。

中考的成绩一塌糊涂，我低垂着头进入了一所普通高中。从进入校园第一天开始我就意识到，这所学校里大部分学生都在荒废时日，都在等待进入社会的时间。

日子昏昏沉沉地过着，我的成绩不见提高，倒是喉结变大胡须生长。一直少言寡语的父亲终于按捺不住，开始关心我的学习。那年冬天，挂在天空的雪花始终不愿落下来。那个寒冷的夜晚，父亲把我叫到面前，皱着一张苦瓜脸说："如果不好好学习，将来就只有像我这样，没日没夜地在车间里忙活，一辈子都抬不起头。或许，这份工作你还不一定干得成。"

我频频点头，却没有记住父亲的话。这是我第一次看见父亲如此沉重地对我动之以情晓之以理，仿佛要对儿子的一生盖棺定论。父亲老来得子，我比他的生命更重要。看着眼前这个颓败的男人，我想起母亲曾经对我说的话，脑海里浮现出父亲在产房里号啕大哭的狼狈样子。

但是，我一次次辜负了父母的期望，依然是校园里的一具行尸走肉。

高考前夕，为了让我能够踏进大学的校门，哪怕是一所不入流的大学，有一段时间母亲撒谎向单位请了病假，每个周末像个特务一般监视着我。她把我关在封闭而昏暗的屋子里，霸占了我所有的业余时间，黑着脸拿着木棍把我往课本里赶。

那些日子，母亲真把自己当成病入膏肓的人，闷在家里闭门不出，就连去菜市场都是起早摸黑。我温习功课时，她就在几间逼仄的屋子里转悠，一遍又一遍地擦拭地板、衣柜、餐桌，以及家里所有需要打扫的物件。我察觉到，母亲做这些事情时总是心不在焉，隔会儿就跑到房门前偷看我是否在认真学习。我也跟她一样浮躁，无法静下心来看书，眼神时不时地飘向门口。好几次，我与母亲的眼神撞在一起。她的眼神瞬间变得如刀锋一样凌厉，看得我一身鸡皮疙瘩。

"妈，你能不能不要老是偷看我？"我忍无可忍，"这样反而搞得我安静不下来。"

她不说话，还是死死地盯着我。

我跳起来，跑过去气呼呼地说："我会认真学习的。"然后，愤怒地把门关上。关门的声音很大，不知道母亲是否听清了我说的话。

靠在门上，我全身终于松弛下来，好像一个下坠的风筝。

屋子里一片死寂，窗外传来一阵嗡嗡的声响。

我跑到窗前，一群鸽子欢快地朝我飞来。这些精灵仿佛是在我面前炫耀它们的自由，飞行的路线特别靠近窗户，好像随时会飞进屋里来。正在我下意识想要躲避时，白色与灰色的鸽群在我眼前划过一道优美的弧线，洒脱地朝远方飞去。天空明净，白云如棉花朵朵盛开。望着这群欢悦的鸽子，灼热的阳光刺得我眼泪忍不住掉了下来。

失落的我双手托腮靠在窗户上,横在眼前的是一排排锈迹斑斑的窗户栏杆,残忍地把窗外美好的世界割裂成一块又一块。呆愣片刻,我折身返回,轻手轻脚地来到门前,耳朵悄悄地贴在门上。恍恍惚惚中,我似乎听见母亲的脚步声,窸窸窣窣的。我用食指揉了揉耳朵,再次贴到门上时,却什么也没有听见。

我再次检查门锁,确定锁好后又重新回到窗前。依然是蓝天白云,但是,鸽子却没有再飞回来。我多么想再听听那翅膀挥动的响声,再看看它们划过天边时优美的舞蹈。可是,我的视野里只有空阔辽远的天空,以及那一根根面无表情的铁栏杆。

正在我打算重新回到题海之中时,一个女孩的出现让我的双脚死死地粘在地板上无法动弹。一身红色连衣裙,满头瀑布般的乌黑长发,像只蝴蝶一样在院子里飞来飞去,发出银铃般的笑声。看着她轻舞飞扬的样子,我觉得好像在哪里见过她,但却一时半会儿想不起来。我陷入回忆之中,疯狂地在脑海里寻找曾经的伙伴。好半天,一个小丫头的脸庞才蓦地浮上心头。这个充满青春朝气的女孩名叫徐佳慧,就住在我家对门,曾经与我在同一所小学读书。她考上重点中学后,我们再也没有见过面,即便我们住在同一个院子。偶尔,我从旁人的口中听到,她的学习成绩还是那么优秀,一定前程似锦。

徐佳慧的出现让我枯燥、困顿的日子充满生机,一种奇妙的感觉在心底荡漾开来。每个节假日,我都把自己关在屋子里，靠在窗户前等待她在院子里快乐地飞舞。这种等待既让我安静，又让我心潮澎湃。父母看到我闭门不出，误认为我一门心思沉浸在学习中，脸上总是挂着矜持而满意的笑容。其实，我只是在等待心仪的女孩。好在我从未失望，徐佳慧几乎每个周末都会出现，不是清晨就是黄昏。依然是一头乌黑长发，只是不断地变换着身上的连衣裙。我知道她只是学习累了到院子里来休息片刻，接着又回到屋里为自己的前程而拼命努力，但我却是用所有时间在等待她的出现。

我对徐佳慧充满依赖。如果哪个周末没有看见她，我便心慌意乱，惴惴不安。每次她从院子里回去后，我又变得目无神光，内心空空如也。从那以后，我在每个漆黑的夜晚，即便知道徐佳慧不会出现也目不转睛地瞅着黑咕隆咚的院子，期盼着看见她的身影。遗憾的是，她从来没有在任何一个我想要见到她的夜晚进入我的眼帘。徐佳慧住校，只有周末才回一次家，而读普通中学的我却要在每一个夜晚忍受不能见到她的痛苦。

但是，徐佳慧的倩影却以另外一种方式，嵌入我的生命。

那些寂寞难耐的夜晚，徐佳慧常常出现在我的梦中。梦中的她始终穿着一件红色连衣裙，长发飘飘，亭亭玉立，身体如微风中婀娜摇摆的杨柳。我焦急地站在窗口，大声地呼喊她。可是，梦中的我无论使多大劲都发不出声来，她的名字始终被紧紧地哽在喉咙。我急得满头大汗，狠狠地跺脚。跺着跺着，我便从梦中醒来，被单早已被踢到床下。看着漆黑的天花板，我陷入莫名的惆怅与失落。

某一天夜里，我再次从一个无法自拔的梦中醒来后睡意全无，于是爬起来站在窗口发呆。夏日的夜晚很沉闷，溽热的风吹在脸上油腻腻的。我越来越烦躁，莫名其妙地打开书本想要学习。不过，看着各种各样的方程式，就像钻进了一个巨大的马蜂窝那般痛苦，只好作罢。无法入睡，又不能安静学习，到底该干什么呢？我焦灼不安，无名之火包围全身，熊熊地燃烧。

这个奇特的夜晚，我鬼使神差地干了一件让自己激动万分又追悔莫及的事。

我拿出纸和笔，一字一句地写下对徐佳慧的相思之情。从我见到她第一眼开始，写到这些漫长的夜晚见不到她的焦灼、彷徨和无助。一种莫名的情感喷薄而出，全部跃然纸上。我的字写得不好，蓝色的钢笔字歪歪扭扭、密密麻麻地洒满整整两页纸。对于一个在课堂上写八百字作文都要憋出一身汗水的我来说，这几乎就是个奇迹。看着那些情意绵绵的字句，我竟然有些面红耳赤，心跳加速。

那个夏天，我最快乐的事就是把遇见徐佳慧所带来的美好全部记录下来。我每天都写，比做任何作业都认真。三个作业本写完之后，高考时间已近在眼前。那个热得屋子像蒸笼的夜晚，我抹了抹满脸汗水，结束了这次充满激情与浪漫的书写。大概有十多分钟，我深情地凝视着整个夏天的心血，徐佳慧的翩翩身影在脑海里不停地舞蹈。半晌，我把这三个作业本用废纸包裹得严严实实，藏在床下面的一个纸箱子里，并用一些乱七八糟的物件把箱子挡住。如果这件事被发现了，等待我的将是母亲手中那根威力无比的木棍。

这是我青春时期唯一的秘密。在最该用心读书的日子，我却用来记录一段不存在的爱情。多年以后，当我回想起这段经历时，并未对没有好好学习感到后悔，却因辜负父母的殷切期望而陷入深深的自责。

高考结束后，全家人都松了一口气。不管考得好不好，一场战役总算结束。那个闷热得天空随时可能突降暴雨的晚上，母亲做了好几个菜，父亲买了一瓶平常舍不得买的酒。看着热情洋溢的父母，我却提不起精神。饭桌上，母亲不停地给我夹菜，我碗里的饭菜早已堆积成一个小山。父亲兴致颇高，一杯接一杯地喝酒。突然，他举起杯子扯起嗓子要求我也来一杯。我直摇头。他说今晚高兴，允许我喝杯酒。我还是摇头。母亲用严厉的眼神看着父亲："小孩子喝什么酒啊？"

"考试结束了，庆祝一下。"

我说："考得不好，有什么值得庆祝的？"

"这几个月你一直在埋头学习，成绩应该不会太差。"父亲头一仰，一杯酒咕咚一声下了肚。

我没吱声，斜着脑袋朝窗外看了一眼。天空洒下淡淡的月光，院子里影影绰绰。脑海里闪过一个奇怪的念头，此刻徐佳慧在吗？我看不清外面的世界，但多么希望能够听见她清脆的声音。

"应该能够上线吧。"父亲的酒杯又满了。

"有点悬。"我清楚自己能考多少分，数理化每科都只做了选择题，而且全是瞎猜的答案。可是，我无法直截了当地告诉父母自己考砸了，砸得一塌糊涂。听我这么一说，父亲的眼神直勾勾地看着我，杯子里的酒洒了一桌子，顺着一条线欢快地流淌。母亲边吃边说："没出息。"

我一愣，偷偷地看了母亲一眼。

接着，母亲又说："倒杯酒都洒一地。"

一场虚惊，一身冷汗。

原来母亲是说父亲把酒洒了，我还以为她是在指责我。当我垂头丧气地从考场出来时，心中对母亲充满歉意。为了让我好好学习，那些闷热的日子里她付出了太多。单位里已经有人说三道四，纷纷议论母亲撒谎请病假，实际上是照顾儿子学习。"谁家没有孩子呀，凭啥她一个人请假？"那些闲得无聊的人总是这样叽叽咕咕。每当母亲听到这些闲言碎语时，总是默默地走开，假装没听见。

父亲再次仰头，又一杯酒下肚。他说："千万别说有点悬。高考悬了，你这一辈子可能就悬了。"

看着父亲严肃的样子，我全身哆嗦。

晚饭后，我在院子里徘徊。

世界寂静无声。我孤独地坐在一片漆黑的树影下，夏日的午夜蚊子很多，咬得我一身疙瘩。我不想离开，只想静静地待一会儿。父亲的话又在耳边响起，我悲哀地意识到，按照父亲的说法，我的人生可能从此开始走向萎靡和腐烂。对于青春年少的我来说，这真是一种巨大的悲哀。这个夜晚，徐佳慧没有出现，整个院子里除了我之外别无他人。我坐在地上，啪嗒啪嗒地打着飞舞在手臂和脸庞上的蚊子，不禁泪流满面。

接下来的日子，父亲继续在车间里劳作，母亲依然穿着一件黄色背心骑着三轮车在工厂里转悠，唯独前途未卜的我孤魂一样在院子里走来走去。我哪里都不想去，只想等待穿着红色连衣裙的徐佳慧能再次出现。我没有勇气向她表白，我只是想看见她欢快地飞舞，听到她悦耳的笑声。但是，我一次次地失望而归。

两个星期后，我从母亲口中得知，徐佳慧到武汉的外婆家度假去了。母亲自言自语地说，那女孩有出息，听说她很自信地告诉爸爸妈妈，分数绝对够上大学。我"哦"了一声，独自走进卧室，把门关得严严实实。母亲为什么要在我面前提徐佳慧，难道她看穿了我的心思？

公布高考成绩的时间终于到来。

天空堆积着一层厚重的云，一场暴雨被云层挡住无法倾盆而下。没有太阳的炙烤，但脚下的土地却热得冒烟。我很早便破门而逃，担心父母提到任何关于高考成绩的字眼。从家到学校的路本来很短，但今天我却感觉它如此之长，仿佛要穿尽一生才能走完。我走得慢腾腾的，用细碎的脚步丈量着这段熟悉而陌生的路程。好不容易走到学校门口，我却没有勇气走进去。远远地站着，看着同学们三三两两地走出来。他们脸上无一例外地挂着花朵般的笑容，只是艳丽程度不同而已。我黯然神伤地从他们身边走过,硬着头皮迎接那张注定会让人失望的成绩单。

我考得最好的是语文,作文不可思议地获得满分。但是,这无法改变我名落孙山的命运。因为偏科实在太严重,其他几门课加起来,分数还没有语文高。父母看到分数之后,一整天都紧紧地闭着嘴巴。我并没有看出他们脸上有什么失望的表情,却能感觉到他们内心里有一种被掏空的绝望。母亲抓起黄色马甲,唉声叹气地出了门。父亲走得晚一些,他在卧室里翻箱倒柜,不知道在找什么东西。出来时,我看见他一只手还插在裤兜里。

父母出门后,我倒在床上蒙头大睡,全身浸泡在汗水里。当我摇着昏沉沉的脑袋爬起来时,母亲已在厨房里准备晚饭。父亲坐在凌乱的阳台上,眼睛直勾勾地看着楼下那位捡垃圾的老人。

这天晚上,父亲一杯接着一杯,直到醉成一摊烂泥。

虽然已经立秋,但天气却依然闷热难耐,狭小而老旧的房子成了一个大蒸笼,憋得人仿佛随时可能断气。父母早出晚归,一天难得与我说上几句话。我把自己关在屋子里,浑身上下找不出一丝出门的勇气。大概有二十多天,我过着吃饭、睡觉和在窗前发呆的日子。突然之间,我有点想念那所自己一直看不起的学校,至少每天早晨起床后知道自己该往哪条路走。但是,现在我不知道该去哪儿,不知道这辈子该干什么,不知道怎样才能挨到死的那一天。鸽子依然一群一群地在天空飞翔，但徐佳慧却从未再出现。我意识到这辈子再也见不到她了，满心悲凉。

一个寂寥的黄昏，我猫着身子从床底下抓出那个纸箱子，上面已经被厚厚的灰尘覆盖。用手一摸，满手尘土。撕开包装纸，三个静静躺着的作业本映入眼帘。这三个本子承载着我对一个女孩的爱慕之情。如今想来，自己原来如此可笑。我为自己当初的意气之举感到懊恼，竟然放弃学习对一个女孩写下洋洋万言的倾慕和爱恋。

看着本子上熟悉而陌生的文字，我心绪难平，一篇一篇地翻看下去，那些夜晚的记忆又在眼前浮现。这种感受让我难过和羞愧。我自嘲地笑了笑，一页一页撕碎这些曾经视若珍宝的文字。看着那些白色的碎片，我眼眶潮湿。但是，我强忍着没有哭出来。我捧着一大堆纸屑来到窗前，平静地将其抛到窗外。那些雪花一样的纸片飘摇而下，散落在水泥地上，化作一声声叹息。

我关掉窗户，躺在床上沉沉地睡去，直到父亲叫我吃晚饭。在我的记忆中，这是父亲第一次叫我吃饭，以往他总是端着酒杯自顾自地先吃喝起来。

最近，父亲的酒量越来越大，每餐不离酒杯，且每次都喝得酩酊大醉。这是一顿普通的晚餐，一成不变的两菜一汤，两个都是素菜。但是，从父亲的敲门声中我就听出来了，这顿饭似乎有着格外重要的意义。自从坐上桌子开始，我就一直埋着头，根本不敢看父亲和母亲。

十多分钟后,父亲把一杯酒递到我面前。我一怔,嘴里的饭粒又重新掉回碗里。

父亲说:"喝一杯吧。"

我纳闷,他近来为何总是让我喝酒?以前逢年过节时,我尝试着讨杯酒喝,无数次被少言寡语却十分严厉的父亲呵斥,如今他却变了个人似的总是劝我喝酒。我偷偷看了一眼母亲,她面无表情,闷声吃饭。我的第一反应是这酒不能喝,便把酒杯推回到父亲的面前。

"我让你喝你就喝。"他又递给我。

我再次瞟了一眼母亲,端起酒杯一饮而尽。杯子是空了,但酒却只有一半进了肚子,另一半喷了出来,洒在米饭上。喉咙发烫,胃里发烧。我急促地咳嗽,半天才缓过来。父亲和母亲都没说话,任由我被酒精折磨着。

"你平常看我喝酒喝得快乐,现在你尝了,好喝吗?"父亲醉眼蒙眬地看着我。

从父亲的语气中,我闻到了不友好的味道。我放下酒杯,擦了擦嘴巴,推开碗筷朝卧室走去。但是,父亲却叫住了我。他让我坐下,说有话告诉我。我看着他越来越严肃的表情,极不情愿地回到位置上。

"酒是用来解愁的。我喝了半辈子酒,可是愁却没有解完。"父亲开始喋喋不休,"我让你喝酒,就让你懂得解愁的方式。从今以后,你就要为生活而愁啦。"

父亲把酒杯重重地放在桌子上,我感觉那个透明的玻璃杯随时可能裂成玻璃渣子。我再次望向母亲,她却正在用余光观察着父亲的言行举止。看得出来,母亲对于父亲到底想表达什么并不清楚。

"让你好好读书,争取找个好工作,可你就是不听。"父亲的眼睛鼓得圆圆的,"浪费大把时间干些莫名其妙的事。"

"我一直在认真学习,成绩不好是因为我笨。"

"你认真学习个屁,你以为我不知道你在干啥?"父亲恼羞成怒,手把桌子拍得啪啪响。

我耷拉着脑袋,不敢看他。半响,我负气地说:"那就随便找个工作呗,有碗饭吃就可以了。"

"随便找?你看你这个样子,你以为工作是随随便便就能找到的?"父亲冷笑着,"你告诉我你能做什么,你有文化还是懂技术?"

"什么都不懂。"我嗫嚅道。

"你说什么?!"父亲的拳头结结实实地砸在桌子上,吓得母亲尖叫起来。

"我有文化。"我的喉咙咕咕作响,"我能写文件,能写宣传文章。"

"你有狗屁文化!"父亲又往肚子里灌了一杯酒,"你以为能写几篇花里胡哨的文章就有文化啦?"

母亲看不下去了,她黑着脸说:"有话直接说,不要发酒疯。"

"我发酒疯怎么啦?"父亲瞪着母亲,"以前都是你教育他，现在该轮到我好好教育他了。"

"我没教育好，你好好教育吧。"母亲连连点头，一副无可奈何的样子。

我和母亲都在等待父亲对我的谆谆教诲，可是，他却一直闷着。半晌，他却泄气了："收获的季节都过了，现在才来施肥还有用吗？下个月就去上班吧，将来能混成什么样，就看你自己的造化了。"

母亲问："到哪里去上班？"

"我那个车间。"父亲说。

母亲问："有进人的指标吗？"

"刚好有人不想干了。"父亲说。

母亲问："哪个？"

父亲停顿了很久，半天才沉重地说："我。"

"你想退休？"母亲表现出了极大的惊讶。

"不想干了。"父亲的声音很小，但是我和母亲都听见了。

"这么早你就退了？"我这句莽撞的话惹恼了眼前这个劳碌半生的男人。父亲向我咆哮："我不退，你……你到哪里去上班，我不退你这辈子怎么过活！"

我惊吓得缩成一团，紧张而焦虑地坐在椅子上。此刻，我才如梦初醒，原来父亲为我争取一个名额主动提出离开工厂。

咆哮完后，父亲的语气急转直下，变得幽怨起来。在他的讲述中，我才明白当我高考失利后，他为我这辈子的未来操碎了心。父亲并不喜欢这家工厂，知道待在这里没有前途，只有一辈子闷死。为了不让我步他后尘，他到处找朋友托关系，希望能给我安排一个有发展前景的工作。可是，作为一个大半辈子都在封闭的车间里忙来忙去的人，父亲也没有多少靠得住的朋友。平常一起喝酒抽烟的人，自己的前途都没有能力改变，有能力的他又攀不上。

左思右想后，父亲还是只有在自己的厂子里想办法。但是，经营不景气的工厂本来就僧多粥少，父亲狠下一条心，拿出家里这些年省吃俭用积攒下来的所有积蓄，请相关领导疏通关系，并谎称自己体弱多病无法继续工作，才为我争取了一个名额。这段时间父亲一直很焦躁、忐忑，只要名额一天不确定，他都不能肯定自己的钱是否白费。现在，厂里通知我下个月去上班，父亲心里的那块石头才落地。

"我一定会好好上班的。"我向父亲承诺。

"那是你的事，我把该做的都做了。"父亲很沮丧，很失落。听他这么一说，我心里很不是滋味。我看了看母亲，她倒是很平静。我很清楚，只要我能有一个稳定的工作，过上安稳的日子，她就心满意足了。

一家人都不说话，屋子里突然安静下来。

我无趣地走进自己的小房间，关好房门。躺在床上，闭着眼睛却无法入睡。外面很吵，一群小孩子在院子里追逐嬉戏。实在无法忍耐，我怒气冲冲地关掉窗户，昏沉沉地睡着了。那是一个无梦的夜晚，再次醒来时已是第二天上午，汗水让我全身湿透。太阳依旧火辣,这个夏天依然没有结束的迹象。

徐佳慧被上海一所大学录取。开学之前,父母为她操办了热热闹闹的宴席,喜讯传遍了整个工厂。人们纷纷前去祝贺、取经,把徐佳慧的学习方法当作教育孩子的法宝。不过,我没有亲眼见到那个非凡的场面。我孤零零地躲在家里,做着当好一个普通工人的准备。

这就是我最早的回忆,很多细枝末节已经遗忘,但这些轮廓足以看出我的成长环境,以及决定我命运的诸多前兆。在往后的日子里,我常常活在悔恨之中。特别是当我忍受不了车间工作的枯燥以及生活的无味与无望时,我总是在漆黑的夜晚陷入深深的自责。我从未原谅过自己年少时虚掷大把光阴的无知和无为。十八岁以前,我都在虚度时光,谈不上丝毫收获。有时候我自嘲地想,即便成绩不好没有一个好的前途,总应该在意气风发的年龄谈一场恋爱吧。可是,那个朝思暮想的徐佳慧轻易地在我的眼皮底下溜走了,就像一抹残阳。或许,她根本就不知道这个世界还有我的存在。

岁月的车轮无情地碾压过去。四十多年后,当我坐在怀人居温暖的房间里,对着笔记本电脑写下这些文字时,心中的乌云慢慢散去。这并不意味着自己不在乎年轻时浪费的青春和错过的年华,而是明白人生具有天然的不可逆转性。既然开了弓,就别再想有回头箭。如果离弦之箭回了头,射中的目标就是自己。

夜已深。大地和高山都停止呼吸，万籁俱寂。

关掉电脑，我打着哈欠伸了一个长长的懒腰。几个小时的写作，极大地透支了在病魔威胁下走向死亡的身体，一把老骨头发出咯咯的声响。虽然我很疲惫，但是心中却藏着一股喜悦。如果苏菲娅还在，她一定愿意阅读这些文字。这不是小说，这是我的人生。在共同生活的几十年里，我从未向她倾诉过这些发霉的往事。可惜，苏菲娅不是个读书人，生前从未看过我写的任何一个字。

借着外面的月光，我小心翼翼地来到床前。写作时我没有开灯，担心程文玲来催促我休息。前天晚上，当我正在记忆里穿梭时听见有人敲门，开门后发现是程文玲。她说这么晚了怎么还不休息？我如实相告。她的笑脸立即阴沉下来，叮嘱我只能白天写作，夜晚不能熬夜。我口头答应了，却依然写作到深夜。光线明亮的白天，我无法静下心来。只有在夜色流淌时，我的思绪才能像长了翅膀一样飞起来。写作这个事儿，命中注定属于夜晚。

十一月的天气，山里已经很冷。早上起床后，金灿灿的阳光穿透薄薄的雾气洒向大地，但空气却是凉飕飕的。虽然睡眠很好，可起床后还是感觉困乏，浑身酸疼。在写作面前，任何人的劝告都无济于事。苏菲娅没有成功，智杰和智美亦没有成功。如今，程文玲的话我依然当作耳旁风，背着她在黑灯瞎火里写到深夜。此刻的疲惫，就是最及时的报复。

我把身体支在窗户上，双手捧着冰凉的脸庞。不远处有一棵大树，枝丫很多却看不见一片绿叶。我刚入住怀人居时，整棵树还是生机勃勃的，随风摇曳的绿叶让人心驰神往，真希望自己能像鸟儿一样在上面停留。可是，一场秋雨和一阵秋风，就让绿油油的树叶变得枯黄，一片片悲伤地掉落。我出神地望着那颗光秃秃的大树，最后一片叶子在风中飘落而下，缓缓地躺在杂草丛中。

有人敲门，声音不急不缓。

我知道是程文玲，每天这个时候她都会准时来到我的房间。她的作息时间一成不变，就像一台定时的闹钟。开门后，程文玲有些惊讶。以往很多时候，她来时我都还在洗脸漱口。但今天却不同，我很早便起床坐在窗前喝茶看山。几十年来，我不知为何养成了一个怪毛病，睡得越晚第二天反而起得越早。尽管身体很困乏，却没有丝毫睡意。

"我知道，你又熬夜写作了。"程文玲边走边说，拍了拍桌子上的笔记本电脑。

"没有写多长时间，睡得还是比较早。"我本想撒谎说没有熬夜，但又觉得瞒不过眼前这个鬼机灵的小女孩。从这段时间的交流中，我发现她有着敏锐的洞察力，任何蛛丝马迹都逃不过她的眼睛。

"别骗我啦，我知道你很晚才睡。"她佯装生气地看着我，接着话锋一转，"你在写什么故事？"

"我的故事，我的一生。"

"为什么要写自己一生的故事？"

"写小说全靠想象,但现在人老了,想象力也枯竭了,只好偷懒写发生在自己身上的真实故事呗。"

"这不是你的真心话。"

"嗯。"我停顿一下,知道她看穿了我的心思,"是时候为自己这辈子做个总结了。"

她愣了一下,呵呵地笑着说:"我觉得所有的作家,都应该写一部自传。"

"我没有写自传的打算,仅仅是一些琐碎的记录。"

"关于你的生活与情感?"

"嗯。差不多是这样。"

"是不是每个人接近生命的终点时,都想为自己这辈子做个总结?"她问得很小心,声音很微弱。

这个问题非常有意思,我陷入沉思。

"我是不是不该这样问?"

"人的一生很短暂,同时又很复杂,有很多东西值得我们去总结。"我摇着头说,"当然,也会有人不愿意这么做,毕竟不是所有人都愿意回首往事。"

程文玲点了点头,同样陷入了沉思,跟我之前的表情一模一样。良久,她提出一个大胆的想法,为我打开了另外一扇窗。

在怀人居里,每天都有濒死的人来,每天也有人彻底离开这个世界。那些生命即将走到尽头的人,在怀人居的日子里到底在想些什么?程文玲对此非常好奇,她建议我去听听这些人的心声，把他们的故事写下来。她自告奋勇负责摄影，让我去做文字记录。我才知道，这个护理专业毕业的女孩酷爱摄影，曾经孤身一人深入大山深处做人文风情专题摄影。程文玲眉飞色舞地告诉我，那是一次非凡的经历，永生难忘。我问她到底是什么让她难忘，她却笑而不答。

程文玲的提议让我心灵震颤。

每个人都有属于自己的故事，在他们短暂或漫长的一生中，每个月每一天每一分每一秒每一个情绪都有令人动容之处。但是，不是每个人都有机会讲述自己的故事。当我们的人生之旅即将结束时，非常渴望与人分享累积下来的喜悦或者忧伤。我和程文玲约定，从明天起就开始这项充满意义的工作。

那天上午，我和程文玲在怀人居外面那条湿漉漉的小径上边走边聊。这里是龙泉驿山里，离成都市区足足几十公里。没有下雨，但初冬的雾霭让天地之间弥漫着潮湿。路边光秃秃的树上不断有水珠滴下，就像伤心欲绝的眼泪。路面厚厚地铺着一层褐色的枯叶，踩在上面发出沙沙的声音。这是我来到怀人居后第一次外出，兴奋得难以自已，不停地用脚踢路边的野草和枯枝。久违的感动浮上心头，使我仿佛回到年轻时与苏菲娅一起散步的情景。那样的情景很少，弥足珍贵。

程文玲详细地向我介绍了怀人居里病人的情况，细致到每个人的年龄和病情。这些人中，让我兴趣最大的是一个十岁的男孩。程文玲告诉我，这个活泼可爱的孩子名叫小可，不幸患了神经母细胞瘤。医院诊断结果表明，癌细胞已经侵入小可的骨髓和心脏，生存的机率非常小。

"小可，小可……"我在心里不断地重复着这个名字，脑海里浮现出若曦、凯瑞和俊博的样子，想必这个被病魔纠缠的男孩子与我的三个孙辈一样可爱。遗憾的是，在最天真烂漫的年龄，他不得不离开校园搬到生命最后的驿站。虽然怀人居里充满温暖和无尽的关怀，但任何一个身心健康的人，都不愿意在这里等待死亡的宣判。

"小可到怀人居已经十多天了，我在院子里看见过他几次。"程文玲捏住路边一颗枯树的枝丫，一串露珠唰唰地掉下来，"我总觉得他跟常人不太一样。"

"小孩子嘛。"

"正因为他只有十岁，我才对他刮目相看。"

"他有什么特别之处吗？"

"坚强。不可思议的坚强。"

没有见到小可之前，程文玲粗略地为我描述着他的情况，却在我的脑海里留下了清晰的印象。她告诉我，只要天气好，小可都会主动要求到院子里晒太阳。反复治疗已经让他头发掉光，形容枯槁，但是在他脸上看不到任何一丝绝望。在那些阳光充沛的日子里，总能看到小可脸上隐藏不住的笑容。到底是个孩子，他对大自然有着足够的好奇。阳光雨露，秋风落叶，他都感到惊奇，天边飞翔的任何一只小鸟都能让他欢呼。不过，小可的体质太差声音太弱，那些精灵听不见一个渴望健康和自由的男孩的深情呼喊。

回去以后，我把自己关在屋子里，坠入沉思的海底，心里全是那个名叫小可的男孩。我想象着他到底长什么样子，想知道他在遭受病魔的侵蚀时哪里来的勇气面对残酷的现实，想知道十年来他拥有的喜悦和承受的痛苦。越是这样想，我就越急切地想要看到小可。即便程文玲告诉我，明天早上九点我就可以见到他了。

　　这天晚上，我做了一个温暖的梦。

　　梦中，我好像从未生病，也没有到怀人居。我在家中楼顶的小花园里，好得出奇的阳光从爬满花园顶棚的枝蔓中漏下来，折射出形状各异的图案。我坐在一把摇椅上，手里捧着《疾病的隐喻》。我一会儿瞅着头顶上葱茏的植物，一会儿盯着手中的书本。其实，书没有看进去，目光从一行行文字中穿过，却没有一点内容沉入心底。那时候，俊博还没有出生，若曦和凯瑞也没有现在这么大，两姐弟叽叽喳喳地在花园里嬉戏，你追我逐。不知道凯瑞哪里得罪了姐姐，若曦哭哭啼啼地跑到我面前。我心疼地看着若曦，一把将她搂进怀里。她的眼泪如细雨一般滴滴答答，老半天都停不下来。自知犯错的凯瑞，早已不知去向。我轻轻地抚摸着若曦的脑袋，看着她带着委屈在我怀里睡去。

　　醒来后，我的脑海里依然闪烁着若曦哭泣的影子。梦中她那副可怜的样子，让我鼻子酸楚。上个周末，学校安排到野外拓展训练，若曦没有来看我。星期五晚上，她给我打了电话。也不知道哪里有那么多话说，爷孙俩在电话里东拉西扯，通话持续一个多小时。我不断地问她的学习情况,她却一个劲儿地询问我的身体状况。最后,只剩下若曦一次又一次地向我道歉。她认为自己食言了,她曾经答应过我每个星期都来怀人居陪我过周末。

此刻,我特别想给若曦打个电话,告诉她,爷爷想她了。可是,这个时间她正在上课,不能打扰她。我深知这个年龄的孩子,学习有多么重要。当年,浪费大把青春年华的我,只能在工厂里窝囊地工作一辈子。我希望若曦有个美好的未来,那才对得起我对她的满腔疼爱。

我和程文玲在餐厅里吃早饭。餐厅里的人越来越少了,随着气温降低,被病魔缠身的人总是躲在被窝里,一日三餐都是护理人员送到房间里去。放眼望去,只有我和程文玲孤零零地坐在偌大的餐厅里。很久没有看到皮包骨了,不知道他是否已经离开。

小可没来吃早饭,我有些失落。程文玲告诉我,小可的情况不容乐观,癌细胞正在他瘦小的身体里疯狂地扩散。我看了看她,没有接话。

不知道为何,今天的饭菜不合我胃口。我问程文玲厨房是否换了厨师,她一脸镇定地说没有。我埋着头,继续有气无力地扒拉着饭菜。

"我已经给他说了。"程文玲冷不丁说道。

"哪个?"

"小可呀。"她看着我漫不经心的样子,觉得十分好笑。

"你告诉他,我们要去采访他?把他的故事写下来?"

"当然不是这么说的,我有这么笨吗?"她放下手中的碗筷,"我说有位老爷爷想跟他交个朋友。"

"他同意了?"

程文玲笑吟吟地点了点头。

匆匆吃罢早饭,我便跟随程文玲去赴这趟特别的约。

小可住在另外一栋楼里,与我所住的地方面对面,相距不过三十米左右。如果我们同时站在各自的楼道里,便可看见对方。住进怀人居短暂的时间里,我不记得有这样美妙、动人的时刻。或许有过,只是我们互不相识。我上楼提了一袋水果,有香蕉、冰糖橘子和苹果,都是智美周末送来的。当时,她特意交代这些水果是智杰买的。智杰还是没有来看过我,智美也没有像往常那样在我面前为哥哥说好话。不过,我很清楚这些水果是智美买的,她只是用谎言为哥哥打掩护,宽慰我日渐干涸的心。

怀人居的房间格局都差不多,小可住的屋子跟我的一模一样,唯一不同的是他在房间里放满了与足球有关的东西。球衣、球鞋、球星海报、足球杂志,甚至还有一张在球场看比赛时的留影。我站在程文玲身后,观察着小可的小世界,心里升腾起一股莫名的欣慰和感慨。

程文玲与小可仅有一面之交,却显得颇为熟络,第二次见面时已是异常亲热。小可见程文玲来看他,眼睛里立刻闪烁着明亮的光芒。程文玲把他抱在怀里，在脸蛋上亲了一口。他也投桃报李，亲了她一口。两人开怀大笑。小可戴着一顶鹅黄色帽子，看上去暖洋洋的。看着他的单眼皮、薄嘴唇，我想象着他生病之前的清新模样，一定是人见人爱。寒暄之后，小可侧着脑袋看着我。程文玲顺势把我介绍给了这个后来与我成为忘年之交的小朋友。他伸出手来："我叫小可。妈妈说，我就是她的小可爱。"

"小可爱好。"与他握手时，我没有忍住老泪。

我慌乱地转身，退出门外。我把脸埋在手掌里，泪水从指间溢出，啪嗒啪嗒地掉在褐色的水泥地上。这泪水里有痛惜、尊重和羞耻。我竭尽全力压住悲伤的气息，木然地看着远方。初冬季节，远山一片光秃秃，只有零星而枯黄的野草在凛冽的风中摇摆。

背后传来脚步声，我知道是小可出来了。接着，一只温暖的小手放在我低垂而蜡黄的右手里，小可轻轻地捏住我枯树般的手指，一股暖流在我的全身流动。他指着远方说："等春天来了，我们一起到那片山坡上放风筝捉蝴蝶吧。"

我不断地点头："要不了多久，春天就会来了。"

如果不是在怀人居，没有人会认为小可的生命已经进入倒计时。我与程文玲一左一右，牵着小可的手朝楼下走去。院子中央，阳光像娇羞的花朵那般开放着。

我和小可就这样认识了，没有初次见面的生疏、警惕。无论我问什么，小可都没有半点防备。我发现，他有着极强的表达欲望，很多时候我想插句话都找不到合适的时机。只是我意识到，我和程文玲做的事情有些残忍。小可的命运如此坎坷，注定所有的回忆都是悲伤的。但是，我们却一厢情愿地把他推进回忆的大海。一个十岁的绝症男孩，怎么经受得起汹涌巨浪的摧残？

　　悔恨在心里翻腾，但是覆水难收。人生在世，有些错误一旦犯了就没有机会改正。我无法打断小可的回忆和讲述，好在他的乐观和勇气，减少了愧疚带给我的折磨。

五

虽然小可跟我一样是主动要求到怀人居来的,但这还是让我略感惊讶。不过,这与皮包骨对我主动来怀人居表现出的惊讶不同。小可告诉我,如果再不到这里来,妈妈就要彻底崩溃了。从他的语气和表情中,我看到了他当时的痛苦、煎熬、无奈,以及对母亲的理解与深沉的爱。作为一个单亲妈妈,可爱的儿子突然得了不治之症,这种天崩地裂给她带来了沉重的打击。更让她难以承受的是,病魔带给母子俩漫长而强烈的精神折磨。生命的消失让人悲痛,但更悲痛的是等待生命消失的过程。在一个个痛彻心扉的夜晚,小可妈妈孤独、无助地搂着儿子,坠入绝望的旋涡。

两岁那年,小可出生带给家庭的喜悦突然消失。

一个闷热的深夜,小可妈妈无意之中在丈夫的手机上看到一条让她愤怒的短信。那个她从未谋面的女人这样写道:"我要的不仅仅是一个性伴侣,我需要一个丈夫和温暖的家。"当时，小可爸爸正在卫生间洗澡，对婚外情曝光浑然不知，还饶有兴致地唱着："为了要讨好你的欢心，我经常忘记我自己，感情是件疯狂的事，多了并不见得好……"

很长一段时间以来，小可爸爸都是早出晚归，甚至常常凌晨才回家。回家后第一时间便冲到卫生间，把自己浸泡在浴缸里。小可妈妈从未怀疑过丈夫有任何不轨行为，他们从恋爱到结婚用了很长时间，自认为有深厚的感情基础。这个逆来顺受的女人，偶尔还会在朋友面前炫耀自己的爱情与婚姻有多么美满和幸福。所以，当她看到这条短信时，有如晴天霹雳。

小可妈妈气急败坏，却没有立即冲到卫生间去。她用麻木而剧烈抖动的手紧紧地握住手机，一遍又一遍地阅读那条让自己脑袋快要爆炸的短信。这段赤裸裸的文字表明，丈夫与这个女人厮混已久。她想象着那些丈夫晚归的夜晚，他与那个女人耳鬓厮磨的情形，不禁怒火中烧。她跳起来，把手机狠狠地砸在地板上。砰的一声，手机后盖落在床边，电池却飞奔到另一个角落。

"谁惹着你了？"小可爸爸披着浴巾站在门口，一头雾水。

"王八蛋！伪君子！"小可妈妈狠狠地踩着本已残碎的手机，屏幕上的裂纹横七竖八，像一张怨妇破碎的脸。

小可爸爸冲过来推了一把妻子，她趔趄着倒在床上，后背一阵绞痛袭来。他怒不可遏地说："你他妈的发什么疯啊？！"

小可妈妈斜躺在床上，半天没缓过气来。她没想到丈夫竟然还能理直气壮，出手伤人。她愣在那里，愤怒和羞辱从心底直往脑门上蹿。半响，她狮子一般冲过去，对丈夫拳打脚踢："你敢在外面养女人，你这个不要脸的王八蛋！"

这个男人瞬间意识到奸情暴露。让小可妈妈意想不到的是，面对自己的咆哮丈夫居然还能镇静自若。他冷冷地看着妻子，想绕开她的纠缠去换衣服。小可妈妈眼疾手快，立即拦住他。她横眉怒目："你给我说清楚，那个婊子到底是哪个？老子要扒光她的衣服看看她的×样。"

"有什么好说的？"他恨恨地看着她。

"她叫什么名字？你们在一起多久了？"

他冷笑，一脸鄙夷。

"你笑个屁呀，你们这对不知羞耻的狗男女！"

"你真的关心她叫什么名字？"他若无其事，冷漠而傲慢，"我们在一起很久了，久到我都不知道到底有多久。"

小可妈妈呜呜地哭了。除此之外，她不知道怎么办。他不理睬她，在她哭泣的当儿，他换好睡衣，吹干头发，懒洋洋地躺在床上。她蜷缩在床边独自哭泣，他的眼神在天花板的四个角落来回逡巡。此时此景，这是一个非常滑稽的场景，像极了电视剧中的某个充满无奈的镜头。突然，小可妈妈停止哭泣抹干眼泪，转身淡淡地看着他，老半天才挤出一句："离婚吧。"

"可以呀，你说怎么离吧。"

他的话让她怔住了。小可妈妈没想到丈夫会说得如此干脆，看来他早已做好离婚的打算，一直在等她主动开口。她眼睛里射出灼人的光芒，但是他却微微地闭着眼睛，看都没有看她一眼。这让她心慌意乱，不知所措。小可妈妈仰着头死死地盯着墙上的结婚照，不过才三年光景，仿似已经遥不可及。她不由得想起三年前他说的那些甜言蜜语，与今日的嘴脸大相径庭。小可妈妈纳闷的是，他为什么要变心？他的心是从什么时候开始变的？

长时间的仰望，让小可妈妈脖子酸痛，眼睛干涩，但眼泪却始终掉不下来。她想放声大哭，可所有悲伤的情绪都淤积在心里。良久，她幽幽地说："你很想离婚，是吗？"

小可爸爸没出声。

"告诉你吧，我不会离的。"小可妈妈哼了一声，"我不会轻易满足你的心愿，让你轻轻松松地跟那个婊子在一起。"

小可爸爸突然睁开眼，恶狠狠地看着她："你倒是说变就变，几分钟之前不是说要跟我离婚吗？"

"你希望我主动放弃对吧？但是，我想明白了。我要跟你耗下去，让你这辈子没有好日子过。"

"那我们就看看，是你耗得过我，还是我耗得过你。"

丢下一句话，小可爸爸躺在床上呼呼地睡着了。小可妈妈却一宿未眠。她脑子一片混乱，双眼在漆黑的夜里紧紧地盯着那张结婚照，却看不见两人当初的表情。恍恍惚惚中，结婚照上面丈夫不见了，只有她一个人如凋零的花朵般站着。天色渐亮时，她在心里不断地重复着一句话："老子就不离，看你怎么办。"

小可妈妈打定主意,今天不上班,带着儿子四处走走看看。自从有了孩子之后,她的生活就是两点一线。除了应付单位琐碎而繁杂的工作,就是忙着照顾年幼的儿子,对自己生活了二十多年的城市已然陌生。很多时候,她出门后有种恍然的感觉,偶尔会出现找不到方向的茫然。好几次,她站在十字路口,绞尽脑汁也想不起来眼前这幢高楼是什么时候修建的。

那时候小可还不到两岁,大清早就被妈妈从被窝里拖出来。他睡眼惺忪地嘟囔:"妈妈,去哪儿呀?"

"妈妈去哪儿,你就去哪儿。"小可妈妈冷着脸对儿子说道。事实上,她也不知道去哪儿。面对一条条宽阔的大街和一幢幢高耸的楼房,这个城市可以去的地方真不多。她想了想,决定带儿子去公园。

六月的天气,大地被炙烤得如同一个蒸笼。小可妈妈带着儿子在天府广场旁的人民公园里转悠,她一直想带他来玩却没有找到时间,具有讽刺意味的是,丈夫的情变却促成了这次游玩。她带着小可骑大象、乘太空漫步车、坐旋转木马……儿子兴奋得手舞足蹈,但她却一脸木然,偶尔回应儿子的笑容也显得苍白无力。面对天真无邪的儿子,小可妈妈仅仅是浅浅地微笑着,几个小时都没有说一句话。

中午时分,玩耍的人们纷纷离去,偌大的公园在太阳的照耀下显得空寂。树木被晒得奄奄一息,嘶哑的蝉声裹在卷曲的树叶里,听起来让人感到憋闷。小可妈妈看着疲倦的儿子,不知何去何从。她不想回家,尽管她知道丈夫并不在家;她只想逃离，尽管她知道自己无处可逃。小可妈妈一屁股坐在树荫处，但茂盛的树林无法阻拦天气的炎热，汗水浸透全身。不知小可是饿了还是困了，不耐烦的小家伙哇哇大哭起来，声音尖锐刺耳，让她烦躁不安。她深深地吸了一口气，决定先带儿子去吃饭，然后带他逛成都其他的公园和风景区。

小可妈妈马不停蹄地奔波着。新华公园、塔子山公园、望江公园……从一个公园到另一个公园；杜甫草堂、武侯祠、锦里、宽窄巷子……从一个风景区到另一个风景区。这些地方大同小异，无非是一些花花草草和游乐场所，以及一些无所事事的人们。反复看着往来的人群，小可早已厌倦。无论是坐旋转木马还是乘太空飞船，他都面无表情，嘟囔着小嘴。妈妈费尽全身力气挤出一丝笑容，他也视而不见。

夜幕降临时，小可妈妈还坐在东湖公园的湖边不愿起身。她浑身困乏，内心空落。儿子已经睡着了，肉嘟嘟的脸蛋笼罩着一层暮色。公园里树木茂盛，加上自己坐在人工湖边，饥饿的蚊子在周围狂乱地飞舞。小可妈妈已经麻木得不知疼痛，但她心疼儿子，便无奈地起身回家。她真的不想回去，如果不是小可，她愿意在这个寥无人迹的地方躺着过夜，甚至永远躺在这里。

街头苍茫，高楼林立。从千家万户窗户里透出的灯火，仿佛是被污染的天空里的星星。小可妈妈搂着儿子蜷缩在出租车里，悲伤的情绪在心里堆积、蠕动和发酵，化作泪水默默地流淌。她不知道哭有何用，甚至不知道为什么而哭。但是，眼泪不听大脑的控制，肆无忌惮地流着。或许，只有在夜色的掩护下，倔强的人才愿意让泪水冲刷悲伤。出租车司机是个二十出头的小伙子，他从后视镜里看到了不断抹泪的小可妈妈。好几次，他想对这个陌生的客人说点什么。在等红灯时，他扭过头盯着她看了很久，但始终没说一个字。

小可妈妈抱着儿子一步步艰难地走上楼梯，眼泪化成了汗水。她没想到，熟睡的儿子比平时要重很多。她掏出钥匙，用了很长时间才把门打开。屋子里很暗，她知道丈夫还没有回来。一整天不见她和儿子的踪影，那个男人也没打个电话。不过，此刻的她反倒没有怨恨和失落。这原本在意料之中。当泪水停止流淌时，当汗水蒸发后，小可妈妈的情绪是这一天里最平静的。

把儿子放在床上安顿好，小可妈妈和衣躺下。墙上时钟的指针在溽热的夜里烦躁地敲击着，这个被抛弃和羞辱的女人，孤独地数着流逝的时间。让她忐忑与尴尬的是，当那个心已不在自己身上的男人回来时，自己该如何面对。以前，他是她心目中的完美丈夫；现在，他是她心目中的无耻之徒。

小可妈妈面若死灰地等待着，她心里数着时钟的指针，但却并不知道此刻是几时几分。有人开门，客厅里灯亮了，又熄了。卧室的门被推开，没有开灯。一阵响动之后，门又关了。接着，卫生间里传来哗啦啦的水声。她知道他回来了。他的行动就像是电脑设计的程序，无论什么时候，回家后都是冲进卫生间洗澡。她又想起那条短信，想起那个不知其名未见其人的女人，脑海里立即出现那对狗男女在床上翻滚的场景。她看不见那个女人的样貌，只见自己肥头大耳的男人忘情地享受着难以形容的欢愉。

一股剧烈的疼痛在大脑里上蹿下跳，小可妈妈咬紧牙关紧抱脑袋，可依然无法阻止这锥心刺骨的痛。她想哭，但是声音卡在喉咙里发不出来，眼泪堵在眼眶里流不下来。她只是紧紧地搂着酣睡的儿子，这是她化解痛苦的唯一方法。

迷迷糊糊中，小可妈妈发现身边有人躺下。不过，她不想睁开眼睛不想放开儿子，更不想转身面对儿子的父亲。她没有心思也没有勇气，哪怕是与他吵闹或厮打。作为一个两岁儿子的母亲，她心里空了，累了，快要散架的身体躺在床上，奄奄一息。事实上，小可妈妈无法确定自己是否真的睡着。醒来后，她回想着脑子里那些交织的事物，不知道那是梦境还是现实中那些散落而破碎的记忆。

这样的夜晚机械地重复着，曾经拥有虚假欢乐的家庭变成了沉闷的笼子。如果不是小可清脆嘹亮的笑声，这个家与坟墓并无分别。

日子就这样熬着。

萧瑟的秋天过了，寒冷的冬季来临。院子里那棵不知名的老树掉下了最后一片叶子，早晨的空气偶尔会让人全身哆嗦。在寒意渐浓的日子，小可妈妈艰难地做出离婚的决定，唯一的要求是获得儿子的抚养权。她觉得再跟这样一个男人耗下去毫无意义，她希望在春暖花开的时节，能用愉快的心情面对新的生活。

　　小可妈妈的决定，正中男人的下怀。小可爸爸爽快地答应了，净身出户。这让她感到意外。几个月以来，他在她心中是个负心汉绝情人的形象。在做出离婚的决定时，她还想着接下来可能是漫长的财产分割和儿子抚养权的争夺。没想到他轻描淡写地说："答应你的一切条件，房子也留给你和儿子吧。如果有钱了，我每个月都会给小可抚养费。"

　　"房子留给我，你就不给抚养费了。"小可妈妈一怔，"我们娘俩的生活，从此以后与你无关。"

　　小可爸爸莫名其妙地笑着，迫不及待地离开了家。他真的什么都不带，只背着一个装有日常用品的黑色背包。他告诉她，安顿好了再约定办离婚手续的时间。她没答话，眼睛瞅着街对面那幢修了两年都还没修好的高楼。刚到门口时，他突然回头，看着坐在地板上玩着皮球的小可说："爸爸出差去了，过几天就回来看你。记住，要听妈妈的话。"

　　从出生到现在，小可与父亲感情生疏。这个男人几乎没有认真地陪过儿子一个周末，更没带儿子踏进公园半步。所以，小可对爸爸的话并未理会，连笑都没有笑，继续自得其乐地玩着皮球。片刻后，关门声响起。小可妈妈长长地出了一口气，总算熬过这段冗长的日子了。

　　小可妈妈开始了单亲妈妈的生活。她是家庭的顶梁柱，她是儿子的全世界。面对沉重的生活，一旦下定决心勇往直前，即便一个人也可以是千军万马。

日子过得很快，转眼一年过去。小可刚满三岁时，妈妈便把他送到幼儿园。小可妈妈重新找了一个单位，每天拼命地工作，直到精疲力竭。回家后，她又独自承担带孩子的重任。但是，她却沉溺于这样的生活。单调与忙碌，让这个孤单而倔强的女人彻底忘却了婚姻失败带来的羞耻和痛苦。她唯一的快乐，来自于小可的成长。自从上了幼儿园之后，小可给妈妈带来了很多惊喜和快乐。当她拖着一身疲倦看到儿子时，人生所有困顿即刻烟消云散。小可懂得给妈妈唱歌和咿咿呀呀地讲述成长中那些点滴快乐，每当这时她的脸上总是绽放着绚烂的花朵，把儿子搂在怀里笑呵呵地说："小可爱，你是妈妈的骄傲。"

自从办理离婚手续后，小可妈妈换了锁，换了电话号码，她要彻底切断与前夫的一切联系。如果不是从电视上看到一则自驾游车祸的新闻，她几乎快把他从脑子里清理得干干净净。

那天晚上，小可睡下后，很久没有看电视的小可妈妈鬼使神差地打开电视机。当时正在播放一档新闻故事节目，讲的是一对夫妻自驾游途中坠崖身亡的故事。主播有经验、有名气，他总是喜欢通过自己的语言把平常普通的事件讲得充满戏剧性，观众就像在看一部悬疑丛生的电影。已经很长时间没有看电视的小可妈妈，瞬间沉浸在主播讲述的车祸情形之中。

正当小可妈妈看得入迷时，主播说出了遇难夫妻的名字。顿时，她脑袋里充斥着轰隆隆的声音。怎么是他？她不相信。但是，主播一遍又一遍地重复着遇难者的名字，并通过各种手段对车祸两人的身世进行还原。此刻，小可妈妈不得不接受一个事实，前夫已于三个月前死于一场车祸。车祸发生那一瞬间，他被抛下悬崖，挂在峭壁间的一棵大树上。新闻主播板着脸说："在这场车祸中，他的身体或许没有受到严重的创伤。但这里荒无人烟，没有通讯，无法及时获得救援的他，挂在树上绝望地死去。"

以前，无论小可妈妈怎样纠缠打闹，丈夫都没有说出情人的名字。现在，当那对鸳鸯死于非命时，她终于知道就是那个名叫吴凡的女人抢走了自己的丈夫。节目结束后，小可妈妈关掉电视机，躺在一片漆黑之中，秋天的夜色中缓缓流淌着一股凉意。她陷入沉思。吴凡姿色平平，工作一般，可那个瞎了狗眼的男人到底看上她哪里了？竟然不顾一切地抛家弃子。小可妈妈在心底狠狠地咒骂吴凡。狂骂之后，小可妈妈泄气地躺在沙发上全身抽搐。她是个坚强的女人，但在这样一个夜深人静的时刻，还是忍不住呼天抢地地大哭起来。

在怀人居冬日的暖阳里，小可平静地向我说着父母的故事。他眼睑下垂，盯着几只在院子里闲逛的蚂蚁，脸上时刻露出无奈的表情。

父母离婚时，小可才两岁；父亲去世时，他才三岁；向我讲述爸爸妈妈那些悲伤的往事时，他也不过十岁。对人世的苍凉，这个年少的男孩没有太多感慨。

"你恨爸爸吗？"程文玲还沉浸在小可的讲述中。

小可眼神平静而羞涩。他点了点头："恨。"

"可是，他都不在了。"程文玲看着我。或许，她不知道自己这样说是否妥当。

小可沉默着。

"你应该原谅他。"我摸了摸他的脑袋，毛绒帽子很柔和，"或许，那时候他与你妈妈真的已经没有感情。"

"那他当初为什么要与妈妈结婚？"

"爱情与婚姻，你还小不懂。"我看着他笑了笑，"如果他们真的没有感情了，勉强地生活在一起也不会幸福。"

"可是，他太自私，太残忍。他们离婚时，我才两岁。他可以不爱妈妈，难道连自己的亲生儿子也不爱？"

"感情是世界上最复杂的事情。"我对小可的成熟十分惊讶，"不过，你才两岁他就离开你和你妈妈了，的确不应该。"

"如果是你，你会怎么做？"

小可的话让我吃惊，这哪里是一个十岁孩子嘴里说出来的话。我讪讪地笑着，不知怎样回答。小可让我想起与苏菲娅几十年平淡如水的生活，想起那桩让我晚节不保的绯闻，想起与智杰和智美之间的疏离。

"我不会这么做，但我也不是一个合格的爸爸。"我不知道小可是否明白我的意思，"我有两个孩子，但是，在他们小时候我基本上也没有照顾过他们。"

"我问你，你觉得我爸爸爱过我和妈妈吗？"小可话锋一转，抛给我一个难题。

"当然爱过。如果不爱你妈妈，怎么会结婚呢？"我想了很久才说完这句话的后半段,"他也爱你。天下任何一位父亲,都爱自己的儿女。"

"不过,我还是不会原谅他。"在短暂的接触中,我第一次感受到小可的倔强。

交流陷入僵局,我示意程文玲带小可回房休息。毕竟,小可柔弱的身体不能长时间待在室外。小可却有点不乐意,仿佛还有很多话对我说。看得出来,他的心中藏着很多情绪。我理解小可的心情,在短短十年的生命历程里,他经历了很多人一生才能经受的磨难。小可跟在程文玲身后,极不情愿地朝楼梯口走去。我看着他单薄的背影,在懒洋洋的太阳下摇晃。

"明天还要一起出来晒太阳聊天吗?"他在身体快要淹没在楼梯口时,突然停下来转身问道。

"当然可以呀。"我指着我房间的方向,"如果没有太阳,就到我房间里来吧。"

小可看着我,笑了。

"你爸爸妈妈的事情,你怎么知道?"我还是问了这个想了很久的问题。

"妈妈告诉我的。"他的身影消失在楼道里。

我没有继续待在院子里,虽然今天的太阳是这段时间以来最好的。回去后,我把自己关在房间里,心中憋闷得慌。小可的身世和遭遇,让我陷入长久的沉思。上帝不公平,不应该给一个孩子如此沉重的打击。

无心创作,我便开始读书。《疾病的隐喻》和《与死亡言和》一直陪伴在我身边,每当我对死亡充满疑虑和困惑时,便在其中寻找答案。但是,我从未像今天这样失望过。我无法进入文字的世界,那些关于死亡的解读和案例,好像跟我没有丝毫关系。我的脑海里始终想象着一个从未谋面的女人,她就是小可妈妈。我纳闷,她为什么要把应该自己独自一人承受的负累告诉一个孩子?

脑子里乱哄哄的,我翻了几页书,却没有记住一个字。一股巨大的疲倦涌来,我感到腰酸背痛。我决定上床躺一会儿,可闭着眼睛仍无法睡去,迷迷糊糊中又在回味刚才所读《与死亡言和》的片段,琢磨着人死亡后的肉体与灵魂。

第二天,天空没有太阳,小可也没有到我的房间聊天。

第三天,天空依然没有太阳,小可依然没来找我。

第四天,正当我忐忑不安时,程文玲送来了让人揪心的消息。

小可的身体出了状况,持续高烧40℃不退。怀人居里的医护人员为他采取了紧急措施,熬过两天后小可终于恢复正常。院方已把病情告诉小可妈妈,在外地出差的她心急如焚。从西安到成都几百公里路,她无法及时赶回来。我心里一阵刺痛,立即跑到小可的房间。小可虚弱地躺在床上,对我浅浅地笑着。我问:"现在感觉怎样?"

"好多了,就是全身没力气。"小可说,"想起床与你握手都没力。"

我走过去,双手捧着他蜡黄的脸蛋。

这时候，小可妈妈给护理人员打来电话。我、小可和程文玲，都竖着耳朵听她到底在说什么。可是，除了哭泣我们什么都没听见。我示意护理人员把电话给我，就这样我与小可妈妈未见其人先闻其声。面对小可妈妈无法停止的哭泣，我试图让她放心，这里有我、程文玲和所有尽职尽责的医护人员，小可不会有事的。她用带着浓重鼻音的语气感谢了我，并答应这个周末一定赶回来。

挂断小可妈妈的电话不久，疲惫的小可又睡下去了。我在走廊上踱着步子，为小可的身体感到担忧。

星期五晚上，智美打来电话，说周末要陪若曦参加一场考试，不能到怀人居来。她说她会通知智杰来看我，给我送冬天需要的衣服，以及她托朋友从上海买回来的一些药品。我立即说算了，别麻烦你哥了，他挺忙的。智美欲言又止，一声叹息。

两天的阴雨天气之后，周末又是阳光灿烂。

最近天气很奇怪，一周之中，中间阴雨连绵，首尾又出大太阳，老天仿佛特别为怀人居里的病人度过周末而准备了充足的阳光。智杰没有来，跟往常一样，连个电话都没有。我从未抱希望，所以也不失望。但是，我坚信有一天他会与我一起，坐在冬日的炉火前促膝而谈。这是我作为一个父亲，最直接的心灵感应。

星期六上午，我见到了小可妈妈。在程文玲的陪同下，她主动来到我的房间看我。我正在阅读《与死亡言和》，并思考着如何继续写自己的故事。听到敲门声后，我以为是程文玲来了，头都没抬便说："进来吧。"

"在看书啊，打扰你一下可以吗？"一个陌生女人的声音。

我惊讶地抬起头，看见一个短发素颜的女人。她个头不高，清癯的脸庞爬满皱纹和斑点，瘦弱的身体裹着一件陈旧的蓝色羽绒服。她主动介绍自己，说是专程来感谢我。明白原委后，我招呼她坐下。我想给她倒杯水，却发现水壶里的开水早已冰凉。

程文玲有事要先走。她对小可妈妈说："你们先聊会儿吧。"

"好。"说着，我拿着水壶往卫生间里走，"我去烧壶水。"

"小可在电话里告诉我，他认识了一个好朋友。我以为是个年龄差不多的小孩子呢，没想到你年龄这么大。"小可妈妈的声音不大，夹杂在自来水哗啦啦的响声中，我听得并不清楚。

"很可爱的孩子。"我的声音在卫生间里回响着，"他给我讲了很多故事，其中很多是关于你和他爸爸的。"

"这孩子什么话都说。"小可妈妈口气中并没有责怪的意思。

我重新回到逼仄的房间里，与小可妈妈面对面坐着。这个三十多岁的女人面容上蒙着五十多岁的风霜，眼神里散发出她历经的所有伤痛。我说："小可应该给我讲这些故事，就像你当初给他讲一样。"

小可妈妈怔怔地看着我，呆愣了好几分钟。

"嗯。"她点点头，"有些事情，我希望他知道。"

"如果我没猜错，你应该是在小可生病后才给他说你和丈夫的事情。"

"嗯。"她又点点头，跟刚才的动作一模一样，"以前，每当他问爸爸去哪儿了时，我总是想尽一切办法搪塞。但是，他患病之后我就再也不想骗他了。"

"当时，你是怎么给他说的？"

"我告诉他爸爸妈妈离婚了，爸爸跟另外一个女人一起生活。"小可妈妈盯着我，"几年前，爸爸与这个女人外出旅游时出车祸死了。"

"他有什么反应？"

"我一直担心他不能接受这个复杂、荒谬而残忍的事实。但是，他的反应让我惊讶。"小可妈妈苦笑着，"他镇定地问我，为什么不去爸爸的新家看看，或许他没有死呢。"

"我也想问一下，当时你去了吗？"

"看到电视里的报道后，我很悲伤。毕竟，我与他夫妻一场。"小可妈妈有点言不由衷，"我知道他住哪里，便立即开车去他家。他曾经说过，有什么事情都可以去找他。但是，我中途回来了。"

"你后悔了？"

"我做的任何决定，都没有后悔过。"小可妈妈摇着头，"当时，我开车在一条小巷子等红灯时，看到对面的车里坐着一个人身鬼脸的东西,在朦胧的灯光下惨白得令人毛骨悚然。在刚刚得知曾经的丈夫去世后就看到这一幕,吓得我浑身颤抖。我突然意识到,这个夜晚很邪门,便立即调转车头回家了。我不想冒险,因为车子的后座上还躺着熟睡的儿子。"

"我想,那可能是你的幻觉吧。不过,我能理解你当时的心情。"

"你猜那个鬼脸是怎么回事?"她莫名其妙地笑了,"第二天看报纸说,是一个女司机夜里边开车边敷面膜。"

我想笑,却始终笑不出来。半晌,我问她:"小可听到你说这个事,他笑了吗?"

"没有。而且,自从我给他说了自己与前夫的事情后,他就很少在我面前笑。"她的口气中充满悲伤的气息,"他只是告诉我,他不喜欢爸爸,但相信爸爸不会变成鬼来吓他和妈妈。"

我鼻子酸楚,眼眶发胀。但是,我坚决不让自己在小可妈妈面前哭泣。在她面前,我没有资格掉任何一滴眼泪。

那是个阳光充沛得让人难以置信的周末,囿于第一次见面,我不便打破砂锅问到底,毕竟眼前这个女人心里装的都是伤心事。尽管我在很长一段时间里保持沉默,但是小可妈妈的话匣子仿佛被踢爆了。她飘忽的眼神在窗外晃来晃去,语速不急不缓,那些尘封于内心的故事像水一样流出来。

九岁那年生日刚过,小可在一个凌晨突然发烧,昏迷不醒。小可妈妈拿出体温计测量后,在冬日的午夜吓出一身冷汗。她瞬间明白，如果不尽快把儿子送到医院，小可爱马上就要从自己的生命中消失了。小可妈妈慌慌张张地下楼，抱着儿子在街上狂奔，焦急地寻找出租车，像只穷途末路的袋鼠。离婚三年后，为了维持生计，她卖掉了汽车。凌晨的大街，灯光昏黄，车流稀少。小可妈妈朝着医院方向飞奔，一路上不断地回头看是否有空着的出租车。半夜里空气冰冷，心急如焚的小可妈妈却全身上下都被汗水打湿。

不知走了多久，小可妈妈累了，绝望地站在空旷的大街上不知如何是好。她喘着粗气，口中喷出隐约可见的白雾。小可妈妈无助地蹲在地上，紧紧地抱着儿子。她哭了，泪水掉在小可通红的脸蛋上。但她知道，如此泄气地蹲在这里，只会葬送掉儿子的性命。于是，小可妈妈鼓足勇气，流着眼泪在午夜的大街上继续狂奔。

几分钟后，小可妈妈终于发现一辆亮着"空车"字样的出租车从身后开了过来。她破涕为笑，使劲地招手和呼叫，担心司机看不到听不见。当出租车疾驰而来停在小可妈妈面前时，她全身都软了，感觉怀里的小可马上就要掉在地上。她深深地吸了一口气，使出最后的力气抱着小可钻进车子里。她像打机关枪一样说："师傅开快点，开快点。"

"爱惜生命，安全第一。"师傅漫不经心，头也不回。

"我儿子已经不省人事了！"小可妈妈咆哮着。

不明就里的师傅猛烈地踩着刹车，刺耳的声音在凌晨的夜空飘荡。他回头怔怔地看着，小可奄奄一息地躺在妈妈怀里。

片刻后，师傅猛烈地踩着油门，朝医院飞奔而去。

即便是凌晨，医院里也人流如织。那些等着挂号的人，横七竖八地躺在大厅和过道里，与街边流浪汉没有分别。这些人神色倦怠、面容焦躁，眼神无助地在医院的各个角落逡巡。小可妈妈抱着儿子风一般朝急诊科跑去，但前面却排起长龙。她纳闷的是，怎么这么多小孩子夜里生病。小可妈妈试图找医生诉说儿子的病情如何紧急，寻求通融希望能提前治疗。但是，医生告诉她，但凡这个时候来医院的，没有一个不是病情紧急。正说着，一个黑眼圈长头发的护士给小可的脑门上贴了一个可以退烧的冰冰贴。

小可妈妈焦躁地等着，时不时用手摸摸儿子的额头、脸颊、手掌、脚心，但凡能感知小可体温的地方她都不放过。小可的体温并没有降，脸蛋越来越红，两片薄嘴唇干涩得起了裂口。她不断地亲吻儿子的脸，试图减轻病痛带给他的折磨。不过，小可看上去很烦躁，对妈妈的亲热并不喜欢。他皱着眉头，下意识地躲避着妈妈的嘴唇。她错愕地看着儿子，难过得想哭。

凌晨四点时，终于轮到小可就诊了。一番询问检查下来，医生给小可开了药，并叮嘱留院观察。如果两个小时内退烧，就可以回家；如果不能退烧，就得重新检查。九年来，这是小可第一次半夜入院。两三岁时，他常常生病，但每次都是随便在药房里买点药就解决问题。最近五六年里，小可的身体一直很健康。这次半夜出状况，让小可妈妈措手不及，对于医生的叮嘱她感到惶惑不安。

吃完药后，小可在妈妈的怀里迷迷糊糊地睡着了。不过，他不再像平日那样呼吸均匀，鼻孔里好像塞了两颗石子，呼哧呼哧地喘着粗气。小可妈妈每隔几分钟便摸一次儿子的额头、脸颊、手掌和脚心，但是，根本没有退烧的迹象。时间一分一秒地过去，她开始变得焦躁，隐约觉得儿子的身体情况不妙。但是，在飘荡着药水味道的医院里，她能够做的只有耐心地等待，祈祷小可的体温赶快下降。

天色放亮，那些萎靡不振地等着挂号的人突然变得精神抖擞起来，一窝蜂地站起来排队，医院大厅瞬间喧腾起来。在排队长龙中间，两个女人因为插队的事情争吵起来，像抹布一样肮脏的语言在躁动的挂号大厅里格外响亮。小可妈妈坐不住了，抱着儿子又朝急诊科走去。那个脸色严峻的医生看了看小可的眼皮和舌头，沉重地对小可妈妈说："立即挂专家号。"听到这句话，她有如五雷轰顶，浑身剧烈地抖动起来，转身便往挂号处疯跑。

小可妈妈疯一样跑向挂号前台，号啕着向工作人员诉说着儿子的病情和自己急需挂号的诉求，引起人群一阵骚动，各种指责之声蜂拥而来。她差点就给所有人下跪了，但是，依然没有人愿意让这个崩溃的女人插队。小可妈妈望着一张张无助而仓皇的脸，未语泪先流。

医院为小可走了绿色通道，先入院检查后挂号。看着儿子被送进一个封闭的检查室，折腾一宿的小可妈妈心里绷得紧紧的，慌乱、惧怕，以及一种前所未有的无助充斥着她的神经。

在房门关闭的一瞬间，小可回头看了看妈妈。他憔悴的脸上尽量挤出一丝笑容，但她并未得到安慰。直觉告诉她，儿子的身体可能出了大问题，等待自己的将是一场灭顶之灾。这样想着，她又在心里不断地骂自己："呸呸呸，怎么总是往坏处想呢？晦气。小可那么可爱，他不会有事的。"

小可妈妈重新回到一楼大厅挂号，望着前面长长的队伍，她心烦意乱。她从未像今天这样觉得医院挂号处的工作效率实在太低，时间过了十分钟，人群只是移动了几小步。等待挂号的这段时间，小可妈妈做着激烈的思想斗争，考虑是否要将儿子生病的事告诉母亲。父亲很早去世，母亲含辛茹苦地将她和弟弟养大成人。弟弟缺少家教，从小打架斗殴，长大后四处流浪，几乎没有干过正经事，三十多岁还没有结婚成家。前年，在沿海打工的他因为强奸罪被判入狱，还有几年才能出来。如今，母亲一个人孤苦伶仃地在乡下生活。小可妈妈觉得年迈的母亲这辈子不容易，不想再给她增添痛苦。

一个多小时后，小可妈妈终于挂完号。她拿着两张单子，飞快地朝楼上跑去。门还严严实实地关着，她把脸贴在玻璃门上，但什么都没看见。小可妈妈折身回来，失魂落魄地坐在蓝色长椅上。她一脸愁容，无精打采地盯着自己的双脚。黑色皮鞋上沾满了灰尘，旁边躺着一个不知道是谁落下的病历本。她想用脚碰碰那个病历本，但脚伸到中途又缩了回来。这是一段痛苦、煎熬的历程，小可妈妈的思绪在故乡和医院之间来回游荡。母亲的沧桑和小可的脆弱，在她的脑海里交织着。思考再三，小可妈妈还是决定给母亲打个电话，她不会告诉母亲小可住院的事，仅仅是觉得等待的时间太难熬，想找个人说说话。

电话通了很长时间，母亲才接起来。她问母亲为什么这么久才接电话，母亲却问她打电话有什么事。小可妈妈一时哽咽，原本想要说的话全部堵在喉咙里。母亲继续催问有什么事，这个六十多岁的老人在电话里告诉女儿，她还有一堆衣服等着洗，洗完衣服还要为一群鸡鸭准备食物。小可妈妈立即告诉母亲没事，就是问她身体怎么样。母亲说除了偶尔感冒，身体没有大毛病。接下来，她们寒暄了几句。最后，母亲问女儿："小可好吗？读书成绩好不好？"

"小可很好，很好……"她不断地点头，"语文成绩好，数学稍微差一点。"

听说小可数学成绩不好，大约一年时间没有看见外孙的姥姥，在电话那端耐心地指导女儿如何教育儿子。自从女儿离婚后，她最担心的就是外孙的成长。但是，小可妈妈却什么都没有听见。她一只手握着手机，另一只手死死地捂着脸，可依然挡不住泪水疯狂地流淌。

自始至终，小可妈妈都没有告诉母亲小可生病正在接受检查的事。挂断电话后，她花了好长时间才从难以抑制的悲伤中缓过来。她弯下腰把那个被人们踢来踢去的病历本捡起来，放在旁边的椅子上等待寻找它的主人。片刻后，紧闭的门终于打开，一位头发蓬松的年轻医生探出脑袋说："你进来吧。"

小可妈妈呆愣着，没有意识到医生在喊自己。

"你是小可的妈妈？"

"是我。"她从椅子上弹起来。

"你进来一下。"

小可妈妈晃晃荡荡地跟着医生进去了，看见儿子神色倦怠地坐在椅子上，她一个箭步冲上去，双手在他的脸蛋上来回摩挲。泪水差点又掉下来，但她终究还是忍住了。有三位医生为小可做检查，主治医生是个五十岁左右的女人，烫着一头鬈发，另外还有一男一女两个年轻人，是她的学生。此刻，他们默默地看着小可妈妈。

慢慢地，小可妈妈的情绪平静下来。她似乎意识到自己的失态，略带歉意地说着："小可到底得的是什么病？"

两个学生齐刷刷地看着鬈发医生。小可妈妈的眼神最开始在三个人身上游移，现在她也像那两个年轻人一样，等待着那个慈祥的女人给出一个准确的答案。鬈发医生眼神闪烁，好几次翻动着嘴皮，却又把要说的话吞进肚子里。半响，她问小可妈妈："你是一个人带孩子来看病？"

小可妈妈点了点头。

鬈发医生跟着点了点头，转身对两个学生说："你们带着孩子到外面休息一下，等会儿办入院手续。有些话，我需要跟他妈妈单独说。"

小可妈妈的心跳瞬间加速，咚咚咚的声响震得心口刺痛，好像每一次心跳都在往心口扎一刀。她尽量稳定情绪，哆哆嗦嗦地向鬈发医生靠近。鬈发医生让她坐下，她点头说"好"，却依然颤抖着、站立着，眼睛直勾勾地看着对方。鬈发医生再次强调："你坐下吧，我慢慢给你说。"

"嗯。"小可妈妈极不情愿地坐下来，神色慌乱，手足无措。为了掩饰自己的紧张，她假装咳了几声，但声音在口腔里打了几个转又回去了。她捂着嘴巴，故作镇定地坐在那里。

"我们给小可做了详细的检查，初步诊断的结果不容乐观。"鬈发医生冷静、认真地看着眼前这位母亲，作为肿瘤科的主治医生，这样的场景早已司空见惯。

"医生，小可到底得的什么病？"她机械地重复着这个问题，但声音却扭曲得变了形。

"神经母细胞瘤。"

"什么瘤？"

"神经母细胞瘤。"

"神经什么瘤？"

"神经母细胞瘤。"

"神经母细胞瘤，神经母细胞瘤……"

"这是一种并不常见的病。"

"好治吗？"

"每个人的情况不一样。情况好的有治愈的机会，情况不好就难说了。"

"我儿子这个病情呢？"

"小可的情况并不理想。而且……"

"而且什么？"

"小可的肿瘤是恶性的,而且癌细胞已经大面积扩散了。"

听到儿子的肿瘤是恶性而且癌细胞大面积扩散,小可妈妈的身体顿时就垮了。她双脚一软,差点歪倒在地上。小可妈妈双手抠住桌子边沿,倾斜的身体已经离开椅子。鬈发医生立即起身,冲到小可妈妈身边,吃力地把她扶起来。小可妈妈重新坐好,双手撑在乳白色桌子上,双眼微闭,面如土色。

"请你相信我,医院会尽全力为小可治疗。"

小可妈妈没有回应。

"请你相信我,我与肿瘤打了三十年交道,这方面有经验。"

小可妈妈依然纹丝不动,像一根被风吹雨淋过好多年的电线杆。

"请你相信我,我会运用所有经验和最先进的医疗手段,为你儿子治病。"

"彻底治好的可能性有多大?"小可妈妈就像一只病恹恹的蚊子,声音微弱得自己都难以听见。但是,鬈发医生还是听见了。

"凡事都要往好处想。"鬈发医生说,"在医生的眼里,任何病都有希望治好。"

"你就实话告诉我吧,如果治不好,我儿子还能活多久?"眼泪在小可妈妈眼眶里打转。

"一年。"鬈发医生尽量压低声音,轻轻地说出这两个字。

小可妈妈,眼泪如山洪暴发号啕大哭。她不断重复着一句话:"他才九岁,怎么就得了这个病?"

面对小可妈妈的暴发,鬈发医生不知所措。纵然她经历过无数这样的场景,但依然束手无策。她能做的只有耐心等待眼前这个女人恢复平静,再安排小可治疗的程序。这是一段漫长的经历。面对小可妈妈奔流不息的悲伤,有着三十年工作经验的她只能眼巴巴地等待。

大约半个小时后,小可妈妈的哭泣终于停止。她整理好凌乱的头发和布满泪痕的容颜,重新回到椅子上不安地坐着。

"小可生病了,而且是神经母细胞瘤。"鬈发医生说,"你要接受这个事实。"

"嗯。"

"你要坚强,无论你之前多么柔弱,以后你都要坚强。"鬈发医生补充说,"你要把这种坚强传递给儿子。"

"嗯。"

尽管小可妈妈万分悲痛,却懂得了鬈发医生的劝慰。她积极配合,为儿子办理入院手续。小可妈妈穿梭在医院的各个角落,不声不响地忙碌着。此刻的她平静了许多,行色匆匆的人们不会知道,这是一个儿子罹患癌症的母亲。当她把一切手续办理妥当时,看到小可乖乖地坐在椅子上。她在门口停顿片刻,接着冲过去一把将儿子搂在怀里。她就那么紧紧地搂着,不愿松开。

小可妈妈心里明白,接下来儿子要面对的是残酷的化疗、放疗、骨髓穿刺等一系列治疗。当然,还有随时降临的死亡。

六

在短暂的两天时间里,小可原本已经稳定的身体又反复出现问题。高烧、剧烈头痛、身体抽搐,疾病带来的折磨让这个十岁的孩子死去活来,捂着脑袋在床上来回翻滚。小可妈妈的泪腺仿佛已经坏死,流不出一滴眼泪。她焦灼得像热锅上的蚂蚁,一次又一次地从怀人居的院子走出去又折回来。在那一趟趟往返之中,小可妈妈做了一个艰难的决定,让儿子离开怀人居。

星期天的黄昏,天边的几抹残阳迟迟不愿隐去。最后一次从院子外返回来时,小可妈妈敲响我的房门,表达了她的想法。

我问:"真的决定了?"

她说:"真的。"

小可妈妈心里盘算着,如果医生的诊断和估算准确无误的话,小可离开的脚步越来越近了。她告诉我,她想寻求一种方式，让儿子在最后的时间里更少地遭受疼痛的折磨。而且，她希望让儿子在家里安详地离去，即便那间卧室并不宽敞、明亮和温暖。最后她说："没有小可，我总觉得家里就像冰窖，没有一点生机。前几天的一个夜晚，我独自蜷缩在他以前睡的床上，翻来覆去睡不着。我的脑海里，总是浮现出他以前快乐的样子。那时候，他飞来奔去没有一刻愿意停下来，满屋子都是他清脆的笑声。后半夜，我干脆爬起来，哆哆嗦嗦地站在窗前看着外面昏黄的街灯，直到天亮。"

"从现在开始，我想每时每刻都与小可在一起，一分一秒都不愿意分开。"小可妈妈轻轻地说，"一分一秒都不愿意。"

一股悲凉袭来。

我理解小可妈妈，虽然她的做法并不是最好的选择。可是，我心里瞬间掠过一丝担心，不知道以后是否还能见到这个刚刚认识的忘年之交。在不长的相处中，小可已经在我心里留下难以忘怀的印象。我决定去看看他，趁着夜色还未降临。

傍晚时分，我来到小可的房间。房间里只有我们两个，小可妈妈和程文玲在走廊上有一句没一句地聊着。我侧耳倾听，却一句也没听清楚。房间里，我和小可一老一少枯坐已久，都不知道该从何说起。因为每一句话都可能包含着生离死别，所以我们都格外小心。门窗紧闭，我们就那么坐着，空调吹着温暖的风。

"很高兴认识你，不管过多久，我都会想起你的。"我啜嚅道，"我们是好朋友，对不对？"

"嗯。我给妈妈说了，我们是好朋友。"小可微微地点头，"我会回来看你的。到时候，我让妈妈做很多好吃的给你带过来。"

我努力地保持着微笑，心里泛起一股温暖和酸楚。我没有问小可妈妈，她是否把小可的真实病情告诉过他。既然医生说小可的时间只有一年左右，那么，这个十岁男孩的大限可能真的不远了。或许，就在下个月、下个星期或者明天。这几天，小可反复无常的身体状况仿佛是一种不祥的预兆。

凛冽的晚风拍打着窗户，哐当哐当的声响让人情不自禁地哆嗦起来。这是我认识小可以来，他最沉默的一天。好几次，我有意地说起自己的童年，试图让小可的记忆回到他生病之前的快乐时光。我想看一看曾经的小可爱，但他只是用毫无光泽的眼神瞟一下我，又低垂着眼看着地板上的背包。那是他在怀人居的全部生活用品，包括各种各样的药品和十多顶五颜六色的帽子。生病之前，小可有着一头自然卷曲而漂亮的头发，但那个他至今连名字都搞不清的病魔无情地没收了他每一根头发。

"让我抱抱你吧。"我说，"我好像还真没有抱过你。"

"嗯。"说着，小可钻进我的怀里。

我搂着小可，颤抖的双手紧紧地箍住他。一分钟过去，两分钟过去。我不愿意松手，任由凛冽的山风拍打着窗户，敲击着我脆弱的神经。但是，程文玲善意的提醒使我不得不放开小可。

小可被妈妈带走了，汽车消失在路的尽头。

夕阳一层一层地下坠，隐没在山脚下。程文玲搀扶着我，拽得我胳膊生疼。她连续说了好几遍"该回去了"，以为我没听见，声音一次比一次大。其实，每次我都听见了，但双脚却不听使唤，就这么伫立着。风越来越大，空气扑在脸上冰凉冰凉的。程文玲再一次提醒："天已经黑了，我们回去吧。"

我讪讪地拿开程文玲的手，拖着老迈的步子，朝院子里走去，倔强得像头驴子。我几乎每周都会经历一次送别，但智美和三个孩子离开时，我却没有如此失落与灰冷。因为我知道他们还会来，我还能看到他们脸上平静的笑容。但小可却不一样，这一去恐怕永无回来之日。

晚餐吃得很不愉快，心里不舒服，再好的饭菜都没有食欲。吃了几片萝卜，喝了一碗汤，我便回到房间。程文玲早已看出我有心事，一刻钟后，她敲响我的房门。我告诉她我没事，什么事都没有，并撒谎说中午吃太多肚子不饿。她不相信我的说辞，但又不便穷追不舍、刨根究底。退出房间时，她殷切地说："如果想吃饭了，就给我打电话，我会叫厨房里的师傅做好，给你送上来。"我对程文玲无微不至的照顾感到欣慰，但我没有回答她。我站在窗前，看着外面黑暗一片。

天已经很冷了，山里的晚风格外刺骨，手指上的每一根汗毛都是冰凉的。我把塑钢窗户关得严严实实，在封闭、狭小的屋子里踱着步子。一直以来，我除了对那档读书节目感兴趣之外，几乎很少看电视。到怀人居后，我每次打开电视也仅仅是为了等待那个戴着金丝边框眼镜的女主持人,看她口吐莲花纵横书海,娓娓讲述人与书之间的动人故事。这天晚上,为了消磨难挨的时光,我再一次打开电视机。我机械地按着遥控板,一轮又一轮,全都索然无味。我猛然想起,这档节目在每个星期六的晚上九点播出,而今天已是星期天了。

我失望地关掉电视,屋子又恢复了死寂。看着桌子上昏黄的灯光,我又莫名地产生了创作的冲动。身体明显感到疲倦,内心却有一股火焰急需喷发。《与人生言和》已经中断好多天了,我惆怅着不知道怎样重新开始。没想到这样的一个夜晚,尘封的往事重新在心底燃烧成一种激情和冲动。我烧了一壶水,把空调温度调到最高,最大限度地为自己营造一个温暖的氛围。我来到桌前,慢条斯理地打开电脑,重新进入曾经走过的平凡之路。

在一日三餐与鸡毛蒜皮之中,我经历着平淡无奇的中年生活。苏菲娅迫不得已成为一名家庭主妇,全心全意地照看着智杰和智美。尽管我和父母都不乐意,但我还是沿着父亲的步伐,昏天黑地在工厂里忙碌着,做一个微不足道的普通工人。那些机械的工作程序,让我麻木不已,疲惫不堪。但是,我必须接受现实。

父母对我总是抱着恨铁不成钢的态度,在一片片叹息之中,他们的衰老速度十分惊人。两人好像在比谁的头上白发多谁的脸上皱纹深,比谁的步履更加蹒跚和摇晃。很多时候,我看着镜子中的自己，也会莫名其妙地想象着老年后的样子。

每天九个小时被隆隆的机车声包围，我的身体机能受到严重影响，最先遭殃的是耳朵，耳膜生疼，听力下降。参加工作半年后，我总是觉得自己的听觉越来越迟钝，听不清马路边自行车的铃声，每次自行车从身边嗖地一下穿过时，我都会惊出一身冷汗。我养成了一个习惯，在回家的路上，用指头轻轻地在耳朵边敲击，用笨拙而荒唐的方式测试自己的听力。后来，我把这个做法说给苏菲娅听，愁眉苦脸的她差点笑岔了气。每次，她总是弯着腰说："你这个呆子。"声音好像从腹腔里飞出来，听上去十分怪异。

我一直以为身体很快就会垮掉，没想到除了心力交瘁之外没有任何病患。就连最担心的耳朵，也没有像自己想象的那样很快就完全失去听力，变成一个可悲的聋子。但是，我几乎每周都会认真地照一次镜子，细致入微地观察着自己的变化，计算着这样的苦日子自己的身体还能坚持多久。

虽然智杰和智美两兄妹的茁壮成长让我感到喜悦，并在一定程度上消解了我在工作中的苦闷，但唯有创作才能带我脱离烦恼的海洋。那一个个夜深人静的时刻，当苏菲娅带着孩子睡下，我便孤独地坐在台灯前，驰骋在文字的世界里。只有在此时，我才能感到自己真实的存在。我不再是车间里那个无足轻重的工人，不再顾虑领导的冷眼与批评。在文字世界里，我主宰一切。

苏菲娅并不理解文字在我生命中的重要性。从我开始写作,到开始在全国各种报纸和杂志发表作品,她都持漠然态度。苏菲娅不给我热情洋溢的鼓励,也不给我泼冷水。在那些炎热或者冰冷的夜晚,她并不催促我上床睡觉,只是一个劲儿地唠叨:"你写的那些破玩意儿有什么用呢?"每当这时,我都只有无力地看着她,然后继续埋头写作。

寒来暑往,春去秋来。苏菲娅从不停止唠叨,我也从未给她解释过。我们仿佛行驶在两条平行的车道上,并肩而行却从不相交。自从医生宣布苏菲娅的身体不再适合上班之后,她的脸上就很难见到笑容。所以,我不能从她紧锁的眉头中看出她对我埋头写作到底有多讨厌。即便我因为写作而改善了工作和生活条件,苏菲娅也仅仅瘪了瘪嘴,并无喜悦之情。也就是从这时候开始,我感觉自己和苏菲娅之间隔着一层膜。这层膜很透明,仿佛能看清对方,却又密不透风。

一次偶然的机会,工厂办公室的人生病请假了,领导要出席一个重要活动,急需一份演讲稿。当时,我自告奋勇地接下这个活儿。最开始,领导将信将疑,问我是否写过文章。我把平常利用闲暇时间写小说的事情如实相告。领导眼睛一亮,呵呵地笑着说,你还发表过小说?对于领导流露出的吃惊,我感到羞涩,脸皮发烫。

得到领导让我试一试的机会后,我全身上下充斥着一股兴奋。那是个炎热的夏天,气温足以把每一条柏油马路炙烤成流动的小河。当天晚上,我把自己关在屋子里,憋足一股劲洋洋洒洒地写完五千字的演讲稿。第二天早晨,我怀着忐忑的心情把稿子交给领导。领导接连看了两次稿子，嘴里情不自禁地蹦出一连串"好"字。

这原本是一次额外的工作，却把我带入了另一条人生轨道。半个月后，领导找我谈话。坐在那张软软的黑皮沙发上，我感到浑身不舒服。我一直在反省，自己是否做错了工作，或者与同事相处时说了什么不该说的话。但是，这个满脸胡须、脸庞瘦削的男人开门见山地问我："愿不愿意调到办公室工作？"

幸福来得太突然，我的脑袋一下就懵了。这可是大学毕业生才能拥有的职位，怎么会无缘无故落到我的头上呢？他好像觉得我并不乐意，接着噼里啪啦地说："你上次写的演讲稿，比任何人都写得好。你既能抓住要领，还懂得用文学语言和技巧来修饰，整篇稿子充满起伏的情感，我的演讲赢得了满堂彩。以前的那些稿子，我在台上讲起话来，总感觉是在读产品说明书。"

我看着这位已经认识十多年的领导，既陌生又熟悉。这些年来，他从普通工人到车间主任，再到副厂长、厂长，一步步艰难而又稳健地走过来。我还在读书那会儿，就常常看着他一脸疲惫地在厂子里跑来跑去。从某种角度讲，他看着我从一个小孩子变成车间工人，我看着他从普通职员成长为一厂之长。

"你不应该待在车间里，办公室才是你最好的位置。"他点了一支烟，"车间里没啥前途，但办公室就不一样了。你还年轻，只要好好干一定前途无量。"

"嗯。"我轻轻地点头。

或许是烟雾挡住了他的视线，或者我的头点得太轻了。总之，他没有看见。

"你不愿意吗？"

"我觉得可以。"我尽量掩饰住自己的兴奋，"但不知道能不能干好。"

"你就别谦虚了，我相信你。"

我的生活就此改变。我告别了乌烟瘴气的车间，每天清晨夹着一个皮包，走进宽敞明亮的办公室。苏菲娅对我的工作改变持观望态度，她觉得天上不会掉馅饼，好像前面有个巨大的火坑等着我跳。但是，每当我领着比之前更多的薪水回家时，苏菲娅的脸色比以往任何时候都红润。那段时间是这个家庭最难熬的日子，两个孩子渐渐长大，日常开销已经成为我最大的负累。工作改变收入提高，缓解了我的燃眉之急。

没用多长时间，我就适应了新的工作，而且干得有声有色，成为厂长身边最得力的秘书。发言稿、企业文化宣传、起草各种文件，一连串"头等大事"缠住我。虽然这些事情琐碎而烦乱，但终究是我喜欢的文字工作，倒也让我内心窃喜和庆幸。

不过，流言蜚语也随之而来。不知从什么时候开始，有人在背后嚼舌根，认为我贿赂领导才谋得这个职位。一天中午，我上厕所时听到隔壁女厕所里有人说起我的名字。当时，我正蹲在那里悠闲地抽烟。隔壁传来的声音依稀可辨,我竖起耳朵听了好几分钟,才知道其中一人是人事部的张姐。她说:"你千万别真的以为他会写文章,厂长就把他调到办公室。天底下能写文章的人那么多,为什么偏偏就把他调过去了?前几天啊,我听说他一直悄悄地巴结领导,请吃请喝还送钱。"

另外一个女人是谁,我没有听出来。她的声音很小,仅仅是"哦"了一声。我想,那个不知名的女人并不认同那些话,她不过是附和一声而已。随后,我听到了冲水声、关门声,以及渐渐远去的脚步声。

一切都安静下来。可是,我的内心却愤怒不已。

工作这些年,我对每个人都和善、友爱,做每件事情时都谨小慎微,尽量做到让每个人都满意。可是,他们为何还要在背后使阴招恶意中伤我?刚才那位长舌头张姐,我对她印象不错,平时在单位遇到时还相互点头问好。在我的印象中,她的笑容总是灿若桃花温暖人心。我刚进办公室工作时,她还特地前来祝贺我,奉承我年轻有为、前途无量。当时,她嘎嘎地笑着说:"说不定将来我们还等着你发工资呢。"人心隔肚皮,如果不是亲耳听到她刚才那番讥讽,我怎么也想不到她会是这样的人。

接连抽了几根烟,我的怒气才略微平息。

回办公室的路上,我发现刚才还无中生有的张姐出现在离我两米之外的地方。她独自靠在人事部门前,端着粉色杯子,若有所思。她使劲地摇晃着杯子,里面的菊花快乐地旋转、翻腾。我偷偷瞄了她一眼，不料却碰上她也正用余光看着我。我漠然地笑着，点了点头。她笑着回应我："最近挺忙的吧？"

"嗯。"我还是保持着微笑，但心里的厌恶却翻江倒海。

"什么时候组织一些文化活动啊？"她扯起嗓子眼说，"让我们这些没有文化的人也感受一下文化味道，不然永远都是土包子。"

我实在无法忍受她的这种口气，风一样逃进了办公室，愤怒而又悄然地把门关上。她还补了一句："我说的是真的。"声音被厚实的门挡住，朦胧而飘忽。

靠在门上，我像极了一条被丢在岸上的鱼，每一次呼吸都是挣扎。

从这一天开始，我的情绪逐渐低落，工作越来越不顺心。我仿佛听到还有更多人在背后对我叽叽喳喳，每次看到别人三五成群窃窃私语，总觉得都是在说自己。这样的感觉真是坏透了。尽管厂长对我一如既往地信任，也毫不吝惜他的表扬，可我总感觉做起事来力不从心。以前，我每天满心欢愉地走进办公室，现在在办公桌前却如坐针毡。很多时候，我呆呆地坐着，看着不远处的车间，想起在那个封闭空间里忙碌的时光，脸上悄然地浮出笑容。

我变得前所未有地沉默，除了必要的交流，几乎不再多说一句话。好几次厂长搞接待请我作陪，我也委婉地拒绝了。每一次，我的借口都是身体不舒服。有一天，他不解地看着我："我看你身板不错呀，怎么老是不舒服？"

"别看我长了一身肉，体质却很弱。"我傻傻地笑着敷衍了事。

厂长是个聪明人，看出我在顾左右而言他。一天傍晚，我正在加班写一个急需的汇报材料，他突然出现在门口，轻声细语地问："还在啊，正好找你有事，到我办公室来一趟吧。"

"有什么事吗？"我正为不知道怎么写好这次的汇报材料而愁闷。

"不是工作，我想和你聊聊私事。"他斜靠在门上，手中的烟快要燃到尽头。

"私事？"我嘀咕着。

厂长没听见，慢悠悠地转身回办公室去了。

我站起来在办公室里转了几圈，琢磨着厂长找我到底有什么事。自从调到办公室之后，我们之间的交流仅限于工作，可他刚才却说找我聊私事。在忐忑不安中，我双腿颤抖地朝他的办公室走去。

房门虚掩着。

咚咚咚……我小心翼翼地敲着门。

"请进。"声音很沉闷，仿佛半天才从喉咙里憋出来。

推门而进，他正在打电话。那部乳白色的老式电话机布满灰尘，远远望去已经成为褐色。他指着沙发，示意我坐下。我微微点头，面无表情地坐下。环顾这间熟悉的办公室，我心里立即泛起一阵酸楚。作为一家大型工厂的厂长办公室，的确太简陋了。电话机老旧，沙发破烂，墙壁光秃秃的，连一张名画的仿制品都没有。这几年，老工人大部分都已退休，年轻人看到工厂日渐破败，但凡在外面有任何一丝机会都会选择离开。尽管厂长使出浑身解数，依然无法扭转颓势。

我木然地坐着，心情平静下来，不再揣测厂长找我到底有何事。他还在打电话，口气和蔼得近乎唯唯诺诺，像是在求人办事。我开始仔细听他说话的内容，隐隐约约中明白他正在跟对方谈一次合作，为厂子的产品找销路。销售是最大的难处，工人们辛苦做出来的产品全堆在库房里，看着让人心疼。前几天遇见以前车间里的老同事，言语之间全是唉声叹气。他说大家的工作热情已经消磨得差不多了，有一段时间，他们关掉机器，在车间里闷坐着发呆，一坐就是大半天。

天色已晚，垂垂老矣的厂子在夜色中显得格外落寞。这个五十岁的中年男人，看上去却有六十岁的面容。以前在车间里时，我并不知道领导成天都在忙碌什么。现在跟他们接触多了，我才明白他们并不是我们想象的那样轻松和潇洒。

我还沉浸在遐思之中，却被厂长沙哑的声音拽了回来。

"让你等久了。"他说，"要喝茶吗？"

"不喝。"我又是摆手，又是摇头。

"你找我有事？"他的手还摁在电话上。

我一头雾水。

"刚才你找我，说有事和我谈谈。"我结巴起来，"而且是私事。"

"我想起来了，你看我这记性。"他拍着脑门，"有些话早就想和你说了，只是最近一直在忙订单的事，忙来忙去搞忘了。你也知道，现在销售环节的工作最头疼。"

"哦。"我的声音机械、麻木，甚至有些冰冷。好在他并没感觉出来，站起来伸了一个懒腰。

"喝杯水吗？"他忘记刚才已经问过了。

"不喝。"

"哦。"他莫名其妙地说着，在我对面疲惫地坐下，身体与沙发摩擦时发出奇怪的声音。接着，他小心翼翼地问我，"最近是不是有人在背后说你？"

"有人说我吗？"

"我听到了一些闲言碎语。"

我双唇紧闭，假装陷入沉思。

"我听说，有人认为你是靠关系和行贿才调到办公室工作。"他端着一个大杯子，咕咚地喝了一口浓茶，"这些人真无聊，好好一个厂子变成今天这个破样子，他们为什么不操心呀？就只知道嚼舌头、说废话，成事不足败事有余。"

我恍然大悟，才知道张姐的话早已传到厂长的耳朵里。我纳闷的是，是谁把两个女人在厕所里的谈话告诉厂长的呢？半晌，我说："就让他们说吧，我不在乎。只是，这样对你不好。"

"对我没什么，作为工厂的领导，坐在这个位置上总会有人说三道四，我有足够的准备。"他微微地笑着，露出一丝难为情的神色，"但是，对你来说就不一样了。"

"一个车间工人突然被调到办公室，我自己都有点不敢相信，别人就更难以相信。"我语无伦次，"这样一想，我心里就不怪别人了。"

他哈哈大笑起来，声音肆无忌惮地撞击着苍茫的夜色。"我发现啊，人们总喜欢无端猜测。"突然之间，他的声音低沉下来，"不过，我想告诉你一个秘密，千万不能说出去。"

"什么秘密？"一听这话，我满脸乌云。

他点燃烟，喝口茶，几度欲言又止。我看着他煎熬的神情，意识到这是他难以启齿的隐情。我把眼神从他身上移开，装模作样地盯着光秃秃的墙壁。他支支吾吾，还是说出了那个让我心里五味杂陈的秘密。

"你能调到办公室来，其一是你的能力。"他的声音像只蚊子在叫，"其二呢，这个原本不太方便说，但是外面风言风语太多，让你承受太多猜忌很不好。其实，当时办公室那个工作人员是前任厂长的人，很多事情交给他不放心。我看你能力很强，写得一手好文章，便把你调过来培养。"

"我真的应该好好感谢你，这样的工作很多人一辈子踏破铁鞋都找不到。"我找不到更好的词，只能说些阿谀奉承的话。我跟父亲一样笨嘴笨舌，但此刻却蹦出了这么一句假大空的套话。

"不用那么客气，我也不想看见人才被埋没。"他死死地看着我，两眼浑浊但深似海洋，"好好工作，就是对我最好的感谢。"

我点了点头，闷声闷气地走出厂长办公室。

回家时已经很晚了。恍恍惚惚中，我觉得与厂长只交谈了半个小时，没想到时间已是九点。街灯昏黄，树影婆娑，天空中的月亮不知被谁咬了一口。看着夜色中匆忙的行人，我搞不明白厂长为什么要对我说那些话，即便外面有人针对我说三道四，但他刚才所说的内容却明显驴唇不对马嘴。这不但不能缓解我背后被人指指点点的愤怒，而且旧愁未了又添新乱。我一直在苏菲娅面前沾沾自喜，认为是自己的才华打动了厂长，解决了父亲当年万般努力也未能解决的工作问题。可是，这个面容慈祥的厂长一席之话扼杀了我所有的骄傲。

我需要那一点骄傲，尊严能够消解生活带给我所有的沉重和屈辱。

屋子里一片漆黑，两个孩子都已睡下。岁月不饶人，转眼我已到中年，除了花白的头发外，最明显的是一双儿女渐渐长大，都忙于学业。每天早出晚归的我，回家后很难见孩子一面。他们早上上学时，我还在床上；我晚上回家时，他们已经上床睡觉。周末是孩子唯一能够轻松下来的时间，遗憾的是，我周末加班已然成为常态。每当看着两兄妹可怜巴巴地盼着我带他们玩的眼神，我的心里就充斥着难以言说的愧疚。我日复一日地重复着那句在苏菲娅和孩子心里已经认定是谎言的话："下个星期，爸爸一定陪你们玩。"

这天晚上，我比任何时候都认真地埋头写作。当我听到厂长那番话后，瞬间意识到自己无论怎么努力，都无法赢得人们的信任和尊重，以及那种不可捉摸的安全感。隐约之中，我看到了自己的未来,像头老黄牛一样坐在这间办公室里埋头苦干,不但没有继续发展的空间,而且只要现任厂长退休或者调离,我的处境将非常尴尬和悲凉。下一任厂长来了之后,我的命运将会与自己的前任一样。可是,我又能怎样呢?难道放弃这份被别人羡慕得流口水的工作吗?走出厂长的办公室那一刻,我便决定把身体交给世俗,把灵魂交给文字。

从这天晚上开始,我的创作进入激情澎湃的节奏,完全沉醉在属于自己的小世界里。无论在工作中遭受怎样的冷嘲热讽,无论在生活中遇到怎样的困苦烦恼,只要我坐在书桌前,一切愁绪便烟消云散。当奇思妙想化作一段段文字时,那种满足是我这辈子最幸福的感觉。

我的写作速度并不快,但几乎每天不落。除了上班和偶尔陪孩子玩之外,我基本上都端坐在书桌前写作。渐渐地,我似乎对写作上了瘾,无时无刻不沉浸其中。很多时候,我手上写着单位的文案,脑子里却构思着自己的小说。

这些年来,我一鼓作气写了很多小说,发表的却为数不多。一部分是因为水平达不到发表要求,被刊物退稿;还有一部分是我自己不愿意公开发表,因为文字里有太多生活的痕迹。关于自己所在的工厂,我连续写过好几个中篇小说,字数有几十万字,其中很多涉及领导的虚伪和人事斗争。这些作品,我在创作之初就没想过发表,不过是我直抒胸臆而已。

写作在一定程度上释放了我郁郁不得志的情绪,但依然无法让我全心全意地扎根于这家工厂。如果厂长不把我工作调动的真相抖搂出来，我已经打定主意永远在这个来之不易的地方兢兢业业，即便在最底层的车间工作。可是，现在我的心思已经无法安定下来，暗自把这里当成一个跳板。在四十五岁那年，我疯狂地搜集各种招聘信息，试图寻找另一份满意的工作。

不过，我没有成功逃离这个厌倦之地。其实，有人向我抛橄榄枝，我也对几家单位感到满意，但每次都是临阵退缩。我总是瞻前顾后，没有勇气和决心重新开始新的生活。我考虑到苏菲娅不能工作，重担全部压在我一个人的肩膀上，如果无法适应新的单位，或者中途有任何变动和不测，生活势必陷入一团糟。到时候，一家老小怎么生活？

我陷入愁苦之中，对现状不满意却又无力改变。人到中年，留给我的似乎只有一声声长吁短叹。我责怪自己无能，后悔自己没勇气迈出关键一步。甚至，我常常在夜深人静时想象自己如果换个新单位，又会是怎样一番美好的生活。当然，这仅仅是想象，徒增烦恼而已。

后来，我彻底死了那条心，不再东寻西找，下定决心把这一辈交给工厂，随着它的颓败而腐烂。我在心里一遍遍暗示自己，工作只是一张饭票，养家糊口而已，写作才是今生唯一的理想。只不过，我变得比以往任何时候都封闭。渐渐地，我的白发越来越多，眼镜度数越来越高，背也越来越佝偻。一天晚上，苏菲娅在饭桌上冷不丁地说："你跟你爸一个样。"

"怎么一个样？"

"一辈子都在抱怨,单位这里不好那里不好。"她嘴巴里含着饭,叽里咕噜地说,"外面的世界海阔天空,可又不愿意去闯荡。"

我没想到苏菲娅会这样评价我,她居然还清楚地记得我曾经说起过父亲一辈子的心境和心结。我怔怔地看了她一眼,继续埋头吃饭。

"我觉得你会窝在这里一辈子,随着这个破厂一起烂掉。"她边说边吃,头都没抬。

苏菲娅这句话深深地伤害了我。她不但不理解我,反而还出言相讥。我之所以在更换工作上举棋不定,最关键的因素就在于苏菲娅。有时候,我很羡慕那种夫唱妇随的家庭,两个人齐心协力让生活其乐融融。可是,苏菲娅做不到,她在年纪轻轻时便丧失了工作能力。不过,我并不怪她。我是个宿命论者,相信命里有时终须有,命里无时莫强求。

在很多人眼里,我成了厂长的心腹。看热闹的人一如既往地调笑我,打小算盘的人居然点头哈腰地想通过我在厂长面前找关系。我似乎百炼成钢,冷如巨石,对围绕在身边的人置之不理,任由他们施展各种伎俩。对于厂长的赏识,我也心存感激,尽管他提拔我别有用意,但从某种程度讲对我来说也不是一件坏事。可是,后来发生的一件事情,让我幡然醒悟,万念俱灰。

五十岁那年,我摊上大事了。

我已经在这家工厂熬过半生,智杰和智美也长大成人,平静过完此生是我最大的心愿。但没想到的是,这年在我身上发生了一桩震惊全厂的桃色事件。那场莫须有的婚外情，打破了我平静的生活。几十年来，我从未见过人们对一个话题如此充满热情，唾沫星子像淅沥的细雨笼罩着这个日落西山的厂子。那段时间，我觉得自己是一只任人调戏的老鼠，谁都可以对我说三道四、指指戳戳。更加荒诞的是，我百口莫辩。在大部分人的眼里，各种事实证明在某个春色朦胧的夜晚，我与一个女人赤裸裸地在宾馆里度过了激情澎湃的一夜。

那年春天来得特别早，急促的春风像一把锋利的刀斩断了冬天的尾巴，一月末的天空里挂着明晃晃的太阳。五十岁的我皱纹横生，头发花白。那个为工厂日夜操劳的厂长，更像一个古稀之年的老人。两个走过半生的人，在一个酒楼里喝了一顿充满阴谋的酒。

我还清晰地记得，那是一个星期六。很顺利地完成一篇小说后，我准备午休。最近半年来，我愈发感觉身体大不如从前，午睡成为每天的必修课，否则就会无精打采。奇怪的是，那天我却睡不着。躺下，起来；又躺下，又起来。三番五次地折腾，搞得自己不知道是否还要继续睡。当我最后一次躺在床上时，电话响了。看着电话号码，一股厌烦之情立即冲上我的脑门。上午的写作非常顺利，我盘算着下午继续开始另外一篇小说，却没料到这个时候厂长打来电话。该不是又让我去加班吧，我心里嘀咕着。这么些年，我总是在节假日被叫到办公室免费加班。

迟疑片刻，我还是接了这个让自己后半生耿耿于怀的电话。

"晚上有空吗?"他开门见山。

"晚上?"我纳闷。

"嗯,晚上。"

"有什么事吗?"

"想和你喝两杯。"

"喝酒?"作为一个很少喝酒的人,我奇怪他为什么突然找我喝酒。

"我想和你谈谈工作的事。"

"工作上有什么事?"我越听越糊涂,大脑飞速地运转,条件反射地自我检查近段时间在工作上是否有疏忽。但是,一向严谨的我自认为每一项工作都井井有条,毫无瑕疵。

"我考虑很久了,你作为老员工在厂子里工作了大半辈子,而且能力强人缘好,应该被提拔到更好的岗位上。"电话里的声音很小,"当然,更好的岗位也意味着要承担更多的责任。"

"哦。"尽管我语气平缓,可内心却扑通扑通直跳。多次跳槽未果后,我就像苏菲娅所说的那样,已经接受在厂子里碌碌终老的命运。我从未有过升职的幻想,因为我知道自己没有任何机会。可五十岁这年,我却在夕阳之中等来了迎接朝阳的机会。

挂断电话后,我的睡意彻底消失。从床上爬起来,我焦躁地在屋子里走来窜去,一根接一根地抽烟。我的情绪影响了苏菲娅，她有气无力地坐在阳台上，悄悄地用余光瞟着我。我知道她快忍不住了，自从过了四十五岁后，苏菲娅的脾气越来越大，常常在家里没头没脑地吆五喝六。果然，她粗声大气地问："哪个踩着你尾巴了？"

我没好气地看着她，哭笑不得。

"你就不能消停一会儿吗？在眼皮底下晃来晃去烦死人了。"

我真的停下来，与苏菲娅面对面地坐着。

她怔怔地看着我："什么事情啊？"

我强忍住兴奋："厂长刚才打电话来……"

"找你加班嘛。"

"不是。"

"那找你干什么？"

"他说要跟我喝酒，谈谈工作的事。"

"你最近工作出问题了？"

"什么呀，他说考虑给我升职。"

"真的呀？"苏菲娅尖叫起来，满脸怀疑和鄙夷。

"真的。"我点点头。

苏菲娅转过脸，看着窗台上那株奄奄一息的植物。

整个下午，我一个字都没写。我怀着复杂的心情，手指在书架上划来划去，却没有取下任何一本阅读。最后，我告诉苏菲娅赴宴的时间到了，穿好衣服带好钱包便出了门。其实，现在离约定的时间还有两个小时，但我实在不想在屋子里待着。

出门后，我在附近的几条街巷孤独地徘徊。我什么都不想，就这么走着，看着行人和车辆从身边迎来后又消失。

晚上六点，我准时来到约定的地方。作为厂子定点接待酒店，我对这里很熟悉，无数次进进出出，与很多服务员都成了朋友。刚进大门，一个满脸雀斑的女孩笑嘻嘻地说："刘厂长早就到了，在三号包间。"

我机械地朝她笑笑，大步朝三号包间走去。来的路上脚步还迟疑，一旦走进酒店就彻底轻松起来。包间里只有厂长一个人，他平静地喝着苦荞茶。见我进门，他立即笑脸相迎，示意我在旁边的位置坐下。房间里开了空调有点热，我脱掉外衣拘谨地坐着，紧绷的脸上挤出死板的笑容。

长时间的相对无语。

我小心翼翼地看了看厂长，他握着玻璃杯子，手指在杯子上轻轻地敲击。我寻思着找个话题，不然这气氛会憋死人。但是，既然是他找我喝酒谈工作上的事，自己又不方便主动提及。我尽量压住内心的冲动，静静地等候着，看看他到底想说什么。好在厂长毕竟久经沙场，没有冷场太久。

刘厂长慢声细语地说了很多，零散而混乱。我搞不懂他到底想表达什么，只好驴唇不对马嘴地回答。他先问了我的家庭情况，苏菲娅的健康问题和孩子们在哪里上班。我力不从心地点头，敷衍了事地回答。我觉得，他也并非真正关心这些，不过是一种开场白而已。作为领导，问问职工的家庭和生活是一种放之四海而皆准的套路，能够充分地体现自己的亲和力。

绕了半天,终于来到正题。

"你在办公室工作很多年了,能力我们都知道。"他把杯子递到嘴边,却没有喝水,"我不希望你一直待在办公室里。"

我腼腆地笑了笑。坦率地说,听到领导对自己的肯定,心里还是蛮高兴。

"前段时间,我征求了一下领导班子的意见,想对你的工作做些调整。"他认真地看着我,眼神灼热得让我不适应,"大家对你的工作能力和态度也给予了认可和表扬,对我的想法也表示支持。"

我还是那样笑着,不知道该怎样接他的话。

"来,先干一杯吧。"他举起杯,主动跟我碰杯。

"干杯。"我为自己终于能够说句话而松了一口气。

两人一饮而尽。

喉咙一路燃烧,疼痛直往胃里钻。我咳嗽起来,捂着嘴咳了很久。

"不至于吧,就一口白酒而已。"他笑呵呵地说。

"我酒量小,而且好多年没喝白酒了。"我强忍住咳嗽。

"那我们换成啤酒吧。"

"没事,就喝白酒。"

我知道他喜欢喝白酒,而且每次都喝同一个品牌的白酒。我为他倒酒,满满一杯。看着明亮的液体缓缓流动,心中有股莫名的兴奋。

"今晚要喝高兴咯，对你来说是一件天大的喜事。"他看着我，笑眯眯的。

"领导喝好，我就高兴。"我从未如此奉承过任何一个人。

"今天你是主角，最重要的是你喝好。辛苦这么多年了，终于等到升迁的大好时机。"说着，他又举起杯，"来，这一杯我敬你。"

我端起杯，跟他碰杯时明显感觉到自己的手在抖动。

他抢先拿过酒瓶，为我斟满，又为自己倒了一杯。接着，他一声叹息："我心中有愧呀。"

"领导，千万别这么说。"我感到惊讶。

"埋没人才了。"他手握酒杯，刚刚端起又放下，"这个厂子里，大部分人都烂如过季的萝卜，成天拿着工资混着日子背后还嚼着舌根子，从来没有人像你这么勤勤恳恳、任劳任怨、爱厂如家。但是，那堆烂萝卜中都有人高升了，唯独你还在办公室里闷声不吭气地做牛做马。你说，我对你是不是该有愧疚呀？"

我微微一笑，总不至于认为他真的应该愧疚吧。

"来吧，这一杯向你表示歉意。"他再次举起杯子，"希望你能原谅我的失职。"

"其实，我没有什么大的能耐，仅仅是能写写文章而已。"我端着杯子迎上去，碰出清脆的响声，两人杯子里的酒都溢了出来。

"你这个人啊,最大的缺陷就是太谦虚了。"他一脸严肃,"来,喝了吧。"

我二话没说,一口下肚。

酒杯又满了。

我想为他倒酒,但厂长眼疾手快,一把夺过我的杯子。我头晕目眩地看着哗啦啦的液体填满酒杯,忙不迭地说:"满了,满了。"

"哪里满了,不至于这几杯就醉了吧?"他的手在空中停顿一下,继续倒酒。

我们有一句没一句地聊着,话题宽泛得如漫天飞舞的蒲公英,怎么都收不回来。不过,我们似乎都没有刻意去掌控局面,在工作、生活、子女、健康等各种话题之间随意而凌乱地切换,还时不时地说:"多吃点菜,不然容易醉。"

一阵胡侃之后,他终于又迫不及待地举起酒杯:"这一杯还是我敬你,祝贺你苦日子快要熬到头了。"

我找不到推托之词,碰杯后咕咚一口全部倒进肚子里。我越发感到头晕,在为他斟满一杯酒后,晕乎乎地趴在桌子,全身软绵绵的,有点想睡觉。我感觉胃里有一团汇聚着各种味道的东西在打架,好几次差点吐出来。我再次抬头后,蒙蒙眬眬地看见他在沙发上坐着接电话。醉眼迷离中,我看见他满脸笑容,不断地点头。不久,他便结束通话,重新回到酒桌上。

"这么容易就醉了?"他的口气中夹杂着责怪和戏谑,"难道你不打算回敬我几杯酒?"

我一个激灵,强迫自己打起精神。"当然要敬您。"我说,"这只是上半场,下半场还没开始呢。"

话音一落,我就开始敬他酒。不知为何,我变得口舌伶俐,心中有表达不完的感激,嘴里有说不完的乖巧话。我感觉自己半辈子在酒桌上说的话,还没有今晚说的一半多。我这颗浸泡在酒精中的脑袋里装满了各种形容词,把厂长塑造成了一个高大全的完美领导。在我那些酒气冲天的话语里,他为这个破败的厂子呕心沥血、鞠躬尽瘁,解决了数以千计的员工的生活之忧,如果没有他厂子早已倒塌。

我敬的酒早已超过了三杯,但是三杯之后就再也记不清到底喝了多少杯。喝完又倒,倒了又喝。不知道喝了多少杯,反正我头不晕了,目也不眩了,只是将一杯又一杯灼烧喉咙的液体倒进胃里。最终,我身体瘫软、意识模糊,后面到底发生了什么一概不知道。

第二天早晨,我睁开惺忪的睡眼时,眼前的情形让昨晚的酒精全部挥发。我赤条条地睡在一个陌生的房间,身边是一个同样赤条条的女人。从昨天离开家后,我从未如此清醒过。我转动眼珠,房间的布置让我瞬间找到了记忆。这就是单位平常接待客人的宾馆,并不高档,但地理位置极好且装修别有风味。推开窗户,缓缓流淌的沙河铺展开来,让人赏心悦目。如果是往日,我定会一骨碌爬起来欣赏城市的春天,即便全身一丝不挂。但是,今天我的心情糟糕透了。

我掀开被子,看见那个女人光滑的背脊和圆润的臀部。但是，我却感受不到美妙与激情。我看着奢拉的下体，像一只病入膏肓的猫。这个女人姓甚名谁、长相如何，我一概没有兴趣。我只想知道，她为什么与我同睡一张床？昨晚我们是否发生了性关系？我"喂"了一声，她没理我，呼吸匀称得让我吃惊。那一刻，生性懦弱的我，找不到一丝勇气一探这个陌生人的真面目。我战战兢兢地为她重新盖好被子，躺在床上发呆。

越想越觉得荒谬，我怎么跟一个陌生女人睡在一张床上？思绪在脑海里游荡，几个小时之前的事情浮现出来。我费力地整理着记忆：昨天下午刘厂长约我喝酒，我提前两个小时出门，在附近转悠了很久才赴约。六点时，我和刘厂长在酒店的三号包间见面，然后就是没完没了地喝酒。

咔嚓一下，记忆中断。

我努力寻找各种与这个女人有关的蛛丝马迹，但无论如何都找不到。我的印象中，只是不断地与刘厂长喝酒，他敬我，我敬他。

无奈之下，我索性穿好衣服翻身下床，把窗帘拉开一条缝隙，坐在沙发上抽烟。现在已是上午十点，满天飘飞的雾霾挡住了春天的阳光。我的眼神缓缓往下拉，落在那条绕城而过的河面上。这条河怎么变得如此脏？水面上漂浮着各种垃圾。在我的印象中，它一直都是干净、透明的。每年春天，河的两岸都会花香四溢。但是，如今却面目全非、惨不忍睹。

掐灭烟头的那一刻，我脑袋里闪烁过一个画面：昨天晚上，刘厂长在打完那个电话不久，桌子旁多了一个女人。我恍惚记得当时问了句"她是谁",但刘厂长的介绍却完全忘记了。模糊的记忆中,她坐在刘厂长旁边,却一个劲儿地劝我喝酒。不过,我不记得她长什么样子,不确定她是否就是现在还躺在床上打呼噜的女人。

这个突如其来的记忆让我感到恐惧,一个莫名其妙的想法在脑子里闪过。但是,我又立即否定了。我不敢朝那个方向思考,也不希望真实的情况就是自己所想的那样。我不相信刘厂长是那样的人,更关键是他没有必要这么做。

我想逃离这个鬼地方。我全身上下摸了一遍,钱包、手机都在,便飞也似的逃了出去。关门的一瞬间,我突然回头,希望看清她的样子。可是,不知从什么时候开始,她改变了睡姿,玲珑的身体匍匐在床上,整个脑袋被枕头压着。我只看到她金黄色的头发散在脖子上,下滑的被子遮不住她洁白的双肩。肩上高凸的骨头表明,她是个很瘦的女人。如果不是遇上这样诡异的事,我真想叫醒她,看看她的脸。迟疑几秒钟后,我"砰"的一声关上门,噌噌噌地下楼了。

下楼时,我整个人都是轻飘飘的,每一步踩下去都有失重的感觉。

走出酒店,我摸出手机看时间,发现屏幕是黑的。摁了几下按键没有反应,才明白关机了。我不记得自己昨晚关过手机。重新开机后,我立即给苏菲娅打电话。她在电话里怒气冲天地问:"你还认得回家的路吗?"

"昨晚喝醉了。"我说,"你别生气嘛。"

"你喝那么多酒干吗?"她的怒气还未消减,"你的酒量很大吗?"

"刘厂长一杯接一杯地敬酒,我怎么能不喝呢?"

"他敬你酒?应该是你敬他吧。"

"他敬了我,我也敬了他。"

苏菲娅不接话,气冲冲地把电话挂了。我忐忑不安地走在回家的路上,心里想着一定要将昨晚与女人同床的事情隐瞒好,千万不能让苏菲娅知道。几十年来,我中规中矩,从不拈花惹草,没想到却酒后失格,干出如此荒唐的事。更不可思议的事,我压根儿就不知道那个女人到底是谁,更不清楚自己是否与她发生过性关系。站在门口,我自我安慰道:"只要自己说梦话时不说出来,苏菲娅一辈子也不可能知道。"

开门后,苏菲娅正坐在阳台上等太阳。我的记忆中,她在那个位置坐了十几年,好像坐姿从未变过一样。她向我瞟了一眼,迅疾转过头看着窗台上那株还没有复苏的植物。"我确实喝醉了。"我一边换鞋一边说。

"手机也喝醉了?醉得自己关机了?"

"我不知道手机是怎么关了的。"

"你自己的手机,别人还会帮你关吗?"

"我真的不知道,早上起床后才发现关机了。"

"别人帮你关的,是刘厂长吗?我打电话问他吧,你把电话号码给我。"

"你别无理取闹。"

"无理取闹？如果不是刘厂长，还会有别的人吗？"

"哪里还有别人。"

"那到底是谁把你的手机关了？是个女人吗？"

我心里咯噔一下，思维短暂性进入真空。

"你说，昨晚跟哪个女人一起睡的？"

"哪里有女人呀？我一个人在宾馆里睡。"

"那你怎么不给家里打个电话？"

"我都醉成一摊烂泥了，还怎么给你打电话？"

"那你电话怎么关机了？我给你打电话打了一个通宵。"

"我怎么知道突然就关机了，平常这个破手机还不是自己就关了。"

"你就骗我吧。这辈子你就知道骗我，这辈子你就只能骗我一个人。"

"我什么时候骗过你？"

苏菲娅哭了。在明媚的阳光里，她的泪水顺着皱纹横生的脸庞啪嗒啪嗒地掉下来。她边哭边说："总有一天，我会找出那个女人。"

我情绪激动："我真的一个人在宾馆里睡，哪里有什么女人。"

她没理我，哭声越来越大。

"够了，够了！"我怒吼道，"如果你不相信，就自己给刘厂长打电话问清楚吧。"我索性把手机丢在桌子上，让她自己打电话。

半晌，苏菲娅的哭泣慢慢停止。她靠在窗户上，用手悄然地擦拭着泪水。她没有拿起桌子上的手机，甚至连看都没看一眼。

太阳冲破雾霭，肆无忌惮地照射在大地上，仿佛进入夏天。

我钻进卫生间，打开水龙头让热水包围全身。我提起宝贝仔细拨弄着，确信自己昨晚没有与那个女人发生关系，长长地出了一口气，心中一块石头落地。我安慰自己，没做亏心事不怕鬼敲门，面对苏菲娅的咄咄追问，应该拿出十足的底气。

心情莫名地豁然开朗，我的口哨声与哗啦啦的水流声交织在一起，碰撞出狡黠的旋律。我咧开嘴笑了，温热的水从脸颊滑进嘴里，一股奇怪的味道。但是，我心里却感觉很舒畅。

日子过得像八月的秋雨，让人生厌而又无法摆脱。苏菲娅那张老脸终于恢复了往日的样子，不哭不笑，就像一张贴在头上的皮，永远是同一种表情。那天以后，她再也没有提我在外过夜的事，似乎早已忘记她心中认定的那个陪我睡觉的女人。

我一如既往地上班，心里却在期待一个美好时刻的到来。每次在办公室过道或者任何一个地方遇到厂长，我都满脸微笑地望着他。我的眼神里包含着复杂的内容，甚至有一种强烈的诉求，但他却视而不见。久而久之，当我再遇到他时，表情又恢复如初，与他找我谈话之前别无二致。不过，我心里清楚厂长不会食言，他在我心中一直是个信守诺言的人。

但是，我没有等到希望，却遭受了有生以来最荒诞、最沉重的打击。

那是个星期一的早晨，我刚到办公室就接到书记的电话，叫我过去有重要事情商谈。我没有多想，以为是关于宣传方面的工作安排，一路上还哼着歌儿。不过，当我推开房门后，就发现情况不妙，整个房间乌云密布。他一口接一口地抽烟，浓浓的烟雾从他的鼻孔和嘴巴里喷出来。我警惕地在那张破了三个洞的沙发上坐下，硬生生地从脸上挤出笑容说："书记，有什么急事啊？这么早就找我。"

我与书记认识十多年了，这个即将退休的老人跟我志趣相投，酷爱摄影和文学，除开工作之外，我们私下接触也很频繁。每当他拍摄一组好的照片后，总喜欢约我到茶馆喝茶，滔滔不绝地向我展示他镜头下的美好。所以，当他神情凝重地看着我时，我心里还是有些怵。这些年来，我知道如果没有特别紧要的事，他从不如此火急火燎地找我。

丢掉烟头，他慢条斯理地打开抽屉，把一个信封递到我面前。这是一个普通的信封，但不是厂里的专用牛皮纸信封。信封很厚，被塞得鼓鼓的。

"什么东西？"我迟疑着。

"自己打开看吧。"他不拿正眼看我。

我接过来，手不自觉地晃动着。我换了一只手，把信封放在左手上，用右手食指撬开封口，一沓照片出现在眼前。我问："哪个的照片？"

"你的。"

"我的照片？"如果给我一面镜子，我一定能看到自己的嘴巴变成了鳄鱼嘴。

"嗯，都是你的照片。"

我彻底蒙了。

记忆中，我好几年没有拍过照片，这么厚厚一沓照片到底从天空哪个角落飞来的？思维停滞几秒后，我忙不迭地拖出那沓照片。照片背面朝上，映入眼帘的是有着黄色暗花的白色铜版纸。我看了书记一眼，他的眼神立即飞向墙角，看着斑驳的书柜。我无趣地收回目光，把照片翻过来。

一个染着金黄色头发的女人，匍匐在一个老男人的身上。女人的头发如瀑布，遮住了男人的脸。男人的左手无力地勾住女人的腰，五根手指松弛地张开。有那么一瞬间，我觉得这张照片有点假，是有人通过技术手段合成的。所以，我不相信照片上的男主人公是我。不过，我没有告诉书记自己的这个想法。

我瞅了一眼信封，发现所有照片都是背面朝上，便把信封翻了过来。我把第一张照片放在信封上，接着抽出第二张。第二张照片只抽了三分之一，我的脑袋就轰隆隆地炸开了。我看见自己猥琐的面目赫然出现在照片上，那个金发女人正在亲吻我的脖子。我双眼紧闭，看不出半点享受的样子。我全身发烫、颤抖，根本不敢看一直支持我的老书记。我低垂着头，机械地翻看下面的照片。

一张比一张火爆，从二十多张照片中，我能够清晰地看见自己松弛的腰部和金发女人饱满的乳房。把一张张照片拼接起来，脑海里浮现出当晚我们在床上激情翻滚的场景。我面红耳赤，目瞪口呆。

我把照片放回信封，放在书记的桌子上，气得吹胡子瞪眼。

"照片上的人是你吧？"

"照片从哪里来的？"

"你怎么干出这种事？"

"刘厂长知道这些照片吗？"

"你老老实实地生活不行啊？"

"有多少人看过这些照片？"

"一大把年纪了，光鲜地退休不行吗？"

"厂里到底想怎么处理？"

我们就这么问着，谁也不愿意回答对方。这是我在单位工作几十年以来最尴尬的时刻。面对一直信任我的老领导，恨不得像水一样蒸发掉，消失得无影无踪，再也不愿落到这肮脏的大地上。我沉闷地坐着，不知该怎么办。他拿出烟点燃，狠狠地吸了一口气。我伸手主动要了一支烟，从桌子上默默地抓过打火机。

一言不发地回到办公室后，我一直呆坐到下班。

吃晚饭时，我一杯接一杯地喝酒，惹得苏菲娅极不高兴。最近几年，百无聊赖的苏菲娅锲而不舍地劝我戒烟，但都没有成功。现在看我连酒也喝上了，更不高兴了。父亲几十年前的身影，不合时宜地浮上心头。关于父亲的记忆，最深刻的就是他独自喝闷酒。小时候不懂事，不知道他哪有那么多烦恼，非要借酒消愁。如今，我亲身感受到一个男人对酒精的依赖。

我有些醉了，靠在沙发上。大脑昏沉，意识模糊。虽然我闭着眼睛，却没有睡去。我依稀听见苏菲娅唠叨不停，她说我越老越糊涂，越老越摆臭架子，成了一个老怪物。她一直叽叽咕咕，好像还打碎了一只碗。"哐当"一声后，苏菲娅更气愤了，隐约听见她开始骂人。也不知道她到底在骂谁，疯子般自说自话。

丑闻的传播速度，快得让人窒息。我的艳照事件，就像一颗原子弹在厂子里引爆。

刘厂长非常重视此次事件，他逢人便说，这是厂里几十年来发生的最大丑闻，严重影响工厂的形象。我听着心里极不舒服，心想几十张莫须有的照片，怎么成为有史以来最大的丑闻了？怎么影响工厂的形象了？难道前几年查出的偷盗、贪污等事情，都比不上一沓照片带来的影响？

那些我认为可能是从天上掉下来的照片，在厂里刮起一阵飓风，每个领导看我的眼神都莫名的复杂。看着他们严阵以待的样子，我觉得荒唐、可笑。即便事情是真的，也不过属于生活作风问题，比起贪腐绝对是小题大做。那段时间，我承受着旁人难以想象的矛盾、煎熬和彷徨。我一边应付着各路领导的调查，一边暗地里寻找到底是谁陷害我的线索。我疯狗一般寻找各种线索，不放过任何蛛丝马迹。

在一次次回忆中，我觉得照片中的女人跟刘厂长保持着某种神秘的关系。而且，那头金黄色的头发告诉我，她就是我已经喝得醉醺醺时被刘厂长叫来的那个女人。

这个记忆让我倒吸一口凉气，不得不斩断追究真相的勇气和决心。

让我略感欣慰的是,刘厂长听取领导班子的意见后,认为我虽然经不起考验犯了生活错误,但鉴于几十年来工作任劳任怨,终究是功大于过,决定对艳照事件从轻发落,只做内部记过处理。我心里非常清楚,自己能够获得宽大处理,除了老书记不遗余力地做工作之外,刘厂长自己心虚才是关键所在。

事态终于平息,除了偶尔在厕所或者食堂的某个角落隐约听到无聊之人的轻声议论之外,没有人再关心我的私生活。在大多数人眼里,我还是原来那个唯唯诺诺、谨小慎微的老男人。只是,再也没有人奉承我前途无量,再也没有人说过将来还要靠我给他们发工资养家糊口,再也没有人嚷嚷着搞些活动提高文化水平。曾在我面前点头哈腰、脸上堆着厚厚一层笑容的伪君子们,见到我老远都在让路,恨不得我这个害群之马立刻从这个单位滚蛋。

我当然没有滚蛋,依然是办公室里的一只蝼蚁。不过,心如止水的我没有愚蠢到再奢望升职,而是只想平安着陆安全退休,从此便可心无旁骛地投入到文学创作中。这样想着,心里反倒异常平静。

但是,我高兴得太早了,一场新的暴风雨正在天空盘旋。

我刚刚松口气,更大的麻烦就接踵而至。不知是谁走漏风声,我的家人和整个厂的人都知道我在外寻花问柳,包养情人。在以讹传讹中,人们说得绘声绘色,好像亲眼看到我与外面的女人厮混。我并不在乎厂里那些人嚼舌头,毕竟我们只是在同一个单位领张饭票而已,相互之间并无深厚交情。但是,对于家人的反应却让我伤透脑筋。

回到家后,我遭受的拷问远远超过单位,苏菲娅和两个孩子轮番冷嘲热讽,用各种语言把我描绘成一个不知羞耻的老头。我听出来了,在他们面前我从一个憨厚老实、爱岗敬业的男人,变成了一个内心污秽、猥琐不堪的流氓,而且是个老流氓。

"爸,这是不是真的?"

"爸,你怎么能做那样的事呢?"

"爸,你对得起苦了一辈子的老妈吗?"

"爸,你让我们怎么好意思出去见人?"

面对儿女的质问,我有口难辩。

苏菲娅常常得意地冷笑,因为她终于知道那天晚上我在外面与另一个女人销魂过夜。她不哭不闹,仅仅是冷漠地说:"我终于把你看清了,你就是个不要脸的臭流氓。"她一遍一遍地重复着这句话,直到她身体坍塌躺在病床上。苏菲娅曾经发誓要找到那个女人,但如今艳照公之于众时,她却偃旗息鼓,只是在家里唠唠叨叨地骂我。

我没有想过做任何解释,任凭他们的唾沫星子淹没自己。最开始,我在他们面前是个犯人,随时都可能被他们审判;慢慢地,我变成了仇人,每天面对的是敌视的眼神;最后,我变成了陌生人,甚至是多余的人。我生活在他们的冷眼之中,家人的无视成为我五十岁以后悲哀生活的缩影。但是,我并不怨恨他们。毕竟，在他们的眼里，我的的确确犯了不可饶恕的错误。

艳照事件彻底改变了我的人生。我不但没有等到升迁的机会，还掉进了生活的泥沼。尽管时过境迁，但我心里很清楚，三个最亲近的人并没有真正原谅我。特别是苏菲娅，从此再也没有看见过她脸上的笑容。当她躺在病床上垂死挣扎时，我依然能从她眼睛里看到深深的失望。那种灰色的眼神告诉我，今生今世她都不会原谅我。

我孤独得如同路边的一棵野草，川流不息的人群从未停下来认真地看过自己，即便是短暂的一眼。我感觉到单位和家庭都容不下自己，或者，这两个地方我都不想待。那个曾经与我惺惺相惜的书记退休后，我在厂里就更加孤立无援。回到家中，看到苏菲娅那张阴云密布的脸，我变得郁郁寡欢。只有沉迷于文字世界，我才能获得一件护身符，严严实实地把自己包裹起来。我不想让血流出来，更不愿意让人看见我的伤口。

从五十岁开始，我进入了创作的爆发期。上班、下班、吃饭、睡觉，无论何时何地，我的脑子里只有小说。我的思绪在虚构的世界里恣意邀游，毫无拘束。我把所有的悲愤一股脑儿地塞给故事的主人公，在他们身上寻找虚幻的慰藉。

五十五岁那年，我退休了。

我没与苏菲娅商量，也没告诉智杰和智美。事实上，这件事不容许我与任何人探讨。我淡然地收拾好东西后，失魂落魄地回到死气沉沉的家。

离五十五岁生日还有一个星期时,已经满头白发的刘厂长约我喝酒。那天不是周末,我正在电脑前发呆。我凄然一笑,婉拒了。一朝被蛇咬,十年怕井绳。被拒绝后,他直截了当地打电话请我到他的办公室。我不知道他为什么找我,经过几年的灰心失望后,我有点破罐子破摔。这把年纪了,又无欲无求,做事反而有点随心所欲。

刘厂长一脸严肃地坐在那张刚换的真皮沙发上,见我进门也没招呼。近几年,厂子的经营略有好转,经济上不像原来那样萧条,部分领导开始享受来之不易的幸福生活。我自顾自地与他并排而坐,等待着即将到来的命运。但没想到的是,结果让我十分惊讶。

我从来没有发现刘厂长说话竟然如此结巴,断断续续得像是废弃水龙头上半天掉不下来的水滴。费了好大的劲儿,我才从他支支吾吾的话语中明白,他是在劝我退休。他先认为我思维陈旧,管理能力跟不上现代企业的发展,接着又说我这些年为厂子尽职尽责、呕心沥血,劝我功成身退,劳累这么多年也该休息了。

事情荒诞得让我十分惊讶,但我并没有迟疑,果断地答应了厂长的要求。他似乎觉得成功来得太容易,有些不相信自己的耳朵。他问:"你答应了?"

"人老了,脑子不好使,应该退休了。"我轻描淡写地说,"我要把位置让出来,让年轻人为单位做贡献。"

"我还担心你想不开呢,没想到你如此开明。"他愣愣地看着我,足足有半分钟,"等手续办好了,我为你举办一场隆重的退休宴,欢送本单位的优秀职工。"

"不用了。"我看着他,"我希望安静地退休。"

"不不不……"此刻,他的嘴皮倒是快了许多,"你是老员工,没有功劳也有苦劳,欢送宴要举办得……"

后面的话我没有听清楚,那场不可能举办的宴席到底是什么样子不得而知。我迈着轻快的步子回到办公室,立即收拾东西移交工作。与我同坐一室的小张问我:"干什么呢?"

"卸磨杀驴的故事,不知道你是否听过。"

小张没有再追问,若无其事地瞅着电脑屏幕。但是,我知道她在偷偷地观察我。一直以来,她就不是一块认真工作的料。她那些在领导面前邀功的活儿,几乎都是我替她干的。我知道她有背景,但到底是何方神圣也没有深究。我从不招惹谁,只要自己能够承受,再苦再累也毫无怨言。

我不想再多留一分一秒,所以连夜把工作移交完,把手续办好,彻底与单位断绝关系。走出办公室时,已是晚上十点。我腋下夹着两个文件袋,里面是几本文学刊物,上面有我的小说。一个人走在回家的路上,我恍如大病初愈,身体轻飘飘的。路过一家面馆时,我感到肚子空了,才发现自己还没吃晚饭。我不知道家里今晚吃什么。自从艳照事件发生后,苏菲娅从未关心过我的工作与生活,即便像今晚我十点还未回家,她也没有给我打电话询问情况。恍惚中我才明白,原来自己一直都是孤身一人。

面馆里空无一人，跑堂的伙计津津有味地看着无聊的电视剧，好像都懒得招呼我这个夜不归家的老头子。不过，我还是耐着性子吃完一碗猪肝面，在苍茫的夜色中朝家的方向走去。

智杰和智美各自成家，早已搬离出去，这套不大的房子倒是显得宽松起来。开门进屋，客厅一片漆黑。苏菲娅已经睡了。不过，她没有睡着。当我即将退出卧室时，听到她翻身的声音。我停下脚步，回头看着她。片刻后，我兀自说："移交工作，所以回来晚了。"

"哦。"她的声音朦胧而遥远。

"退了，明天不上班了。"

"哦。"她掖了掖被子，继续睡觉。

我正式开始了退休生活，两耳不闻窗外事，即便有人偶尔提起厂里的事，也尽量避而远之。不过，有一件事情却引起了我的兴趣。刘厂长居然离婚了，很快又结婚了。不可思议的是，新娘正是艳照事件的女主角，与我在宾馆里耳鬓厮磨的金发女郎。当然，我并没有与她发生关系，那些照片是阴险狡诈的刘厂长在我醉酒之后安排人摆拍的。

给我传话的人，是已经多年不联系的老书记。当年，我处于旋涡时他感到十分惋惜，对我的风流韵事也是半信半疑。这天黄昏，他佝偻着背对我说："我错怪你了。"

我笑了笑，没说话。

"我前几天才知道，现在与刘厂长结婚的女人是他的情人。当年，他老婆怀疑他和那个女人有私情。"他弯下腰，把嘴巴凑近我的耳朵,"为了掩盖真相、转移视线,奸诈的老家伙想出了一个下流的计策,把你灌醉拉到宾馆里与那个女人一起拍了很多亲热照,让他妻子误认为这个女人是你的情人。"

我有股难言的愤怒,但却什么也说不出来。

"就算是把你当替死鬼,但也不用把事情搞得这么大。"他不断地摇晃着脑袋,"那些照片让他老婆看看就可以了,何必弄得满城风雨?"

我看了看他,依然不语。

"你知道谁接替了你的职位吗?"

"哪个?"

"就是坐在你对面的小张。"

"怎么会是她?"

"你知道她是谁吗?"

"不知道。"

"她就是刘厂长情人的妹妹,现在是他的小姨子。"

"哦……"

我拍了拍老书记的肩膀,转身离开了。冬日的枯木在寒风中瑟瑟发抖。我颤颤巍巍地走在回家的路上,想象着春暖花开的日子。

七

　　一场迟到十年的大雪从天而降，小可踏着雪迹重新回到怀人居。

　　那天上午，被大雪洗礼过的世界一片洁白，干净的太阳照在大地上，反射回的光线十分刺眼。我有一股莫名的兴奋，嚷嚷着要到外面溜一圈，但程文玲不答应。她说下这么大的雪，气温太低怕我着凉。我笑她不懂常识，只有大雪飘飞时才冷，一旦雪停出太阳，气温立即回暖。程文玲还是不答应，她说看见对面山上覆盖的皑皑白雪就全身直哆嗦。不过，我也不放弃，像个小孩子那样耍赖。最后，我说："我把所有衣服都穿上，把自己裹成一头熊出门总可以了吧？无论天气多冷，熊都不害怕。"

　　"那我就看你变成熊是什么样子吧。"程文玲哈哈大笑，"如果我小姨知道你擅自出门，我就说这头熊太倔了，谁也拦不住。"

我欢快地点头，手舞足蹈地在箱子里翻衣服。我把最厚的衣服全部拿出来，一件一件地往身上套，最外面裹上智美刚刚送来的大衣。整个过程动作迟缓，十分吃力。程文玲表情夸张地说："你真要全部穿上？"

"熊都是肥滚滚的，但是我太瘦，所以只好多穿一些衣服。"我盯着她，看她到底有什么反应，"这叫多穿衣服充胖熊。"

程文玲忍了半天，还是大笑起来。她捂住肚皮，在逼仄的屋子里东倒西歪。几分钟后，她收起笑容，扶着床头柜站好，默默地看着我。我感觉她的表情好怪异，便问她在想什么。她摇着头，抿嘴笑着。我又问："我穿这身衣服不好看吗？"

"不，是非常好看。"她脸上一半严肃一半诙谐，"年轻的时候，你一定是个超级帅哥。"

"我现在也是个超级帅哥啊，只不过是超级老帅哥。"说完，我们都笑了。

到怀人居这么久，记忆中这是我最开怀的大笑。当推开房门看着漫天积雪时，心想真要感谢这场天赐大雪，才换来如此快乐。但是，快乐的源泉不仅仅是等到一场十年不遇的大雪，而是小可在风雪之中重新出现在我面前。当我在院子门口看见他牵着妈妈的手一步一步、小心翼翼地走来时，澎湃的热情足以融化封山的冰雪。

我想跑过去一把将小可搂在怀里，却被程文玲拽住胳膊。我伫立在门口，静静地等待着这个忘年之交。当小可撒放腿跑过来时，我们热情地、长时间地拥抱。我们拥抱了很久很久，当我要松开他时,这个十岁的孩子还紧紧地箍着我。我对在一旁微笑地看着我们的程文玲说:"小可才像一头熊呢。"

"老熊和小熊。"程文玲和小可妈妈异口同声地说。

小可回来的前一天,我隔壁房间里那位在生命边缘徘徊已久的人踏上了新的旅途,去了新的世界。于是,小可顺理成章地成为我的邻居。这似乎是天意,一点一点地拉近我和小可的距离。

虽然小可的身体日渐消瘦,但他依然表现出了惊人的毅力。这种毅力来自于与我的重逢,更来自于对生命的渴望。小可妈妈轻声告诉我:"这段时间在医院里做了几次手术,他眼睛都没眨一下。每次看着他躺在手术室,我的心都碎了。可是,他却那么坚强。"

"我很佩服他。"我说,"不过,我为他承受这么多痛苦感到难过。"

小可妈妈看着我,嘴角轻微蠕动,却没说一句话。

安顿好吃过午饭后,我与小可坐在阳台上看着远山晶莹的白雪,有一句没一句地聊着天。我们的话题很少,局限得没什么可以聊。他离开怀人居后,在家和医院之间来回奔波,在生和死之间艰难挣扎。我一直住在怀人居,活动半径非常有限,除了这间温暖但狭窄的房间外,就是周围几条幽静的小路。我几乎把所有的时间都用于《与人生言和》的创作,以及体味秋风落叶的悲凉。但是,我不想说这些生涩而无趣的事情,只想安静地听小可轻声细语的讲述。

离开怀人居后,小可在医院的及时抢救之下暂时脱离生命危险。不过,他的心力一日不如一日。他告诉我,常常感到有一种即将断气的感觉。他调皮地用食指在胸腔与喉咙之间比画,演示身体里的气怎样爬到一半时又退回去。我惊讶的是,饱受病痛折磨的小可此刻居然还能有说有笑地再现那种痛苦的情景。我用颤抖的手把他搂在怀里,轻轻地拍着他的后背。透过厚厚的羽绒服,我依然能感受到他瘦弱的身体。

中午一点,小可午休去了。吃药之后,每天都要睡午觉的我却突然没了睡意。其实也并非全无睡意,大脑昏沉眼皮酸痛,却不想躺在床上。我踱着步子,思来想去还是决定找小可妈妈聊聊天。

敲门后,小可妈妈把食指放在嘴边,示意我小声点。我手扶木门,不敢轻易移动脚步。小可躺在床上,眼睛微微闭着,已经进入梦乡,身上的被子若有节奏地起伏。拖着虚弱的身体,在冰天雪地里奔波,他一定是累坏了。我用眼神示意小可妈妈出来,她盯着我半天没反应。我又向她招手,她才明白,起身随我走了出来。出门之前,她回头深沉地看着熟睡的儿子。映入我眼帘的是她憔悴的背影,以及一颗破碎的心。这个凄凉的场景在我心底里留下了难以抹去的印象。

我们没有进屋,而是搬了两把椅子并排坐在阳台上。这里靠近小可屋子的窗户,如果他醒来,能够及时找到妈妈。这个被忧伤和焦虑缠绕的妈妈告诉我,这次回去后小可的病情明显加重,每次从昏睡中醒来第一时间都是找妈妈。看到妈妈后,他总是伏在她的肩膀上，紧紧地搂着她的脖子不放。

　　雪后的太阳格外耀眼，打在地上金光灿灿，灰色的水泥板都涂上了一层薄薄的黄色。小可妈妈头上戴着一顶乳白色帽子。她平静地告诉我，为了给小可勇气和力量，她剪掉头发，与儿子一样成为光头。小可问妈妈为什么也剃光头，她说光头是世界上最酷的发型。说完，陷入巨大悲哀之中的母子俩乐成一团。听到小可妈妈这么说，我乐不起来，但为她的行为感到由衷的敬佩，真是一位伟大的母亲。

　　这个冰雪融化的午后，我在几度欲言又止后，主动把内心的困惑说给小可妈妈听。

　　小可妈妈对我没有半点抵触情绪，无论我问什么她都毫无保留地回答。她望着远山幽幽地说："当医生告诉我小可的生命只有一年时间时，我的心立即跌入了冰窖。我无法面对自己生命中最重要的人一年之后就要离开，那天晚上在医院昏暗的走廊里哭了好几个小时。医院里人来人往，行色匆匆，没有一个人停下来问我到底在哭什么。哭到最后，眼睛好像成为干涸的沙漠，一滴泪水都流不出来了。我就那么无力地坐着，心如死海，孤独无助。"

　　在哭泣与枯坐中，小可妈妈做了让儿子积极接受治疗的决定，即便她心里非常清楚小可接下来将要面对的困难和承受的痛苦。但是，让她意想不到的是，小可承受的痛苦比她想象的多得多。从小可躺在病床上接受治疗那一刻起，各种管子就插满全身。渗透、化疗、放疗，很多治疗手段小可妈妈以前从未听说过。当她看着儿子身体里的血液从透明的管子流出来,在那个巨大的机器里循环流淌时,她几度昏厥。小可妈妈难以想象,这个曾经被虫子叮一下就嚷嚷着疼的小家伙,怎么能承受如此的折腾。

为了减轻治疗带来的折磨,小可妈妈在儿子身体情况稍微稳定时,尝试着教他一些成年人应该掌握的知识和技能,尽可能地带他参加一些社会活动。她心里很清楚,小可的世界只有童年,成年生活永远只是一种幻想。现在,她要儿子提前感知成年世界,即便这只是浅尝辄止。

九月中旬,成都要举办一场盛大的足球比赛。小可喜欢足球,生病之前是学校足球队的主力前锋。在教练眼中,这个身体并不强壮的男孩永远有用不完的精力,在球场上进可攻退可守,满场都能看到他奔跑的身影。小可妈妈在票贩子手中以高于市价三倍的价格买了位置最好的球票,当她把票递到儿子眼前时,小可挥舞着如柴的胳膊欢呼着:"穆里尼奥的球队,太棒了!"

穆里尼奥是小可最崇拜的教练。在小可眼中,从来不向命运低头的葡萄牙人帅呆了、酷毙了。

等待是漫长而煎熬的,小可每天都会从口袋里摸出球票,展望着现场看球的澎湃和快乐。离比赛还有一个星期时,他终于按捺不住内心的激动,在网上发了一条微博。他表示虽然身患重病,但依然对生活充满向往。小可说除了看球赛,还想做很多有意义的事情。这条消息深深地感染了很多人,转发和评论不计其数，人们对茫茫人海中的这位小朋友的乐观给予了极大的赞赏。一位报社的记者看到后，立即与小可妈妈取得联系，对身陷悲伤的母子俩进行了采访。

在采访中，小可说他不仅希望看到一场精彩的比赛，更希望与穆里尼奥见面与合影。记者是位机灵的小姑娘，意识到一个癌症男孩希望见到心中的偶像能够激发读者内心的悲悯之情，便洋洋洒洒写了几千字的重点报道。报纸上市后引起强烈反响，仿佛全城都在讨论这颗重磅催泪弹。这仅仅是一场商业比赛，球队双方都不会真刀真枪地投入其中。关于小可的新闻广泛传播后，人们的焦点几乎不在球赛本身，而是关心这个癌症男孩能否见到穆里尼奥。

第二天，报纸又对这件事情发起了新的话题，邀请广大读者参与讨论穆里尼奥到底会不会与小可见面，以及是否支持小可提出见面的要求。热心读者打爆了报社的热线电话，纷纷声援、鼓励小可。整个城市的上空，充斥着温暖的爱心。

第三天，这张报纸把煽情发挥到极致。报社用一个整版刊登了球迷的来信，他们没有对比赛发表任何看法，所有文字都在向穆里尼奥传递一个信号，希望在比赛前后与癌症男孩小可见一面。这些文字朴素而温暖，大家齐心协力地帮助小可完成人生最后的梦想。

这场充满温情关怀的讨论，在比赛前一天迎来了高潮。比赛主办方把最近一段时间报道小可的报纸搜集起来全部交给穆里尼奥，葡萄牙人看了之后非常感动，立即答应在比赛之后与这个命运多舛的男孩见面。赛前的新闻发布会上，穆里尼奥面对镜头调皮地说："我要与他谈谈，球队该引进一名什么样的前锋。到底是法尔考、卡瓦尼，还是迭戈·科斯塔，我想听听他的建议。"

小可听到消息后，拖着病体与妈妈紧紧相拥。

比赛那天，小可妈妈为儿子进行了精心打扮。小可全身上下都是蓝色的。蓝色运动服，蓝色运动鞋，蓝色围巾，甚至连帽子都是蓝色的。九月深邃的夜空，能看到皓月和星星。球场座无虚席，人山人海。小可依偎在妈妈的怀里，淹没在激情与呐喊之中。但是，电视转播的镜头却精准地找到了这对母子。导播在穆里尼奥和小可之间来回切换镜头，两人的表情都无比轻松。在鼎沸的人声里，小可使尽全力为切尔西的每一次精彩配合而喝彩。但是，最让他期待的还是比赛结束后与心中偶像会面。

穆里尼奥的球队轻松战胜对手。这个夜晚，葡萄牙人没有像在以往的比赛中那样早早带着胜利退场，而是热情地与现场球迷打招呼。穆里尼奥一改往日的桀骜不驯，面带笑容地向球迷挥手，仿佛他认识现场的每一个人。他的热情感染了全场球迷，大家一波接着一波地掀起人浪。当穆里尼奥朝小可这边走来时，小可疯狂地喊着："何塞·穆里尼奥，魔力鸟！"

在激情涌动的人浪中，小可妈妈带着儿子慢慢退场。按照约定，小可将与穆里尼奥在更衣室里做一次近距离交流。时间是穆里尼奥决定的，他想带着胜利的喜悦与小可会面；地点也是穆里尼奥决定的，他希望带小可去一般人见不到的更衣室。在这里，小可不但可以见到穆里尼奥，还可以见到很多星光熠熠的球星。

比赛后的新闻发布会很简单，几乎没有记者关注比赛本身，穆里尼奥本人看似也没有兴趣。他敷衍了事地告诉大家，球队打出了极高的水平，九十分钟内都很好地控制了比赛。突然，他温情而激动地说："我就说这些吧，接下来我要去与一位超级小球迷见面。"看上去他有点迫不及待，后半句话是边走边说的。

现场立即炸开了锅。记者们纷纷随他而去，但却毫无例外地吃了闭门羹。即便是今天这样的特殊情况，更衣室也不对外开放。穆里尼奥只留给大家一个面带歉意的微笑和匆匆消失的背影。

小可与穆里尼奥见面时间并不长，他向这个葡萄牙人表达了喜悦之情，无论对方到哪支球队执教他都将永远追随。穆里尼奥感到惊讶，没想到一个十岁的孩子竟然如此热爱足球，更不可思议的是他对自己的执教经历了如指掌。穆里尼奥鼓励小可积极治疗，争取让每一天都活得精彩。他说："人生就是一场比赛，无论过程和结果怎样，都要保持永不服输的精神。"

这次见面让小可在最艰难的时候，收获了最大的感动和力量。在神秘的更衣室里，小可不仅与穆里尼奥倾心而谈、紧紧相拥，还获得了所有球员的亲笔签名。那些曾经只能在电视里看到的球星，都俯下身来在小可的球衣上签上自己的名字，并与他亲密合影。

　　二十多分钟过去了，更衣室依然大门紧闭。没有一个记者离开，大家眼巴巴地等待门开的那一瞬间。半个小时后，人们在期待中等来了穆里尼奥和小可。就像穆里尼奥自己说的那样，他永远是最特别的一个。在闪烁的镁光灯下，穆里尼奥牵着小可的手说："小可身体不好，给大家三十秒钟时间拍照吧。"

　　片刻后，穆里尼奥做了一个停止的手势，记者们果然瞬间便安静下来。他说："我郑重地向大家宣布，小可正式成为我球队的一员。虽然他不能上场，但无论输赢，每场比赛都与他有关。我会告诉上场的每一位球员，在遥远的中国有一个无法上场却十分关心比赛的队员，我们应该为他拼尽全力。我们交换了联系方式，并随时保持交流与沟通。"

　　穆里尼奥这番话深深地扎进所有人的心里，现场安静得每个人都能听见自己的心跳。良久，掌声此起彼伏地响起。那个最先报道小可想见穆里尼奥的女记者，早已泣不成声。

　　这真是一个美妙而难忘的夜晚。

　　小可如愿见到穆里尼奥，成为他很长一段时间欢乐的源泉。不过，小可妈妈并没有停止带给儿子快乐的步伐。她挖空心思地寻找小可的兴趣，让他在尝试新生活中忘记病魔带来的痛苦。

　　一天清晨，小可揉着惺忪的睡眼告诉妈妈，他想学开车。小可妈妈对于儿子的要求感到惊奇和为难。首先，为了给儿子治病，她已经卖掉了汽车；其次，小可的年龄还无法上驾校，他的身体状况也不允许太过折腾。但是，她不想让儿子失望。几乎没有经过思考，小可妈妈便答应了儿子。当她点着头说完一连串"好"时，才发现自己面临着一个前所未有的难题。不过，既然已经答应，她就必须千方百计了却儿子这个心愿。

接下来几天，小可都缠着要开车。小可妈妈以他身体状况不好为由而屡次搪塞，实际上却在暗中借车子和找地方。借车并不难，单位里同样是单亲母亲的一个同事爽快地答应，愿意帮助她完成小可的心愿。可是，找一个合适的场地却让她抠破了脑袋。小可妈妈想了很多方案，但都不切实际。最后，她给曾经学车的教练打电话。电话里，她把前因后果说得很清楚，希望对方能帮助她完成儿子的愿望。对方被小可的顽强感动，表示尽力而为。

初冬的夜晚，空气中流动着冷冷的情绪。小可已经睡了。离开医院回家后，他内心那头作祟的小魔兽就消失得无影无踪，晚上能够安然入眠。小可妈妈轻手轻脚地退出卧室，孤独地坐在客厅里等待那个随时可能打来的电话。自从对方说无论成功与否，都会在今晚落实后，她就惴惴不安。同时，小可妈妈又担心接到这个电话。希望越大，失望就越大。她太想找一个能够让儿子体验开车乐趣的场地了。

为了避免来电铃声打扰儿子休息，小可妈妈把手机调成震动。但是，手机屏幕一直很安静，没有亮灯也没有震动，只有墙上时钟的指针在冰冷的夜晚滴答作响。

好几次,小可妈妈拿起电话又放下,她受不了这种带着莫大希望等待的煎熬。但是,她不敢主动催问结果,不敢主动迎接失望的打击。此刻,小可妈妈意识到,那个很久没有联系的教练可能搞不定这件事。但是,她始终抱有一份希望,她认为这事比见穆里尼奥容易。小可妈妈在卧室与客厅之间徘徊,看一眼儿子沉睡的脸,又到客厅看一眼安静的手机。

等了半天还是没有接到电话,小可妈妈关掉灯,静静地躺在冰凉的夜色里。酸涩的眼睛在漆黑中四处打转,她看不清任何事物,慌乱的眼神找不到落点。熟悉的家,此刻竟然如此陌生。

小可妈妈意识模糊了,仿佛置身于广袤无垠的海面。海面是一片漫无边际的黑暗,没有一点星光。她躺在一个竹筏上,刺骨的海水贴在背部,寒气直往心里钻。漆黑的海面吹着咸湿的风,竹筏随着波浪缓缓荡漾。她突然明白,竹筏不是漂向岸边,而是朝着漆黑的深处漂去。她使出全身力气想要控制竹筏漂荡的方向,但四肢瘫软无力,怎么努力都无济于事。她放弃了,瘫软地躺在竹筏上等待命运的审判。她悲伤地想,风往哪里吹,我就漂向哪里吧。

竹筏缓慢地漂荡,黑暗朝自己蜂拥而来,将瘦弱的小可妈妈覆盖。她紧紧地闭着眼睛,等待着自己消失的那一刻。但是,她却感觉到眼皮外面有淡淡的亮光。她感到惊喜,立即睁开眼睛,可那一丝丝亮光却不见了。小可妈妈感到失落,再次将眼睛闭上等待黑暗的裁决。奇怪的是,当她再次闭上眼睛时,亮光再次出现,若隐若现。她抱着试一试的心态又一次睁开眼睛,遗憾的是那丝光亮又被黑暗掩盖了。她万念俱灰地躺在竹筏上,静静等着巨大的黑暗来袭。

小可妈妈在凌晨时分醒来,一个冰冷海浪带来的冲击力让她脱离苦海,从噩梦回到现实。她揉揉酸涩的眼睛,半天才意识到自己半夜躺在沙发上只为等那个电话。小可妈妈立即弹起来,忙不迭地抓起茶几上的手机。十多个未接来电显示,让这个女人感到懊恼和焦急。她只是想在沙发上休息片刻,没想到却闭着眼睛沉睡了两个小时。她顾不上自己的行为是否礼貌,只想立即知道教练能否为小可找一块开车的场地。所以,她立即回拨过去。

电话通了,但对方没接。

小可妈妈垂下头想,人家应该早就睡了吧。不过,她不甘心,立即按了重拨键。一长串"滴滴"声后,她终于听见对方带着疲倦的声音。很明显,小可妈妈打扰了对方的睡梦。但是,结果让她非常失望。尽管那个已经多年不见的教练竭尽全力,还是没能帮小可找到合适的场地。他对小可妈妈说了很多原因,但她只记住了残酷的结果。她"哦"了一声便挂断电话,失落的她竟然忘记向对方表示感谢。

后半夜,小可妈妈再也没有入睡。最后一丝希望之光熄灭后,她陷入了巨大的黑洞。她不想让儿子失望,但却苦于找不到让他圆梦的路径和方法。她全身冰凉地蜷缩在床的一角,眼睁睁地看着冬日的暖阳从窗外隐约升起。小可依然熟睡,瘦削的脸蛋显得那样平静和安详。她不知道他是否做梦,是否梦见开着汽车飞驰在宽阔的道路上。此刻她不想他醒来,因为她不知道怎样告诉儿子这个失望的结果。

八点过一刻,小可妈妈拖着僵硬的身体,麻木地走进厨房,为儿子准备早餐。她手中摆弄着锅碗瓢盆,脑子里却想象着小可快乐地驾车的情景。突然,一股火辣辣的疼痛从左手食指散发开来。她瞬间回过神来,看着鲜红的血液滑过手指,滴落在绿油油的菜叶上。小可妈妈若无其事地来到客厅,从电视柜的抽屉里拿出一张创可贴,包好伤口后重新返回厨房。

做好饭,小可妈妈刚在客厅里坐下,就听见卧室里儿子在喊"妈妈"。隔着一扇门,声音很微弱,但她的耳朵早已训练得十分敏锐。她一路小跑进去,为小可穿衣服。她本是个慢性子,自从小可患病之后性格完全改变,每次听到儿子的呼喊后都会急得跑起来。

"妈妈,今天可以练车吗?"

"嗯……应该可以吧。"

"你的意思是还没有确定吗?"

"嗯……确定了。"

"那就不是应该可以,而是真的可以。"

"可以。"

小可妈妈不敢看儿子,担心眼神泄露内心的谎言。她只是埋头为儿子穿那件鹅黄色套装,这是他指定要买的衣服。周末她带他去买新衣服,第一眼见到这套衣服时,小可的眼睛就亮了。她懂儿子的心思，毫不犹豫地买下。以前，小可缠着妈妈买东西时，她总是因为舍不得钱而变着花样推脱，如今只要儿子想要，她绝不说个不字。甚至，很多时候她努力揣测儿子的心思，看他喜欢什么。但凡是小可喜欢的，她都给他买。

以前小可吃饭总是狼吞虎咽，弄得满桌子都是米粒。生病之后，他一顿饭要吃大半个小时，即便是一小碗也总是吃不完。小可妈妈知道儿子的胃口坏了，想方设法做可口的饭菜，尽量以素食为主。既有助于消化，又能补充必需的营养。让她感到惊奇的是，儿子今天吃饭特别认真，仿佛回到他没有生病的时候。

"妈妈，我吃好了，等你吃完了就走吧。"

她愣在那里不知所措，才明白儿子心里一直惦记着开车的事。片刻后，她呼啦啦地喝着碗里的汤，呛得咳嗽起来。

"妈妈，你怎么了？"

"没事。"她狼狈地擦着嘴巴，慌张地收拾碗筷，"自己把鞋子穿好，我们马上去开车。"

小可高兴得差点跳了起来。

但是，小可妈妈没有看到儿子开心的样子，她逃命似的冲到厨房里去了。水哗啦啦地冲下来，在盆子里溅起忧伤的水花，冲刷着粘着食物残渣的碗筷。小可妈妈麻木地站在那里，捏着一只碗机械地重复着同一个动作。她忘记了自己在做什么，满脑子搜寻着到底带儿子去哪里开车。这个身心疲惫的女人清楚，儿子根本就不是要学一门技术，他只是想体验开车的乐趣。所以，她无论如何都要带儿子去兜风。

小可妈妈没有将碗筷洗干净。她放弃了，纵然洗碗这件事是如此简单。她关掉水龙头，退出厨房，轻轻把门关掉。那一声微弱的"砰"，像极了一个母亲无奈的叹息。

"准备好了吗？"她远远地站着，看着发呆的儿子。

"好啦，好啦。"小可跳起来。

小可妈妈看着儿子，恍惚间就像看到他五六岁时的样子。那时候，小可活泼得像只精力旺盛的鸽子，从不愿意停下飞翔的翅膀。

"我们走吧。"她蹙着眉头往外走。没有梳洗，没有化妆。小可妈妈已经很长时间没有认真打扮自己了。事实上，任何装饰都掩饰不了那颗憔悴的心。

母子俩慢悠悠朝车库走去，那辆借来的车已经停在那里好几天了。

取车时，小可伸手向妈妈要钥匙，并朝驾驶室走去。当然，她唯有拒绝，并耐心地解释他还不能在市区里开车。

小可妈妈径直朝郊区驶去。在与儿子对话的时候，她的脑子里闪过一个画面，认为那是一个理想的场所。三年前，她曾经带着小可路过那里，只是他未必还记得。那里路况不好，不仅道路狭窄而且还有很多弯路，却没有车来车往，没有红绿灯，更没有交警。这样想着，小可妈妈的脸上露出了久违的笑容。尽管，这笑容瞬间便消失了。

"我们去一个好地方。"她看着后视镜，希望看到儿子的笑容。

"什么地方呀？"小可看着窗外，淡淡地问道。这让她感到奇怪，他怎么突然没了兴致？

"有山有水，有花有草。"她试图用快乐的语气说出来，但听上去依然沉闷。

"冬天有什么花？"小可依然看着窗外。那些依次闪过的画面中，树木枯黄，落叶纷飞。

"我想想，有哪些花儿呢？"她自言自语，却没有给儿子一个回答。

小可妈妈双眼直愣愣地看着前方，小可也不再说话。汽车驶出城区，奔驰在驿都大道，朝龙泉驿呼啸而去。穿过龙泉驿，然后顺着山路往上爬，最终在一条弯曲的黄土路上停下来。

开门下车，小可站在陌生的山路，眼神逡巡。妈妈说他来过这里，但小可却没有半点印象。无精打采的树叶上，铺满了薄薄的灰尘。天气不好，太阳疲惫地在云层背后挣扎，不知能否冲破阻拦照射到大地。小可妈妈有点失望，这里与她想象中大相径庭。她还沉溺于当年那个青山绿水的情景中，没想到早已如此凋敝。但是，既来之则安之，况且这已是最后的选择。

"这里是妈妈以前练车的路，怎么样？"

"只有山没有水，而且也没有花花草草。"

小可妈妈从言语中听不出儿子的情绪和心思，看着他一脸冷淡，不解他为何之前嚷嚷着练车，到达目的地后却又如此平静。他的眼神在群山、树木、天空和泥土路之间晃悠，仿佛对一切事物都充满忧伤和留恋。小可妈妈看着单薄、瘦弱的儿子,悲伤涌上心头。

"来吧,宝贝。"她说,"我们开始练车。"

"好。"他脸上终于露出浅浅的笑容。

小可妈妈明白,这样带儿子练车十分危险。她没有教练资质和经验,而他又只是一个生命进入晚期的十岁男孩。一切都显得陌生、仓促和惶恐。来的路上她想好了,车还是自己开,只是把儿子抱在怀里,让他手扶方向盘感受一下驾驶的快乐便可。

打开车门,母子俩重新上车,狭小的驾驶室变得别扭起来。她连续调了好几次座椅,依然浑身不自在。距离太近觉得憋屈,太远又感到吃力。不是脚够不着离合器和刹车,就是双臂僵硬无法掌控方向。调试几次后,她依然没找到感觉,但也只能如此。她明白不是车的问题,而是自己心理作祟。

小可窝在妈妈怀里,两只小手搭在方向盘上,有模有样地摇晃着。车子缓缓起步,他立即尖叫起来:"怎么这么慢呀?"

"开车都是慢慢起步,然后再加速。"

"那你快加速呀。"

"要慢慢加。"她轻踩油门,"你看,现在是不是快一些了?"

"还是不够快。"

"开车要慢,安全第一。"

"你看别人开得多快。"看着一辆红色汽车超越过去,小可一副很着急的样子。

"人这一辈子,不是别人怎样我们就怎样。"她语重心长地说,"别人犯错,我们也要跟着犯错吗?"

小可听不进妈妈的话,嘟着嘴满脸不高兴。前面是一个急弯,速度慢得车几乎快要停止了。小可妈妈在儿子耳边轻轻地解说着转弯时要注意的要点和细节,但他好像根本没有听,瘦弱的双臂随着妈妈的手操纵着方向盘。这是他体验开车以来,第一次如此大幅度地转动方向盘。小可兴奋地说:"开车很好玩嘛。"

"开车很累,一点都不好玩。"

"我没有感觉到累呀。"

"那是因为你坐在妈妈怀里呀。如果你自己开车,你就会感到疲倦。"

"为什么呀?"

"因为精神要高度集中,否则容易出事故。"

小可没接话。

转过弯,车子进入一段直路。道路不宽,两边偶尔会跃出几户农家小院,孩子们在院子里欢乐地你追我逐。小可妈妈的情绪突然低落,她想起了儿子之前的模样。那些素未谋面的孩子们,与美好的记忆重叠,交织出百般滋味。小可妈妈知道,往后只能靠美好的回忆偷生。

"妈妈,等我长大了,开车带你出去玩儿吧。"小可说,

"你想去哪里,我们就去哪里。"

她没想到他会说出这么一句话来,悲伤的情绪让她重重地踩了一脚刹车。她看着儿子的脸,他就在眼前,却模糊得仿佛要穿越重重迷雾才能看清楚。

"妈妈,车怎么停了?"

她把头埋在儿子的肩膀上,任泪水悄悄地滑落。

"妈妈,你怎么啦?"

她不敢抬起头来。

小可妈妈不想让儿子发现自己在哭泣,双手紧紧地搂着他。她努力地控制情绪,不去想可能随时来临的悲剧。她把脸贴在自己的手臂上,试图用衣服擦掉泪水。半响,抽泣声终于停止,只有悲伤的气息缓缓蠕动。

良久,小可妈妈抬起头,想要重新开始这段交织着欢乐与伤感的旅途。她看着窗外,太阳明晃晃的,有些刺眼。更刺眼的是,几个小孩子围着车窗,看着紧握方向盘的小可。他们的眼里充满好奇和向往,因为他们之中没有人在这样的年纪坐过汽车的驾驶室。但是,让小可妈妈心疼的是,儿子却失去了像其他孩子们那样长大成人的权利和机会。

汽车重新缓缓上路,尽管速度很慢,但小可却找回了快乐。他只知道车子停留了几分钟,却不知道妈妈的内心波涛汹涌,经历了漫长的黑暗。

"小可,你刚才说长大了开车带我去哪里玩?"

"你想去哪里呀?"

"我哪里都想去。"

"那我们都去啊。"

"长大了你就要工作,有很多事情要做,哪有那么多时间陪我?"

"妈妈现在也要工作,不是也有时间陪我吗?"

小可妈妈鼻子酸楚,眼里泛着泪光。

思绪从一年前的冬天重新回到今年的冬天,只是今年下了一场铺天盖地的大雪。小可妈妈坐在走廊上,平静地为我讲述着小可患病以来的点点滴滴。即便是最悲伤的往事,她也能做到轻描淡写。我钦佩她,只有经历过生死的人,内心才能如此坚定和强大。

我不知道该说些什么,无论怎样的字眼在她面前都苍白无力。但我告诉她,认识小可是我人生中非常重要的事情。我说:"我对小可的牵挂,超过了对我那三个孙辈。"

小可妈妈笑了,轻轻地,淡淡地。

"我想,小可也很喜欢与我在一起。"

"是这样的。"她点了点头,"不然,我们也不会再次回到这里。"

"小可应该是第一次看见大雪,我想他应该很高兴。"我莫名其妙地说,"只是这个冬天有点冷。"

"希望春天早点到来。"

我转眼看着她,无力地笑了。

八

大雪带来的寒冷是在雪融化之后，就像失恋带来的疼痛是多年之后的某个惬意的深夜，突然想起那个最爱的人，不由得号啕大哭起来。大山深处的怀人居很冷，凛冽的寒风吹得泥土僵硬，走在路上仿佛走在厚厚的冰层上。一直呼呼叫嚷的空调显得异常吃力，用尽全力也无法改变屋子里冰冷的空气。幸好，我有一台烤火炉，这是三天前智美送来的。大雪封山的晚上，我给她打电话，称赞她料事如神，送来这一件宝。智美笑着说："我看了天气预报啦。"

"哦。"我有些茫然与恍惚，记忆中自己从未关注过天气预报。无论晴空万里还是狂风暴雨，我都听之任之。既然无力改变，那就随遇而安吧。

智美是与三个孩子一起来的，一行人中依然不见智杰的身影。但是，我相信他总有一天会来看我。我感觉与三个孙辈很久没见面了，他们的变化大得惊人，似乎一夜之间都长高了不少。我一本正经地把每个人都拉到身边，拿自己的身体做参照进行求证。可是，最高的若曦依然没有超过我的肩膀。我说："怎么看上去都长高了，实际上却都没长呢？"

"你以为我们喝水都会长高啊？"若曦满脸俏皮。三个孙辈中，我最爱这个眼睛水汪汪的孙女了。

"你可别再长高了，太高了不好找男朋友。"我拍了拍若曦的头，她的脸都红了。

我们都笑了。

"你爸爸最近在忙什么？"我问若曦，同时又把眼神转向凯瑞。

若曦和凯瑞都不说话，气氛立即尴尬起来。我又看着智美。她躲不过去，长吁短叹："爸，我哥真的很忙。有些话，我以后会找个时机给他说。你放心吧，他始终是你儿子。"

我点了点头。

每当智美和三个小家伙来看我，我都感到无比温暖，何况这次还带来一个烤火炉。大山里的冬天，烤火炉非常重要。看着智美的车慢慢远去，耳畔一直回响着她的那句话，心底暖暖的。是的，智杰始终是我的儿子，我终究是他父亲。无论他是否理解我，我都该原谅他。

小可妈妈辞掉工作，剃了光头戴着帽子，在一个大雪茫茫的日子带着儿子重返怀人居。大半年来，儿子的病耗掉了她半生积蓄，但现在金钱对她毫无意义。既然再多钱都留不住儿子的生命，索性就把满腔的爱给他吧。小可妈妈用空洞的眼神望着远方说:"我要在这里陪他走完最后的人生旅程。"她像是对我说,又像是自言自语。不管怎样,我为这个女人的做法感到欣慰。

对于妈妈的安排,小可高兴得手舞足蹈。他俏皮地把嘴凑在我的耳边说:"虽然有你在我很高兴,但妈妈来了我更加高兴。"看着他,我善意而慈爱地笑了笑。不过,笑容瞬间就悄然枯萎。我不知道这个可怜的孩子是否明白,妈妈的无限关爱却是他生命走向终点的暗示。

我推开房门,站在阳台上眺望远方。寒风袭来,浑身哆嗦。我想起小可,这样的天气他更需要温暖。我慢慢向他的房间靠近。在窗户前,我停下脚步,屋子里依稀传出说笑声。温和、绵长,像春日阳光那般惬意,冲淡了这个季节的忧伤。我琢磨着是否打扰这对母子,总觉得不应该惊扰他们细微的幸福。但是,我控制不住脚步。我希望看到小可的一举一动,细致到每一个表情。这是一种奇怪的心理。

敲了很久房门才开,当小可妈妈出现时,我几乎快要放弃了。她说外面冷,快进屋吧。我则顺势告诉她,让小可到我房间里玩儿,我这里有烤火炉,要暖和一些。小可立即欢呼雀跃,却被妈妈阻拦了。她佯装不高兴,皱着眉头对儿子说:"就在这里玩儿,别打扰爷爷休息。"

我理解小可妈妈,毕竟我也重病缠身,良好的休息有助于延长生命的期限。我想,抛开礼貌与尊重之外,是她对我不了解。生命的长短于我来讲已然不重要,既然来到怀人居,就知道自己的脚步每天都在走向另外一个世界。我们追求的不是旅途的终点，而应该是让行走的过程不那么艰辛。我、小可，以及这里的每一个人，莫不如此。

智美送来的那台烤火炉，成为我炫耀的资本。

当小可听我说烤火炉会散发出火红而温暖的光线时，他就三番五次嚷嚷着屋子里很冷。不厌其烦。小可妈妈无奈地笑了，带着儿子一起来到我的房间。进门之前，她小声对我说："这孩子太调皮了，跟以前一样。"

"不好吗？"我反问，"我没有见过他以前的样子，但我想这样很好。"

她愣了愣，看着我没说话。

"既然悲伤的结局无法避免，为什么不用愉快的心情去迎接呢？"我不知道自己的表情如何，但这句话发自肺腑。

此刻，我把自己当成这间房子的主人，热情地招待仿佛是远道而来的贵客，却忘记了自己与这里所有人一样仅仅是过客。我关窗户、抬椅子、倒水，把智美送来的食物拿出来分享，给他们展示三个孙辈的考试成绩。整个过程，我忙碌而慌乱，嘴巴里叽叽喳喳地说个不停。一阵忙乱后，我突然停下来坐在床沿，局促地看着小可和妈妈，觉得自己刚才的表现有些滑稽可笑。他们笑吟吟地看着我，不约而同地问："烤火炉呢？"

我恍然大悟，立即从床底下把它抽出来。房间太小，物件太多，只要暂时没有使用的东西我都塞在床底下。当灯管由灰变亮,由亮变红时,小可脸上的表情也发生着细微而惊人的变化。他拖着椅子,靠近烤火炉安静坐着一言不发,偶尔嘴角微微上翘。火红的光线投射在小可脸上,红光满面,神采奕奕。小可妈妈也围了上来,挨着儿子坐下。空气中的冰冷被温馨融化,这场雪好像根本就没下过。

半晌,小可妈妈对我说:"过来坐呀。"

我顺势坐下,在小可身边。三个人眼巴巴地望着红彤彤的烤火炉,就像是在等待春天来临。春天的脚步的确不远了,我想等到这场大雪完全融化之后,怀人居里那些树木就会长出新叶。春意盎然的景象,想起来就让人心生愉悦。程文玲曾经对我说过,春天是怀人居里最惬意的季节,绿树葱茏,花草繁茂,忙着采蜜的蜜蜂毫无顾忌地在你身边飞来飞去。遗憾的是,春天的怀人居同时又总是充满悲伤的气息。很多人熬过了冬天的严寒,却在春暖花开的季节离开人世。

无论这世界多么美好,都挽留不住去意已决的人。

很长一段时间的沉默。温暖的空气,让这样的沉默变得荒诞而怪异。

我绞尽脑汁地搜寻着话题,极力地想要打破沉默。即便是只言片语,亦能成为最好的调剂。苦恼的是,口舌笨拙的我挖空心思也找不到话题。越是着急,我越是慌乱与迷糊,只得木讷地坐着,双手放在烤火炉前,两手相合不停地搓揉着,就像动作娴熟的烧烤店老板在翻着手中的烤肉。

小可看了妈妈一眼,母子俩会心一笑。我猜自己给他们的印象是一个滑稽的老头,而且瘦骨嶙峋,两眼无光。自从被肺癌缠住之后,我就颧骨高凸,眼眶深陷。更让我无法理解的是,明明是肺出了问题,为什么眼神却越来越差?很多时候,我站在镜子前,努力寻找旧时的模样,却一片模糊,恍如隔世。我知道这就是我自己,但总觉得不真实。

"你请我和妈妈过来,不会就让我们这样一句话不说地坐一整天吧。"小可一本正经地望着我,"随便说点什么嘛。"

"好像没什么好说的。"我瞅着小可和他妈妈,"你们想听什么?"

我觉得一个滑稽的老头这样问两位客人,滑稽到无以复加。

"这样吧,你就说说你几十年来经历的故事吧。我想听听一个作家的故事,应该很有趣。"小可的眼神充满渴望,"如果我能活到你这个年龄,我也选择当个作家。"

我没想到小可会有这样的要求,不知不觉,原本是我倾听他却变成了他倾听我。奇怪的是,我对这样的转变没有惊讶和抵触,顺其自然地接纳了。

"你问,我答。"我说,"漫长的一生,我真不知道从哪里说起。"

"小时候的故事。"小可眼神专注,"什么事情最好玩?"

我瞬间跌入回忆的深渊,穿梭于一片丛林,父母终年如一的表情浮现在尽头,呆板地望着我。我感到惊惧,悄然地战栗着,骨骼之间仿佛发出咯咯的响声。我努力不让小可看穿自己的心思,在一个十岁的癌症患者面前胆战是一种羞耻。

"没什么好玩的事情。"我说,"我就像被一只关在笼子里的鸟儿,眼巴巴地看着天空却飞不出去。"

我停顿不语,小可看着我不知从何说起。第一个问题的答案,就给了这个小记者一记闷棍。

"为什么会有这样的感受?"小可妈妈不失时机地问。

"无论我走到哪里,爸爸妈妈的眼睛仿佛都在我身后。"我说,"他们用所谓的爱,折断了我稚嫩却天真的翅膀。别看我爸爸三天不说九句话,但他严厉的眼神足以杀死天空中任何一只飞鸟。"

"他对你要求很高吗?"小可妈妈说,"好像天下所有父亲都是成天板着脸。"

"在我的记忆中,他恨不得把我关在屋子里,没日没夜地看书。"我把手靠近火炉,"每当我可怜巴巴地看着伙伴们在院子里嬉戏追逐时,一股悲凉就在脑子里盘旋。我曾经怀疑他不是我的亲生父亲,好几次我都想问我母亲,自己是不是这个常年拉着脸的男人的儿子。"

"天下父母都望子成龙。"小可妈妈看了看儿子,把手轻轻地放在他的肩膀上。

我看着烤火炉通红的灯管,双手的灼热感刺入心脏。

"我宁愿做一条自由自在的蛇,悠闲地爬行在草丛中,也不愿意做一条背负沉重负担的龙。"我搓揉着枯黄的手指,

"这样的沉重占据我的心灵,让我无法自由生长。"

"你为什么不把这些话说给他听?"小可看着我,满脸疑问。

"我们从来没有认真地说过一句话。"我莫名其妙地笑了,并没有冷嘲热讽的意思,"每当我尝试着与他交流,他给我的不是咆哮就是沉默。大部分时间里,父亲仅仅是与我同住一个屋檐下的陌生人。"

"父爱如山。或许,他只是不懂得表达。又或许,他表达的方式不对。"小可妈妈说,"但你应该原谅他,毕竟你们是父子。"

"如果爱让人感到痛苦,这样的爱与毒药有什么区别?"我怔怔地看着小可与他母亲。几十年了,我终于找到表达这个观点的机会和对象。

"妈妈呢?"小可妈妈问,"她跟你父亲一样吗?"

我茫然,疯狂地在脑子里搜索一个形容词。

"她与自己的丈夫一样。"半晌,我说,"对,她是父亲的同伙、替身,或者是执行者,坚决实施丈夫的阴谋。"

"他们都还在吗?"小可妈妈问,"后来,你们达成和解了?"

"母亲在一场突如其来的车祸中离开,父亲在五十岁那年心脏病突发去世。他们都走得突然,在我看来也算一种幸福。"我停顿片刻,若有所思,"你刚才还说什么了?"

"你原谅父母了吗?"小可妈妈看着我,认真地问。

"尽管我不情愿,但还是原谅了他们。"我叹了口气,"因为,我也不是一个成功的父亲。"

"你的孩子们都过得很好啊,"小可妈妈反问,"你还有什么不满意?"

"他们的好,与我没有半点关系。我也从未想过,他们会像今天这样好。"我苦笑,但没有出声,"那都是苏菲娅的功劳。"

"苏菲娅?"小可妈妈轻声问道,"苏菲娅是你爱人?"

"嗯,苏菲娅是我妻子。一个劳苦功高的女人,孩子几乎全是她一个人培养出来的。"我点了点头,"在孩子成长的过程中,我基本上是缺失的。作为一个男人和父亲,我是彻头彻尾的失败者。"

房间好像越来越冷,我把烤火炉的温度调高。但是,手还没有离开多远,又觉得太烫,立即调了回去。

"比我爸爸好。"半天没说话的小可突然冒出一句,如惊雷一般。

我和小可妈妈面面相觑。我示意她接话,她目光闪烁。从她的眼神中可以看见,她希望我解围。

"你有一个好妈妈,你也是幸福的。"我看着小可妈妈。她如释重负,悄悄地长出一口气。

"不一样。"小可对我的回答并不满意,"别人都有爸爸疼,唯独我没有。"

"我爸爸也不疼我,我也没有疼过我的孩子。"迫不得已,我尽量使语气听上去充满遗憾和愤怒。

"但是……"小可话到嘴边留一半,停顿片刻又支支吾吾,"你随时可以看到爸爸,你的孩子也随时可以看到你。"

我紧紧地闭上嘴巴,无法言语。小可妈妈使劲地咳嗽,掩饰自己哭丧的脸,尽量不让眼泪掉下来。

"每当看着小伙伴们牵着爸爸的手散步,我都在想自己什么时候才能牵着爸爸的手,哪怕一次也好。"说着如此悲伤的话,小可却淡定得出奇,"但是,我都不记得他长什么样子了。"

小可妈妈终于忍不住了,哇啦一下哭出声来。她看着错愕的儿子,一把将他搂在怀里。她紧紧地箍着他,任眼泪哗啦啦地流淌。

我心慌意乱,手足无措。

此刻,我不忍心去拉开这对母子。在寒冷的冬季,在人生的悲情时刻,我能做的就只有静静地看着他们。他们的拥抱和哭泣,是苦闷和悲痛的宣泄,是相互之间表达爱最好的方式。

为了不让气氛显得压抑,我搜肠刮肚尝试着说些别的话题,同时给他们送去些许安慰。

"孩子,也许你没得到父亲的爱是一种遗憾。但是,上帝是公平的,让你拥有一位伟大的母亲。因为爸爸不在你们身边,妈妈既要工作又要照顾你,比任何人都辛苦。据我所知,在这十年里,妈妈为你倾尽全力,给了你无尽的爱和关怀。"我结结巴巴地说,"当你生病以后,妈妈带你看球赛、学开车，去各种你想去的地方玩儿，给你买喜欢的衣服、玩具。这个世界上，很多人一辈子都没有享受到这么多母爱。"

我喝了一口水，补充说道："爱不是一加一等于二。如果你爸爸和妈妈在一起，他们之间会产生很多摩擦、矛盾，没日没夜地吵闹，或许你还得不到今天这么多爱。"

不知是我的话开解了小可，还是母子俩哭累了。眼泪如淅沥的小雨慢慢停止，他们相互用双手捧住对方的脸。良久，又缓缓松开。炉火越来越明亮，房间渐渐温暖。我们三人又重新坐回原位，就像根本就没有移动过一样。

"你为什么坚持写作？"小可直来直去，"好像你也没有发表过多少文字。"

小可妈妈想要制止儿子的问题，或许觉得这样有伤我的尊严。但是，小可的话就像珠子一般滚落下来，散落四周无法捡起。我对她笑笑，表示不介意。

"你是不是觉得小可的话对我不尊重？告诉你们我为什么写作，而且默默坚持几十年吧。说来说去，就是尊严二字。"我看了看她，又转头看着小可，"在劳碌而平庸的日子里，我感觉自己活得没有尊严，找不到存在感。看着比我年长的人们一天天老去，我就能想象自己的未来。上班、下班、加班，等到身体苍老头发花白时，退休回家买菜做饭，看着太阳升起又落下，孤独地坐在阳台上看窗外的飞鸟欢快地飞翔。我无法接受这样的事实，不想成为庸常的一个。只有当我坐在电脑前伏案写作时，我才觉得自己是独一无二的，与其他人不一样。"

"我觉得你是幸运的,至少有机会去做自己喜欢做的事。"小可说,"但是,我却没那么幸运,命运没有给我足够的时间。或许,明天早上我就离开这个世界了。如果我能活到六十六岁,也能做很多有意义的事情。"

气氛瞬间又伤感起来。

我一直回避死亡这个话题,不想让十岁的小可听到这个冷酷的字眼。可是,今天他却主动说起来。我迟疑着不知怎么继续交流,是回避呢还是坦然迎接?思来想去,我觉得是时候谈谈死亡了。在那个时刻到来前,我们应该对它有足够的认识和准备。

"你现在已经拥有很多快乐,如果给你更多时间,除了快乐之外你还会遇到很多困难和麻烦。"我从未像现在这样老气横秋地扮演着人生导师,"不是活的时间越长,获得的快乐就越多。其实,人生最快乐的时间,都集中在十几岁以前。"

"嗯。"小可点了点头,"我没有遇到以后该遇到的困难,但我知道自己现在过得很快乐。"

"所以,你是幸福的。"我暗自窃喜。

"但是,快乐太短暂了。"小可的话锋转得让我额头冒汗。

"我们来到这个世界只是一个偶然,走向死亡却是一种必然。"我终究还是说出了这句冰冷的话。

"我觉得你说得有点道理。"小可看了看妈妈,又看了看我,"不过,我想问问,死亡到底是怎样的过程?"

"一趟旅程。"我喝了一口水,长出一口气,"其实,人永远都在旅途中。来到这个世界,就意味着我们开始了一趟旅程,悲欢离合爱恨情仇都是旅途中的风景。生命结束时,我们又重新开始另一段旅程。在另一个世界,等待我们的是另一番风景。"

"在已经走过的旅途中,你看到了什么风景?"小可脸上有些倦意。

"童年、青年、老年,工作与爱情,父亲与母亲,家庭与婚姻,快乐与悲伤,成功与失败……"我念台词一般说道,"五味杂陈,甜蜜中总是夹杂着心酸,酸楚中又总有甜丝丝的味道。"

"我看到的风景比你少。"小可说,"而且,少了很多。"

"风景不一定要看得多,赏心悦目的风景才是最美的收获。"我抚摸着小可的脑袋,"对我来说,写作才是人生最美的风景。"

"妈妈是我最美的风景。"小可站起来,双手搂着妈妈的脖子,给她送去温暖的吻。

看着温馨的场面,我极力控制自己的情绪,不让老泪掉下来。我起身为他们倒水,把智美送来的食品拿出来与他们分享。小可妈妈紧紧地握着水杯,一口都没喝。小可拿着饼干,轻轻地咬了一口。从表情上看,他应该觉得味道不错。

"在通往另一个世界的旅途上,我们到底要走过哪些路?"小可嚼着饼干,"那些地方有宽阔的大街和飞驰的汽车吗？有高山与河流吗？"

"有。"我镇定地说，"我以前读过一本外国人写的书，里面讲得非常清楚。"

"那你说说看。"小可又问，"你还记得吗？"

"记得。"我心虚地点了点头。

我情不自禁地站起来，在狭窄的房间里转了好几圈，寻思着怎样对小可描绘死亡之路。远离烤火炉，感觉突然从春天返回到冬季，瑟瑟发抖。我撒谎了，那本描写死亡的书纯属子虚乌有。此刻，我大脑飞速地运转，思绪在一片丛林里蜿蜒。我必须在最短的时间里，把那本书构思出来。

重新回到位置上坐下，我凝视着脸色苍白的小可，那些画面一张张从脑海里闪过。"要走很长很长的路。"我说，"但是，这些路跟现实生活中的路没有什么区别，只是颜色和气温有点不同而已。"

"一个人走会害怕吗？"小可有气无力地问道。

"像我这样习惯了孤独的人，不会害怕。"我脊梁开始冒冷汗，"再说了，路上也不止一两个人。很多时候，路上还很拥挤。中途必须喝下一碗汤、迈过一座桥才能看到最好的风景。我听说喝汤的时候，还要排队呢。"

"哦。"小可轻轻地叹息，声音微弱得难以听清。

"当我们昏沉沉地离开家门穿行在大街上时，天空一片灰蒙。高楼大厦被一层薄雾笼罩，每一扇窗户都紧紧地关着。看不见以往人们的笑容，听不清以往人们的声音。整个城市没有一丝灯光,每一个街灯都哭丧着脸。"我陷入沉思,"不过你别担心,尽管天地之间全是灰色,但一点也不恐怖,跟冬季没有夕阳的傍晚毫无区别。"

我看着小可,等着看他的反应。可是,他面无表情,安静地等待我继续描绘这趟神奇之旅。

"我们的脚步会很慢,用最后的时间观察着自己生活的城市和土地。"我站起来,又开始在房间里转来转去,"周围的事物慢慢消失在身后,前方的路逐渐清晰起来。走过高楼林立的都市,我们来到城市的边缘,田野里葱茏的植物散发出清甜的香味,沉重的心情会变得轻松起来。"

"走过田野呢?"小可妈妈的眼睛里充满好奇。

"田野并不宽阔,用不了多久就走过了。"我来到小可身后,"迎接我们的是一片森林,里面长着各种不知名的树木。森林中间有一条小道,两旁的树木由少到多。森林中飘荡着白色的薄雾,空气冰凉得让人发抖。这是一段难熬的时间。每个人走在这段路上时,都会战战兢兢、小心翼翼。因为时不时会有各种从未见过的飞鸟从身边飞过,并发出令人恐惧的嘶鸣。这些鸟类大小不等,形状各异,遗憾的是没人愿意驻足观赏大自然的奇观。"

"如果有人陪伴就好了。"小可面露惊恐。

"一切都要看缘分。或许没有人,或许有很多人。"我回到椅子上坐下,又感觉浑身不舒服,便重新站起来,"穿过森林,前面是丘陵地带。有山有水,以及荒芜的杂草和野花。如果天气好，会有白花花的阳光。不过，那边的天气总是阴沉沉的。途中会看见一块平地，中间有几条石凳子，供疲惫的人休息。但是，这里没有茶水饮用，因为前面就是必须喝汤的地方。"

"很远吗？"小可脸上的惊恐消失了，表情比之前轻松许多。

"不远。"我越来越像个演员，蜡黄的手指指点点，仿佛自己曾经无数次走过那条路，"这段路虽然不远，但要跋山涉水。路面很窄，蜿蜒崎岖。加上前面排队喝汤的人很多，所以很堵，就像城市中堵车那样。不过，当你踏上这段路程时，心情就会好起来。"

"为什么呀？"小可一脸疑惑与惊讶。

"都等着喝那碗汤呀！"我脑海里漂浮着一股莫名的情绪，差点笑出声来，"那碗汤具有神奇的效果，只要喝一口，在尘世间所有的经历都忘得一干二净。无论是悲伤还是快乐，统统忘记。"

"没人愿意忘记快乐吧？"很久没说话的小可妈妈，淡淡地问道。

"是的，谁也不愿意忘记快乐。"我靠在那张暗红色的桌子上，"但是，当人的生命在今生走到终点时，能够记住的基本上都是遗憾和悲伤。为了更好地在另一个起点重新出发，几乎所有人都愿意选择在最后的时刻忘记今生的悲伤，换取来世的快乐。"

"所以，每个人来到这个世界之初，都是快乐的。"小可说，"但是，谁也不清楚他在前世到底忍受了多少悲伤。"

"嗯，小可是个聪明的孩子。"话音刚落，我又觉得自己的夸奖不合时宜，"排队喝汤的人很多，而且有人想喝两碗。大家生怕不能将痛苦彻底遗忘，不能在来世获得最大的快乐。但是，每个人只有一碗。"

"我真想喝两碗。"说着，小可侧身看了妈妈一眼。小可妈妈不知道如何回答，只能浅浅地笑一笑。

"一碗足够了。"受到小可妈妈的感染，我也情不自禁地给小可送去一个微笑，"汤是热的，但口感苦涩。不过，那时候已经没人在乎好不好喝了，只想一饮而下赶往来世。喝完汤往前走有一小段石板路，行程只有几分钟而已。然后是一长串石头阶梯，下去后便是一片泥潭。这才是最艰难的路。"

"为什么有泥潭？"小可和妈妈不约而同地问。

"走向美好的路上，总会遭遇磨难。"我只能这么说，"泥潭是黑色的，稀泥里混合着各种杂草，水中有刺鼻的臭味。大家在泥潭中你推我搡，行进速度非常缓慢。有一部分人，倒下去就再也没有站起来，错失了投胎转世的机会。"

"他们都忙着投胎转世吗？"小可不解地看着我，眼神里没有半点光亮。

"每个人都是带着遗憾离开，所以都想在来世重头来过。"我朝窗口踱去，"但是欲速则不达。其实，美好的乐园就在眼前，只要耐心、小心地走过泥潭，就会迎来新生。"

"你是说旅程快要结束了？"小可不自觉地拉着妈妈的胳膊。

"嗯，马上就结束了。"我背靠窗户，后脑勺有一丝凉意，"走过泥潭就能看见一个凹地，那里有一座孤零零的房子。房子是黑色的，没有窗户，顶部设计得奇形怪状，看上去充满了各种隐喻。远远看去，丑陋滑稽得让人不想进去。但是，这是走向新生的必经之路。房前有十八级台阶，爬上去便可见一道只能容下一人穿过的窄门。门是自动开关。当某个人进去后门就自动关闭，再次打开后第二个人才能进去。"

"开关是谁在掌握？"小可妈妈全然忘记儿子的身体，被我描述的奇妙旅途牵引着。

"一股神秘的力量。"我尽量不让自己从营造的氛围里脱身，"房间十分逼仄，但并无压抑之感。黑漆漆的空气中飘着水蒸气，并伴随着淡淡的清香。在墙角处，隐约闪烁着微弱的光。那时候，大家好像都得到了一种暗示，朝着有光的地方兴奋地前行。走到微光之处，便可看见一条铺满鲜花的道路隐藏其间。别犹豫，勇敢地踏上那条路吧。"

"房子那里没墙挡住吗？"小可皱着眉头。

"远远望去是有墙壁的，但是当你靠近微光的地方，墙壁自然消失，铺满鲜花的道路慢慢显现。"我把脸凑近窗户，悄悄地吸了一口从缝隙飘进来的冷空气，"只有当你勇敢地向前走时，才能看见那条路。"

"有点神奇。"小可妈妈说，"我以前从未听人这样说过。"

"这本书叫什么名字?"小可问,"能借给我看看吗?"

"我是从朋友那里借来看的,名字已经忘记了。"我含糊其辞。

"哦。"小可有些失落。

我重新回到位置上坐下,刚才的表演让我疲惫不堪。把手放在烤火炉前,我才猛然发现屋子里一点都不冷。我告诉小可,这个从不下雪的城市居然下了雪,说明最冷的时候快过去了。要不了多久,就是春暖花开的季节。小可的表情瞬间明亮起来,他说春天的怀人居应该很美,希望那时候自己的身体还能到院子里走走,看落英缤纷。如果还能爬山,那就最好不过了。小可用纤细的手指了指远处的大山说:"就那座山吧,其实不高。"

小可还记得我们第一次见面所说的话,我们曾经相约春天来临时一起去爬山。

送走小可,我关掉烤火炉,推开窗户让冰凉的空气充盈着房间。很冷,但我更怕令人窒息的沉闷。我靠着窗户眺望山上湿润的泥土和萧条的野草,回想着为小可勾画的旅途,那些神奇的画面掠过脑海。我开始怀疑自己的动机,可能不仅仅是应付小可的追问。或许,那样一趟奇妙的旅程也是我内心最隐秘的期待。只是,我真的不知道等待我和小可的未来之路到底是怎样的。"但愿像我说的那样平静而美好吧。"我这样想着。

有些困倦,沉重的眼皮快要粘在一起了。我折身回来,钻进被窝里沉沉地睡去。在被电话吵醒之前,我做了一个短暂的梦。梦里,我在生活了十多年的老屋,窝在发黄的沙发上读一本老旧的书。天气不错,阳光肆无忌惮地飘洒而下。苏菲娅站在阳台上,目不转睛地看着窗外。透过阳光,她头上的白发清晰可见。我被书中的故事深深地吸引着,时间一分一秒地流逝。让我感到惊奇的是,当我的眼神脱离书本再次望着苏菲娅时,她已然回到年轻时代。明媚的阳光下,阳台上站着一个忧郁的少女。她背对着我,乌黑亮丽的头发瀑布般散落在肩上,在微风下轻轻飘拂。我知道,她就是苏菲娅。

手机响了。

一个我期待已久的电话,终于在一场大雪之后突然而至。

当我看着智杰的名字在手机屏幕上闪烁时,立刻从回味无穷的梦中回到现实。我无法肯定是他打来的,怀疑是自己眼花看错了。但是,耳朵里的确传来了智杰的声音。当我听着他态度谦和地对我说话时,所有的隔阂就如被阳光照射的积雪一般融化成水浸入泥土。那天,我们在电话里聊了很多,家长里短、鸡毛蒜皮,时间跨越几十年。最后,我们也没有忌讳死亡,谈到我的身体以及即将离开的事实。对于我拒绝治疗来到怀人居,智杰终于释然了。他告诉我,他将来或许不会做这样的选择,但现在依然尊重我的决定。

"下个星期来看你,可以吗?"智杰问。

"我相信你还记得路。"我回答。

我用整整一个星期时间期待着智杰的到来,几乎每天都要在小可母子和程文玲面前说上好几遍，仿佛永远也炫耀不完。好在他们并不反感我的喋喋不休，而是变着花样地祝贺我。最开始，我感觉莫名其妙，心想仅仅是儿子来看我就那么值得祝贺？后来，我明白了他们的意思。于我来说，智杰是失而复得。我自嘲道："老来得子，值得祝福。"

天公真是作美。

智杰来那天，太阳好得让人难以适应，感觉春天的脚步就在门外。他好像换了一辆车，当他从车里钻出来时，我不相信自己的眼睛。但是，眼前这个魁梧的男人就是我的儿子。随后，智美和孩子们也出现在我的眼前。我的记忆回到几十年前，那时候，智杰和智美都还是个孩子，每当我回家走在院子里时，他们都会像快乐的蝴蝶飞到我身边。遗憾的是，这样的时光总是很短暂，我没有用更多时间陪伴两个孩子成长。

几个月不见，智杰瘦了，眼神略显疲惫。我站在走廊上，看着他远远走来，脚步迟疑、缓慢，仿佛心事重重。我想上去迎接他，但却始终站在原地，注视着眼前这个男人，脑海里浮现出智杰小时候向我欢快地扑来的情景。突然，智杰停下脚步，站在几米之外看着我。半晌，他的脸上荡漾起羞涩的笑容："前段时间，真的很忙。"

"我知道。"我说，"人这一辈子，总会有闲下来的时候。"

智杰挽着我的胳膊，我们一起回到屋内。

我把小可介绍给了三个小孩子，他们天生自来熟，见面不久就打得火热。程文玲听说家人来看我,也跟着来到我的房间,热情地招呼着他们。原本就小的房间,仿佛突然缩小了很多,几乎没有空地儿。但是,气氛非常温暖。我从未像今天这样轻松、愉悦,皱纹横生的老脸上生长出含苞待放的花朵。想来,我还是太在乎智杰的态度。既然他来了,我心中的那块石头也该沉下去了。

"看着你现在的样子,我突然想到一个人。"智杰把我拉到走廊,看着我淡淡地说道。

"你想到哪个?"我有些不解。或许是很久不见,智杰的表情让我感到陌生。

"妈。"

"怎么突然想起她了?"

"我在你脸上没有看到一丝痛苦,根本就不像一个病人。"智杰的眼神四处飘荡,在我的身上停留片刻又立即闪开,"如果当年听你的,妈也不会承受那么多痛苦。"

"我想,现在她应该很好。"事到如今,我只能说些不着边际的安慰话。

智杰不语,目光深邃地凝视着远方。

我顺着智杰的眼神望去,远方是苍茫的山顶。阳光照耀下,山顶的野草被一层金光覆盖,散发出一种呼之欲出的生机。

这是一次快乐的相聚。虽然不是在家里,但却比以往任何一次家庭相聚更加值得珍惜。我怀疑周末的时间是三步并着两步走，一副急不可耐的样子。不经意间，一个周末就匆匆而过。我不得不与每一位家人作别，看着他们的恋恋不舍，失落与欣慰交织在一起。

轰鸣的汽车，带走了短暂的欢乐。

我站在冬日的傍晚里，看着夕阳从我眼里消失。

夜幕融掉最后一抹阳光后，智杰的车重新出现在怀人居的院子里。我十分惊诧，他怎么又回来了？智杰一路小跑，噌噌噌地上楼，出现在走廊的拐角处。他突然放慢脚步，小心翼翼地朝我走来。我们相视一笑。智杰给了我一个深沉的拥抱，在我耳边轻轻地说："春节时，我和智美带着所有人到这里来过年。"

我拍了拍他的肩膀，心里感到无比温暖和踏实。

那年春节，在我日渐衰老的记忆中成为一道永不凋零的美景。

九

　　美好的春光似乎成了杀人的利器。

　　当天气转暖时，怀人居里的气氛显得十分诡异。葱茏的绿树和沁人心脾的花香，都无法掩盖死亡的气息。一天二十四小时，随时都有生命在和煦的春风中随着花粉飘散而去。救护车的哀号，一次次惊扰着怀人居的满园春色。每一位工作人员的脸上，都挂着寒冷的表情。我纳闷的是，为什么人们熬过了寒冷的冬季，却在温暖的季节里如此脆弱？

　　这是一个永远没有答案的迷茫之问。

　　走的人太多，来的人又少，怀人居里居然出现了空床。程文玲感叹地说，自从她到怀人居之后，这种现象还是第一次出现。

　　那天午后，我和小可安静地坐在走廊上享受来之不易的阳光，时不时聊上几句。就在我们相视而笑时，一辆救护车开了进来，停在一楼的正门口。接着，几个穿着白衣服的人抬着一捆白布朝汽车走去。开门、关门，办理简单的手续，动作连贯得就像拍电视剧。几分钟后，汽车又重新发动引擎，在院子里绕了一个弯儿朝外面开去。

当汽车缓缓驶出怀人居后，小可脸上的乌云化作一串泪水。

"为什么哭了？"

"难过，特别难过。"

"你看太阳多明亮，心里也应该明亮起来。"

"可是，她走了。"

细问之下，我才得知事情的原委。

原来，被救护车拉走的是一个漂亮的女孩。我知道她，比小可大两岁，具体病情不得而知。三个月前，医生宣布她的生命已经走到尽头。小女孩的父母都在经商，家庭殷实。但是，金钱挽救不了女儿的性命。为了让宝贝女儿走得平静，他们为她选择了怀人居。她是在下雪之前一个星期来的，我看着那对商人夫妻开着名贵的汽车把她送进来。从那天开始，父母就再也没有离开过怀人居。只要天空有一丝阳光，他们就会推着女儿在院子里晒太阳。他们始终把女儿打扮得漂漂亮亮，头上那顶假发使她看上去依然青春可人，宛若天使。只是，日复一日消瘦的身体和枯萎的面容，表明她在这个世界的日子正在一天天减少。因为女孩与小可年龄相仿，即便他们见面时间不多，却结下了良好的友谊。

"昨天下午我还见过她，当时我们说了很多笑话。"小可幽幽地说，"我还记得她的笑脸和声音，可是人却不在了。"

"她已经走完今生的旅程，踏上了另一段旅程。"我说，"我们祝福她吧。"

"我很害怕，担心明天这个时候，那辆车就把我拉走了。"小可想了想，嗫嚅道，"或者，把你拉走了。"

"如果那辆车先把我拉走，你就祝福我吧。"我忍了半天，还是说出了后半句，"如果那辆车先把你拉走，我也会祝福你的。"

"但是，我还是害怕。"

"有什么害怕的？"

"我不知道。"小可有气无力地摇头，"可我真的害怕。"

看着小可的神情，我沮丧地低垂着头。我不知道如何是好，面对残酷的现实，无法再用任何辞藻把死亡描绘成一趟具有诗意的旅途。我想起曾经给他讲过的死亡之旅，发现自己原来如此浅薄与无知。我一声长叹，独自返回屋里，丢下小可一人在走廊上陷入孤独与无助。这是我们相识以来，我第一次表现得如此无礼。

我把自己关在狭小的房间里，漫长而无力地沉思着。

小可的精神状况急转直下，很难从他脸上看到笑容。他像个孤独的老头子，不是在走廊上蜷缩着身子坐着发呆，就是靠在窗户前出神地看着外面随风摇曳的植物。更多时候，他躺在床上，陷入昏睡之中。小可妈妈担心极了，在焦灼与不安中眼泪不停地流。人最大的悲哀，在于面对悲哀却无力改变。我去看过小可几次,他连多看我几眼的力气都没有。从他灰色的眼神里,我看到了深深的绝望。

倒霉事在我六十六年的生命中总能引起蝴蝶效应,一桩接着另一桩。在小可日渐枯萎时,我的身体也突然出现问题。在怀人居的几个月里,我的身体和精神一直良好,几乎忘记了自己是肺癌晚期病人。但是,这两天却感到胸腔剧烈地疼痛,时常喘不过气来。好几次,我觉得自己马上就会窒息而亡,但在一阵喘息之后又缓过气来。那几天,我的情绪非常低落,心里总有很多悲伤的话想要倾诉。我分别给智杰和智美打了电话,将身体状况如实相告,顺便也对后事做了一些交代。

智杰和智美接到我的电话后高度紧张,情绪激动地噼里啪啦说个没完,而且马上要接我到医院做检查。我费了好大劲才成功地拒绝了两个心急如焚的孩子。我告诉他们,如果再过两三天没有好转再说。这只不过是我的搪塞之词,即便不好我也不会回到医院。既然当初千方百计地逃离医院,现在又何必回去?我内心很坚定,怀人居是生命最后时期的理想归宿。或许是上天懂我,两天后我觉得身体有好转的迹象。疼痛减轻,不再胸闷气短。

虽然身体状况好转,而且自认为怀人居是结束生命的理想之地,但是现在必须离开这里了。

这是一个忧伤的决定。当死亡的气息弥漫于空中时,我的心情再也不能像以往那样舒畅。尤其是看着小可脸上的笑容越来越少,几乎每天都阴沉着,表情呆滞目无神光。我寻思着必须去一个更好的地方，让小可最后的日子过得更加宁静和安详。在我的想象中，那里只有一户人家。四合小院，青砖绿瓦，绿树成荫，花香四溢。在明媚的阳光里，有心思散漫的小猫和打着瞌睡的老狗。这样的环境，弥足珍贵。

那个黄昏，我想起了已经两年没有见的文友，一位痴迷于诗歌的优雅女人。她在郊区有一个宁静的小院，一直空着没人居住。我们上一次见面是在一个咖啡馆，参加一个文艺沙龙。退休之后，我的生活比之前略微丰富，偶尔与喜欢写作的人聚会聊天。在我的记忆中，她总是留着一头整洁的短发，几个小时都不说一句话。现在想起来，她好像与我说得最多。或许，因为我同样是一个沉默的人。第一次聊天时，她一本正经地告诉我她叫黄睿，刚从郊区搬到城市。黄睿曾经无数次描绘在郊区生活的宁静和惬意，但为了参加聚会方便才搬到城市。我为她放弃这样的生活而惋惜，但也不便干扰他人的决定。

费了好大的劲儿，我才从手机中找到黄睿的电话。尝试着打过去，响了半天她才接。对于我突然给她打电话，黄睿感到惊讶，咋咋呼呼地问："怎么是你呀？"

"是我，怎么啦？"

"好多年不见了，我还以为……"

"以为什么？以为我已经死了？"

"不是，不是，你看你说什么啊？我是以为……"

黄睿结结巴巴，语无伦次。她慌乱辩解的口气，听起来既可笑又可爱。

我们聊了很多，相互关心着对方的生活与写作。大部分时间里，她都在得意地向我诉说最近创作的诗歌。从她的口气中，我知道她对自己很满意。我们这种年龄的人，对自己满意就是最大的幸福。我不禁想到自己的文字，除了正在写作中的《与人生言和》，别的不值一提。可是，我自己也不能保证这部最后的文字能够完成。

绕了很多弯子，就在我快要放弃时，终于鼓起勇气向黄睿提了房子的事。她爽朗地笑着告诉我，很乐意我去住，不收一分钱的房租。我执意要给她钱，但是，她却这样说道："我希望你在那间老屋里写出最好的作品，这比多少钱都重要。"话已至此，我不好再纠结于房租。只是，我从头到尾都没有告诉她，我的生命行将结束，正在创作的《与人生言和》，注定没有结尾。

我把这个消息告诉了智杰、智美，以及小可妈妈，他们都很赞同，并结伴去看房子。房子真的很远，智杰告诉我从偏远的怀人居开车都还要一个多小时，完全是在大山深处。听着他们的描述，我倒是理解了黄睿。她并非浮华之辈，向往城市的喧嚣和声色犬马，而是交通真的禁锢了她的生活。但是，这样的深山之所正合我意。我在电话里真诚地向黄睿表达谢意，她则说只要我喜欢就行。

房子需要修缮和装修，按照智杰的说法，满屋子都是蜘蛛网，走进去满脸都是黏糊糊的。我知道智杰担心我受苦，或许会夸大其词，便怀疑地看了看智美。她给了我一个坚定的表情。我相信智美，一直以来她都懂我心思。不过，我也不知道自己和小可能在那里生活多久，所以再三交代装修要一切从简。智杰不停地点头。经历长达几个月的争执和隔膜之后，如今他对我言听计从。

那段时间，智杰、智美和小可妈妈，在怀人居与黄睿的房子之间来回奔波，马不停蹄。我和小可在春天的阳光里，享受着怀人居最后的时光。我总是在越来越憔悴的小可面前憧憬新居所的美好，把即将到来的生活勾勒成一张张恬淡的风景画。有一天，小可望着怀人居苍翠的树木，伤感地问道："我们为什么要离开？这里这么美好。"

我看着他，半响才说："那里更美好。"

两个月后，房子终于弄好了。他们为我拍了好多照片，我一张一张地指给小可看，美得令人心驰神往。我绞尽脑汁地用词汇去描绘这处居所的好，想给小可的生命注入一种希望。他笑呵呵地说："看上去不错，你应该给它起个名字吧。"

"我得起一个最好的名字，才配得上这么美丽的地方。"我用手摸索着尖硬的胡茬，"桃源居，你觉得可以吗？"

"又没有桃花，怎么叫桃源居？"

"世外桃源嘛。"

小可没接话，不知道他是否懂得什么叫世外桃源。但是，他的眼神告诉我，他对未来的居所感到满意，甚至充满了向往。

"在去桃源居之前，我想做一件特别的事情。"我看着小可，"我考虑很久了，非做不可。"

"什么事这么重要？"小可的眼睛鼓得圆圆的。

"为自己选墓地和举行追悼会。"我说，"我想在活着的时候，知道自己的墓地在哪里，看看自己的追悼会到底是个什么样子。"

"会不会很别扭？"小可妈妈脸上的表情夸张而怪异。

"我自己觉得不别扭就好，至于其他人的感受，我不需要考虑。"我吁了一口气，"人生一世应该忠实于内心，不为别人栖息只为自己停落。"

"我们能不能一起去选墓地，将来就葬在一块做个伴儿？就像现在这样，偶尔坐在一起聊聊天。"小可思索片刻，接着说，"我也想举行一个追悼会，而且想与你一起举行。"

小可妈妈恨不得把儿子的话全部塞回去，但覆水难收，为时已晚。我不觉得小可的想法有半点不妥，便爽快地答应了。

"我很高兴你有这样的想法。"我呵呵一笑，"这些事情对于我们来说，意义非同凡响。你知道吗，我们这样做是幸福的。这个世界上，能享有这种幸福的人不多。"

大家带着柔和的眼神，相互观察着、等待着，但谁都没有说话。

那个夜晚，我躺在料峭的夜风里，满脑子胡思乱想。我、墓地、小可，以及小可所说的将来我们坐在一起聊聊天。我觉得小可实在可爱，但想象不出那将是一种怎样动容的场景。我越是想把那种明知不可能存在的场景具象化，脑子就越是一团糨糊。

　　风拂过脸庞，一股冰凉在心底荡漾开来，流向全身上下每一根血管。"睡吧，好好睡一觉吧。"我一次次叮嘱自己，却始终毫无睡意。在怀人居短暂的日子，这是我睡眠最差的一个夜晚。我努力地摆脱各种意识，但仿佛刚刚睡着，天又亮了。明晃晃的阳光，铺在蓝色的被子上，就像是印在上面的花纹。

　　第二天，智杰和智美直奔附近的一块公墓。我知道那个地方，离怀人居不远，卧在苍翠的松柏之间。我和小可的身体都不适宜来回奔波，所以我让他们拍好照片给我们看就可以了。小可妈妈想留在怀人居陪儿子，她说只要小可满意就好，小可则表示我喜欢的地方他就喜欢。所以，小可妈妈委托智杰和智美帮她办理就好了。

　　墓地在半山腰，背靠大山，面朝一片翠绿的树林。智美心思细腻，从各个角度拍摄了很多照片，在照片里也有身临其境的感觉。从照片上可以看出，在未来若干年里，我和小可将被一片绿色拥抱。这里安静得可以沉睡千年。我把相机递给小可，他一遍又一遍地翻看着，表情平静而自然，没有丝毫的悲情。然后，他把相机拿到妈妈面前："妈妈，你看。"

　　小可妈妈象征性地把脸凑过去，面无表情地"嗯"了一声，神色慌张地把头缩回来，转眼看着窗外。怀人居的春天来得特别早，柳絮在春风中荡出沁人心脾的温情。我看了看小可妈妈，她的眼里噙满泪花。我不动声色地走过去，轻轻地拍了拍她的肩膀，担心她哭出声来。她瞅了我一眼，立即又将眼神伸向远方。我与她并排站着,看着怀人居里的春色。过几天,我就要告别这里和煦的春风。

"有些事情,我们早晚都会面对。"我说,"你要比小可更加坚强。"

"我很难过。"她点头,忍住没让眼泪掉下来,"我只是难过而已。"

一股凉悠悠的风吹来,我的眼睛干涩而疼痛。

墓地已经选好,接下来就该选择在哪里举行追悼会了。

无论是回家还是在即将迁去的桃源居举办追悼会,我觉得都不合时宜。我想了想,认为怀人居就是理想之地。作为一家临终关怀医院,让即将死去的人为自己举办一场追悼会,算得上临终关怀的一种另类的表达。我找到程文玲,把想法说给她。她没有半点吃惊,一脸平静地认为这个想法非常好,百分之百支持我。但是,程文玲认为依然需要林芙蓉点头同意,毕竟怀人居是她创办的。程文玲临走之时,我再三叮嘱,让她把我的想法准确无误地带给林芙蓉,并希望获得她的理解和支持。

等待的三天,就像是漫长的三年。忐忑、焦虑,内心摇摇晃晃飘忽不定。我太希望举办这场追悼会,所以太急切地需要得到林芙蓉的肯定。让我感到欣慰的是,我的愿望能够实现。程文玲告诉我,林芙蓉不但没有阻拦,而且还非常欣赏和赞同我的做法。"她说,这与她创办怀人居的初衷是一致的。"程文玲微笑着,"她还要出席你和小可的追悼会。"

"她想来?"我不敢相信,"她真的说要来?"

"她说,时间确定之后告诉她。"程文玲说,"她要认真准备一下。"

"不需要这么隆重吧?"

"她不但要来,而且她还要发言。"

我感慨万千,没想到萍水相逢的林芙蓉竟然如此深明大义。我只是想安静地举行一个属于自己的仪式,没想到她会如此重视。尽管我不情愿,却无法拒绝林芙蓉的好意。好几次,那些委婉的拒绝之语从喉咙里直往上冒,最终又咽了下去。我相信林女士大智大慧、心地善良,到底该不该来,发言时到底说些什么,她都自有分寸。

追悼会安排在星期六。智美查了天气预报,当天风和日丽,阳光明媚。

时间非常紧迫,林芙蓉放下手中其他事务,紧锣密鼓地张罗着。好几次,我站在走廊上,看见她带着几个人在院子里比比画画,筹划着追悼会的每一个环节。追悼会安排在怀人居的院子里,一切都按照常规仪式举办。

星期五的下午,追悼会的准备工作基本上已经完成。灵堂设在院子大门正对着的地方,殡仪馆来拉人的车辆每次都停放在那个位置。我站在走廊上,看着长长的帐篷,上面贴着白色的纸花。帐篷周围摆满了花圈,我数了一下,一共有三十多个。从帐篷入口开始,整个院子里摆满了桌子、椅子。按照习俗,亲朋好友们在追悼会上要吃饭、打麻将。我正想象着明天的场景时，一阵哀伤的音乐响起。我会心一笑，心中没有半点伤感，转身回到房间。

我安静地坐着，思绪在辽阔的草原和深邃的天空飘游。我感觉前方越来越宽广，身体越来越轻盈，就像一只随风飘荡的风筝。耳边吹着丝丝凉风，无比惬意。有人敲门，连续响了好几声我才缓过神来。我问是谁，对方回答说"是我"。从声音中，我没有听出到底是谁，但还是慢悠悠地过去开门。门缝越来越宽，林芙蓉的面目也就越来越清晰。她探着脑袋问："可以进来吗？"

"当然可以。"我把她让进来。

这是林芙蓉第一次来到我的房间，我有点激动。我并非感激她来看我，而是因为她认同和支持我开这场特殊的追悼会。但我转而一想，她也应该理解我。既然她能创办怀人居，就说明她对死亡有足够的认识。我们的想法如出一辙，我们不过是用各自的方式去践行对死亡的理解。

林芙蓉有点紧张，眼神在屋子里游动。一番逡巡后，她看着桌上摆满的图书、照片、药品、水果和笔记本电脑说："你始终都是一个有情趣的人。"

我尴尬地笑着。

"有情趣"这顶帽子戴在我的头上，实在不合适。这辈子，我每分每秒都处于苦闷、焦虑和彷徨之中。从车间到办公室，从上班到退休，我的心从未安定过，每天都如尘埃那样在空气中飘浮。人生最大的波澜，竟然成了永远难以抹去的污点。只有在埋头写作时,我才获得奢侈的宁静。一层一层包围我的夜色,让每一根血管里的血液都能顺畅地流淌。

"我已经很久没有写作了。"

"随心吧,想写就写。"

"我内心澎湃。"顿了顿,我接着说,"可有心无力。"

"我是否可以问,你现在最想写什么?"尽管我恍恍惚惚地没有来得及招呼她,但她已经坐了下来。

"人生的游记。"我颤颤巍巍地说,"人生即将走完,希望记录下一路走来的点点滴滴。"

"这是上帝赐给作家的特殊待遇,不是每个人都能享有。"

"就像我要在生前举办自己的追悼会一样,也不是每个人都能享有。"

"追悼会的事情,我倒是真的想问问你。你为什么要在生前举办并参加自己的追悼会?"她来了精神,声音明显比刚才明朗,"这么多年来,我还是第一次遇到你这种情况。"

"人这一生,应该把属于自己的经历都经历完才算圆满。"我平静地说,"我们要尽量避免留下太多遗憾。"

"你真是一个透彻的人。"

"我要感谢我的妻子。"

"为什么?"

"她生命最后的时刻过得很痛苦,尽管我千方百计地努力,依然没能让她走得安详。她走后的几年里,我始终在想,自己的期限到来时,一定不能那样。"

"你的想法是对的,只是很多人还没有意识到。好在,我们两个的想法是一样的。"

"所以,你创办了怀人居。"

"当初遇到了很多困难,遭受了很多误解。"

"我为你感到骄傲,不仅仅是今天的付出,当年你的勇气更值得敬佩。"

林芙蓉谦逊地摇着头。

这天黄昏,我们聊了很多,直到天色渐晚她才离开。我们志趣相投、相见恨晚。临走时,她笑吟吟地说:"如果早些认识你,就好了。"

"什么时候都不早,什么时候都不晚。"我们紧紧相拥。

晚上,我早早上床,睡得很沉很香,中途没有醒来,也没有被稀奇古怪的梦惊扰。

星期六,我七点就起床了。太阳大得好似到了夏天,怀人居的年轻护理员已经迫不及待地穿上衬衫和T恤,让人不得不感叹健康的身体是人生的最大资本。我和小可精心地为这次追悼会准备着。小可妈妈拿出最后的积蓄为儿子买了他最喜欢的衣服、裤子、帽子,还有一只精致的手表。我不知道她为什么要买手表,难道是让儿子记住他们在这一世度过的美好时光?我没有问她。虽然我不是林芙蓉所说的有情趣的人,但也不是个无趣的人。此时此刻,她要为儿子买什么都是值得的。

智杰和智美带着孩子们也来了,若曦、凯瑞和俊博看上去有些别扭、生疏。不知道是他们一夜之间成熟了，还是觉得出席这样的追悼会有些荒诞，或者是意识到我真的就要离开他们了。尽管全家人有说有笑地附和着我，但我明显感觉到他们都有些言不由衷。平常忙于事业的儿媳妇和女婿，也罕见地出现在怀人居。在我的记忆中，这是他们第一次来怀人居。不知道为什么，我与儿媳妇和女婿之间始终有一层隔膜，即便见面也难得说上一句话，而且大多数言语都是嘘寒问暖，有点敷衍了事走过场的感觉。我记得，我们上一次认真说话还是苏菲娅去世时，他们不约而同地规劝我不要太悲伤，逝去的生命带给我们重要的启示就是珍惜眼前人、过好每一天。

狭小的屋子被塞得满满的，阳光也只能自己找空隙才能照射进来。与我刚来怀人居时相比，这一次家人的脸上几乎看不到悲伤。虽然谈不上喜悦，但平静就是我最大的期待。

追悼会的时间定在上午九点。八点半时，我隐约听见院子里窸窸窣窣地响起脚步声。声音从四面八方传来，仿佛潮水缓缓漫过，将整个怀人居覆盖。三天前，林芙蓉在怀人居里做了一次倡议，把我要开追悼会的想法告诉了每一个人。她说："只要身体允许，就来参加吧。这是一次新奇的体验，相信对每个人都有一定帮助。"

我侧耳倾听着人们的脚步声，被一种复杂的情绪缠绕着。程文玲急促地走进来，她轻轻地说："你准备一下吧，追悼会马上就要开始了。"

"嗯。"我沉闷地点头。

其实,没有什么准备的。儿女为我买了寿衣,穿在身上特别合身。我用老迈的双手,在衣服、裤子上来回摸索着,竟然感觉寿衣比自己以往穿过的衣服都舒服。

我问:"谁选的?"

智杰指了指妻子:"她选的。"

我沉浸在一种说不出的幸福之中。

"时间快到了。"我说,"我只说一句话,今天谁都不准哭。只要流一滴眼泪,这次追悼会就是失败的,就不是我想要的。"

没人接话。他们你看看我我看看你,表情严肃而凝重。

"大家都听到了?"我说得很慢,口气很沉,既是询问也是命令。

还是没人接话。他们不再相互审视,只是目光呆滞地看着陈旧而斑驳的墙壁。

我一个一个地与他们拥抱。除了三个孙子,我与儿子和儿媳妇、女儿和女婿都没有真正意义地拥抱过。苏菲娅去世时,我看到智美哭得死去活来,本想过去给她一个拥抱以示安慰,但终究没有付诸行动。我曾经对这种亲昵的表达方式充满抗拒,但此时此刻却是情难自控。

智美是最后一个拥抱者,她紧紧地箍着我,半天不撒手。我以为她陷入悲伤不能自已,便努力拉她的手。但是,我的身体真的虚弱到无法拉开一个女人,只有紧紧地捏着智美温热的手。半响,我假装生气地说:"我刚才说了啊,今天谁都不准哭。"

"我没有哭,爸爸。"智美的声音中没有哭泣和悲伤,"我为你的勇敢感到骄傲。我知道你对自己的一生并不满意,总觉得没有勇气做得更好、活得更好。但是,我现在告诉你,你是我见过的最勇敢的人。"

一片温热的液体在眼眶里打转,融化了盘桓在心中多年的结。我突然觉得,那些曾被自己认为浪费了的光阴,转瞬之间变得珍贵起来。"你是爸爸的女儿,也是爸爸的知音。"我说,"这样的感觉真是太美妙了。"

我们不再言语,长时间地相拥在一起。

大概过了好几分钟,我和智美才分开。我环顾着屋子,给予每个人最温暖的笑容。我说:"你们下去坐吧,院子里有属于你们的位置。"

我转身而去。

推开房门,我便清晰地听到了悲伤的音乐。我曾经无数次听过这样的音乐,上一次在苏菲娅的葬礼上,这样的音乐几度让我濒临崩溃。可是,几年后在熟悉而陌生的怀人居,当我听着为自己而响起的哀乐时,却感到异常平静。走廊上站满了人,基本上是因为身体坏到无法下楼的病人和他们的家属。他们表情平静地看着我,带着力量的眼神在我的身上停留了很久。突然之间,一阵稀疏却真诚的掌声响起。我轻轻地点着头,对他们表示感谢。让我意想不到的是,院子里的人也开始鼓掌。我抬头望去,他们伸着脖子望着楼上,仿佛在等待某个明星或领导出场，热情洋溢而又严肃认真。

小可在楼梯口等我，瘦小的身子被墙角挡住大半部分。我步履蹒跚地走过去，拉着他的小手，小心翼翼地朝楼下走去。二十几级台阶，我和小可一步一步地走着，仿佛是漫长到需要一生一世才能走完的路程。我问他感觉怎样，他心不在焉地说很好。我更加用力地捏着他干枯的小手，朝着灵堂走去。

当我们的身影出现在怀人居的院子里时，掌声再次响起。小可有点紧张，我边走边轻声对他说："放轻松，就像是去看一场电影或者球赛那样。"他看着我，干瘪地笑着。我发现，小可的嘴唇在轻轻地颤抖。

我们穿过人群，来到灵堂前面坐着。我和儿孙们坐在一起，小可坐在妈妈和他的亲朋好友中间。这场追悼会的两位主角，分别与亲人坐着。我看着灵堂的正对面，上面挂着我和小可的黑白照片。我的照片是自己挑选的。十年前，我坐在书桌前写作时，智美为我拍下这张充满意境的照片。照片上，我微驼着背，表情严峻、眼神深邃。我喜欢这张照片，觉得是我一生的写照。小可妈妈告诉我，小可的照片来自于得知可以前去观看足球比赛并能亲自见到穆里尼奥的那个下午。当时，他高兴得手舞足蹈，非要让妈妈给他拍张照。即便是一张黑白照片，我也能感受小可当时的兴奋和幸福。他选择这张照片，可以说明这次追悼会在小可的生命中的重要性。

灵堂外面，我从花圈上看到了亲人们的祝福。其中，千古的字眼深深地刻在我的脑海里。我知道肉身终将腐朽，世间并无永恒,但亲人的美好祈愿还是让我感到温暖。我侧眼看了看小可的方向,献给他的花圈中,让我印象深刻的是妈妈写给他的。"你永远都是我的小可爱。永远都爱你的妈妈!"这一行字看似简单,却包含了一位母亲所有的幸福和痛苦。

我差点又要流泪了,但又及时提醒自己今天不能哭泣。我回头看了看若曦、凯瑞和俊博,他们神情肃穆。我对着他们笑了笑,依然没有让他们快乐一点。我立刻转过头来,死死地盯着我和小可的照片。

音乐戛然而止。

林芙蓉缓缓地走过来。她站在我和小可之间,笑容可掬地看着我们。她是怀人居的创办人,也是这场追悼会的主持人,更是让人们正确认识死亡的导师。林芙蓉深深朝我们鞠了一躬,双手随意下垂地站在那里。片刻后,她轻声说道:"一直以来,我从未向任何人说起创办怀人居的想法,即便很多人在背后胡乱猜测,我也没有做任何解释。但是,今天我想与大家谈谈。这一切,必须要感谢在座的你们。"

这不是一次演讲,却响起了掌声。

"创办怀人居之初,我以为没有多少人愿意来。因为在中国传统思想里,亲人都会把每一个生病的人留在医院,竭尽全力地抢救,即便大家都知道最后的结局。"林芙蓉说,"但是,我看到人们陆陆续续地来到怀人居,并在这里生活得十分快乐。我想说的是,怀人居并不是让大家放弃治疗,而是让大家在生命最后的时间里活得更加平静和安详。这并不容易,因为我们必须对死亡有正确的认识。"

掌声再一次响起,氛围根本不像是一场追悼会。

"我们就像是一粒尘埃,因为父母的需要而偶然来到尘世。到来的同时,离别也在等着我们。从我们出生的那一刻,就注定总有一天要离开。我们应该明白,人生一世就是一个从生到死的过程。我们所经历的分分秒秒,每一件事情,每一种心情,都是这个过程中的插曲。"林芙蓉朝人群中走去,"死亡,是一个自然的结果。种子生根发芽,树木开花结果,果子瓜熟蒂落。只要我们认识到这一点,便可知道生命的结束意味着我们在此生的事情已经做完,来世再继续。"

当掌声又一次响起时,我已不再感到突兀和别扭,因为林芙蓉的话配得上为她鼓掌。

"今天,我之所以要来参加这场追悼会,是因为我之前对死亡的认识还不够深刻。我总是认为抱以自然的心态面对死亡便可了然,殊不知还应该不留遗憾。"林芙蓉重新回到灵堂前面,看着我和小可,"我为凌先生和小可的行为感到高兴,能够亲自出席自己的追悼会是人生的一笔宝贵财富,那是关于自己的最后一个仪式。我想告诉你们,是你们让我对死亡有了更深刻的认识。同时,我希望大家向你们学习,让人生不留遗憾。只有不留遗憾的人生,才是圆满的人生。"

我站起来,主动鼓掌。小可也站起来,跟我一起鼓掌。接着,更多掌声潮水般响起来。

本来,我事先准备要发言,腹稿打了好几次。但是,我临时放弃了。林芙蓉已经讲得很好，我没必要再重复赘言。我拉着小可，走向林芙蓉。我们分别拉着她的左右手，不断地重复着"谢谢"。她笑着说："你们不必感谢我，是我应该感谢你们。"

追悼会的后半段，大家笑容满面地吃着怀人居准备的水果、糖果和午餐。我和小可没有离开，与大家待在一起。我们与在场的每一个人握手、聊天。其中，有些人已经被我们感染，也准备为自己举办一场追悼会。我告诉他们，如果我还在怀人居，一定参加。只是，我不忍心告诉他们，我和小可即将由怀人居搬到桃源居。原本想要记录怀人居里其他人的人生的计划，无奈化为泡影。

吃完午饭，我和小可分别回房休息。两个小时的追悼会，极大地消耗了我们的精力。我很快便进入梦乡，梦中的自己躺在一艘小船上，在漫无边际的大海漂啊漂。海面平静，我躺在一片蓝色里，吹着惬意的海风，朝着天际漂去。

小可也在午睡时做了一个梦。醒来后，他来到我的房间绘声绘色地讲给我听。小可梦见自己到了英格兰，出现在切尔西的主场斯坦福桥球场。这是一场决定冠军的比赛，只要获得胜利，切尔西就是英超冠军。切尔西的球员表现出了高昂的斗志和精湛的球技，以秋风扫落叶的攻势获得胜利。作为切尔西最特殊的队员，小可出现在颁奖台上，脖子上挂着冠军奖牌。随后，他跟随穆里尼奥进入更衣室，进行了一番畅谈。小可告诉穆里尼奥，他为自己举行了追悼会，从此以后可以无牵无挂地开始生命的另一段旅程。穆里尼奥和全体切尔西球员，对小可的举动感到骄傲,并送上深深的祝福。

"斯坦福桥的现场很宏伟和震撼吧?"

"跟我在电视里看的一模一样。"

"如果有机会,我陪你去现场看比赛吧。"

"我相信一定有机会。"

我们俩都笑了。

各自回到房间,我们开始忙碌、慌乱而忐忑的准备。我和小可就要离开怀人居了,原本是赤条条来赤条条走,毫无牵挂才对。可是,我们仿佛对这里都充满了留恋。儿媳妇、女婿和三个孙辈都回去忙工作与学习了,智杰和智美还留在这里照顾我。我让他们回去,说我能够照顾好自己。但是,他们就是不吭声,不答应也不拒绝,像两个石头墩子那般伫立在屋子里。

如果仅仅是收拾东西,半个小时足矣。可是,我却在怀人居多停留了一个星期。

那几天,小可妈妈在儿子身边寸步不离,智杰和智美也跟随我身后,无论我和小可走到哪里,他们都形影不离。想起来,那段时光也很美好。烂漫的春光和惬意的心情,冲淡了死亡笼罩的阴影。时间的脚步配合着我和小可羸弱的身体,慢得仿佛快要停止了。我们的身影时常出现在清凉的晨曦里和温暖的夕阳中,心思散漫、毫无目的地走来走去。那种脚贴大地的感觉,让我感到无比踏实。

"桃源居有怀人居这么安静吗?"小可在一棵桃树下停住。

"当然有，或许比这里还安静呢。"我跟着停下来，在路边的一张椅子上坐下。

"这里是怀人居，那里是桃源居。"小可捡起地上的一枚花瓣，"你说，人们为什么总是喜欢把房子叫什么居啊？"

"这只是巧合吧，总得给房子起个名字。"小可妈妈觉得儿子好笑。

"我觉得小可问得好，我来给他解释吧。"我看了看小可妈妈，又转身看着小可，"居字由尸和古字组成，尸是身体的意思。这说明人们自古以来都不愿意挪动身体，所以把房子命名为居，是想求个安稳。安稳和温暖，是我们对家最基本的要求。就说怀人居吧，林芙蓉也是希望我们在这里生活得安稳和温暖。"

"可是，我们还是要搬家。"

"那是因为我觉得桃源居比怀人居更好。"

"桃源居有桃花吗？"

"应该有吧。"我说，"即便没有，我们就栽一些桃树吧，明年春天我们就可以看到桃花了。"

"还要等到明年春天，太漫长了。"小可眨巴着眼睛。

"说长也长，说短也短。"我苦笑着，"今年冬天一过，就是春天了。"

"现在才春天呢。"小可有些不耐烦。

"一年三百六十五天，不知不觉地就过去了。"我说，"我活了几十年，现在也仿佛只活了几十天。"

"我想永远生活在桃源居,不想再搬来搬去了。"小可伤感地说,"如果没有桃花,我们一起栽桃树吧。"

"嗯。"我在缤纷的鲜花中点了点头,"我也希望永远生活在桃源居。"

我们继续朝前走。走过一段石板小路,来到一片田野,向绿油油的深处走去。这一天,是我在怀人居里唯一一次没有告诉程文玲而私自外出,也是我唯一一次走得那么宁静,那么遥远。

十

桃源居给我的第一感觉,是回到阔别已久的家。智杰、智美两兄妹做了很多细致而温馨的工作,使整个院子显得宁静、悠然。如果苏菲娅还在,一起坐在摇椅上晒晒太阳真是一件美妙的事。我从汽车里钻出来,恍然如梦。这个原本坐落在大山深处的凋敝小屋,真的变身成偏僻山村的世外桃源。二层楼房,青砖绿瓦,远远望去仿佛置身于山水画中。

与三圣乡相比,如今我更喜欢这里。

我穿过一扇朱红色大门,来到宽阔的院子。院子大约一百平方米,被分成三个部分。两边是菜园子,但由于长期无人打理,现在已经成为一片荒地。我用脚踩着硬邦邦的泥土,脑海里想象着将来这里葱茏、翠绿的景象。我决定过段时间播种一些时令蔬菜,让小院重新焕发生机。中间是一片开阔地,地上铺满了正方形石板。很久无人居住,石板上长了一层薄薄的青苔。小可迈着慢悠悠的步子,一步一张石板,口中默默地数着。太阳很好，智杰、智美和小可妈妈已经进入屋内安置行李，我坐在院子中间的石凳上，享受着飘洒而下的阳光。

黄睿最初的设计，一楼是客厅、厨房、卫生间以及杂物间，二楼是三间卧室。但是，考虑到我和小可的身体状况，修缮时重新做了调整。现在，二楼成了堆放杂物的地方。我和小可的卧室都安排在一楼，被一个宽阔的客厅隔开，目的是避免上下楼带来的麻烦。客厅里放着电视机、沙发，以及暗红色的木制茶几。当我走进去时，茶几上摆满了水果。智美告诉我，因为太远，所以事先准备足够吃一周的食物。其实，这完全没有必要，小可妈妈将成为我们的专职保姆，负责生活起居。

我住在靠右的卧室，因为这里离卫生间更近。在装修期间选择房屋时，小可和妈妈执意要将右边的卧室留给我，因为我年龄大行动不方便。我本想让给小可，因为我知道他的身体比我更差。但我推辞不过，只好住下。这套房子在设计方面显得格外宽敞。除了厨房和卫生间，其他房子面积均等，每间大约有五十多平方米。当我走进卧室时，被眼前的景象惊呆了，愣在那里半天没动。

时过境迁，当我的生命进入迟暮之时才猛然发现，尽管我总是自责对两个孩子疏于照顾，没有给他们足够的父爱，但他们似乎从未计较，时时刻刻给我带来温暖和惊喜。桃源居的这间卧室，完全按照我家里的设施布置，让我仿佛置身于自家房屋。床、衣柜、书架，就像是整体搬迁过来似的。我朝里面走去，第一眼看见的竟然是那张我已经用了快十年的玻璃圆桌。

桌子是苏菲娅买的,当时用了一百二十多元钱。那时候经济比较紧张,这是家里为数不多的漂亮家具。我的眼神被桌子上的相册深深地吸引着,那是我和苏菲娅的结婚照。我还记得里面的每一张照片,那时候我们都还年轻,纯净的脸庞没有经历任何世事风霜的痕迹。

床边有两个床头柜,上面摆着我最近在阅读的《与死亡言和》和《疾病的隐喻》。那台随我度过很多日日夜夜的笔记本电脑,也安静地躺在那里,里面有我正在写作的《与人生言和》。仿佛总是要等到生离死别之时,人们才会原谅对方。现在,智杰和智美不但不再对我的写作冷嘲热讽,还给予了极大的支持。即便我是肺癌晚期病人,他们也不反对。偶尔,他们甚至还会关心《与人生言和》的进度。反而是我变得矜持了,我告诉他们:"这是我最重要的作品,同时也是我最不重要的作品。因为我知道,自己终将无法完成这部作品。我告别此生走向来世的那段经历,没有人能帮我写完。"

"完全就是在家里的感觉,事物和心情都是一模一样。"我坐红色的沙发上感叹着,"也许,这回真的不用再搬家了,就永远住在这里。"

"你喜欢哪里,就住在哪里。"智美说,"我和哥哥都支持你。"

我安静地坐着,半天没说话。内心交织着悔恨和歉意、喜悦和幸福,但却不知道怎样表达。有些话放在心里非常清晰、明朗,但就是难以开口。智美一会儿到小可的房间,一会儿又回来,就像是一位热情尽职的护理人员。智杰在院子里走来走去,东看西看,我猜他还想把这套房子弄好点,让我和小可住得更舒服。其实,他不知道我对环境的要求很低。从怀人居到桃源居,我仅仅是不希望小可每天看着一个个鲜活的生命被那辆封闭的长方形汽车拉走,从此不再回来。

"你在想什么?"我吃力地踱着步子,来到大门口,"这个小院我非常满意,无须添置任何东西。"

"你不是说想种一些桃树吗?"智杰平静地看着我,"我准备购买一些树苗,种在菜园子里,明年这个时候就可以看到桃花满院。夏天,我们还可以吃上不打农药的桃子。"

我无力一笑,朝院子里走去。我在石头凳子上坐下,却被智杰叫了起来。他说石头凳子太冷,招呼着智美把小沙发抬出来。智美和小可妈妈抬沙发时,我小声对智杰说:"你想得太遥远了。现在种桃树,明年的确可以看到桃花。可是,我相信明年桃花会开,却不敢肯定自己一定可以活到桃花盛开的季节。"

"爸,别这样说。"智杰唉声叹气。

"那要怎样说啊?"我苦笑着,"要想看到明年的桃花,先得熬过寒冷的冬天;要想等到冬天,还有漫长而炎热的夏季。"

"这里夏天应该不热,山里很凉爽的。"小可妈妈抬着沙发喘着粗气,没有听清我们的谈话。

我和智杰相视一笑。

春天的太阳里充满着浓浓的感情。

我们五个人懒懒散散地坐在院子里，漫无目的地聊着，仿若一家人从喧嚣的城市到宁静的乡村度假。相识几个月来，我们和小可母子俩就像是亲戚那般，生死考验在我们之间连接起一条超越血缘关系的纽带。智杰和智美要返回城市，他们都有各自的家庭和事业。小可妈妈对他们说："你们放心，我会像照顾亲生父亲一样照顾好你们的父亲。"

智美的微笑里带着歉意。

"你们都有工作，我却了无牵挂。"小可妈妈说，"如果你们愿意，我们就是兄弟姐妹了。我父亲过世得早，希望他的寿元能借给老爷子。"

这句话让智杰和智美很高兴，他们的脸上露出了真切的笑容。笑容在阳光下绽放成两朵向阳花，黄灿灿的感觉让人看着舒心。

在桃源居的日子，小可妈妈成了我的女儿，小可成了我的外孙。祖孙三代，过着平静而快乐的日子。这里离最近的集镇骑自行车要走半个小时，好在公路平坦，小可妈妈每天能从镇上买回新鲜的食物。这是孩子们对我在生活方面最低的要求，他们希望我能吃到自己想吃的东西。临走时，他们再三对小可妈妈重复着我的生活习惯，吃饭的口味，甚至作息时间表。同时，他们还交给她一项任务，就是监督我不要花费太多时间来写作，因为我的身体条件不允许过度劳累。小可妈妈满口答应,并用严厉的眼神看着我,好像在说:"你可要听好了,记住了。"

为了表达对小可妈妈愿意照顾我的谢意,智杰和智美主动承担小可母子俩所有的生活费。尽管她一再拒绝,但终究拗不过两兄妹。更何况,她现在要听父亲的话。当时,我一脸严肃地说:"既然都是一家人了,就不要太客气。而且,智杰和智美的经济条件都不错,帮助暂时没有工作的你也是理所应当。"说这话时,还有一个念头闪过我的脑海。我想,等熬过这段时间,让小可妈妈到智杰的公司上班。

每天,小可妈妈为我们的生活操持着,里里外外,忙碌不堪。她的身影仿佛是萧瑟冬季里干枯的树枝,摇摇晃晃、垂头丧气。尽管我和小可在不断升高的气温中越渐委顿、形容枯槁,但是,我们总是想方设法地从被阴影笼罩着的生活中寻找快乐。小可妈妈买了十多只小鸡和小鸭,这些小东西在院子里旁若无人地撒欢,有时候还会调皮地飞到桌子上啄碗里的饭粒。或者,拉下一坨粪便就幸灾乐祸地逃之夭夭。小可没有乡村生活经验,对这一切都感到新鲜,脸上的笑容似乎比在怀人居的时候还多。当然,更重要的是,这里没有药水的味道和死亡的气息。每天,我们在朝阳中起床,在虫鸣中睡去。

我清晰地记得,在桃源居的日子里,我们从未谈过任何关于死亡的话题。甚至,我们连死字都没有提。那些冰冷而沉重字眼,全部丢在过往的岁月中。两个星期后,菜园子里种满了各种蔬菜。青菜、四季豆、西红柿、茄子、丝瓜、海椒、蒜苗、小葱……菜市场里有卖的，我们几乎都种了。我也没指望能靠它们实现自给自足，只是看着它们蓬勃生长，心里就感到充盈和欢喜。

一切都很平静；一切又暗起波澜。

到桃源居一个月后，我发现了一个奇怪的现象，小可妈妈外出回来的时间越来越晚。有几次，她骑着自行车风风火火地赶回来，还是错过了做午饭的时间。她一个劲儿地道歉，红红的眼睛泛着泪花。我知道她有心事，担心出问题，便在一个寂静的夜晚找她聊天。当时，小可已经睡着了，山风和着虫鸣，勾勒出宁静的景象。我让她有什么心里话尽管说，我年龄大社会关系多，会尽力帮助她。但是，无论我怎么循循善诱，小可妈妈都一言不发。那个夜晚，是我到桃源居后第一次失眠。我隐约感觉到，即将有什么事情发生，惴惴栗栗、惶恐不安。

小鸡和小鸭慢慢长大，春季还未过完时，公鸡就开始打鸣了。小可突发奇想，为每一只小鸡和小鸭起名字。那只胖胖的母鸭子叫如花，那只打鸣声音最大的公鸡叫寻欢。我问小可为什么它叫寻欢，他说因为它最调皮，成天在院子里飞上飞下，一副寻欢作乐的样子。我又问那只母鸭子为什么叫如花，他说你看它花枝招展，就像是如花似玉的美女。我听后哈哈大笑，觉得这孩子只读到小学三年级就因病辍学，脑子里却装满了惊人之语。

我总是在鸡叫第二遍时就再难以入眠，起床坐在院子守候晨曦。天刚蒙蒙亮时，我又重新回房躺下。我听得出来，每天把我吵醒的就是寻欢。但是,我想问题不出在寻欢这只擅长打鸣的公鸡上,让自己难以安然入眠的是盘亘于心的情绪,是小可妈妈微妙的变化,是我认为即将要发生的某件事情。我不想让小可和他妈妈看到我失眠,他们已经承受了太多,不能再让他们担惊受怕。当我察觉小可妈妈起床后,才假装睡醒起来,在院子里伸着懒腰,做出一副贪婪地呼吸新鲜空气的样子。

　　天气越来越热,花草树木的呼吸中仿佛有一股热气。在隐约能够听见布谷鸟叫的时候,小可跟我一样,睡眠出了问题。开始,他睡眠很浅,容易中途醒来,慢慢地睡得越来越晚。到最后,他开始抗拒上床睡觉。有几个晚上,小可甚至一宿未合眼。他说身体没有明显的疼痛,只是心里很烦躁,只要闭上眼睛脑海里就会出现一只小怪兽。

　　为了消除小可心中的恐惧,我和小可妈妈轮流站在床前为他讲故事。这个方法有时候管用,但更多时候我们做的是无用功。前几个晚上,小可还能够在故事中艰难入睡。但是,没过多久他又陷入失眠的旋涡,无论我们讲什么样的故事,他都睁着圆眼睛不肯睡去。万般无奈,小可妈妈只好背着儿子,在宁静的夜色里仰望繁星点点的天空。小可就像为鸡鸭起名字一样,开始为每一颗星星命名。当妈妈问他为什么要给某颗星星起那个名字时,他又心思散漫、天马行空地解释。

　　四月初的一个夜晚,当小可给三颗星星命完名并给妈妈做完解释后迷迷糊糊地睡着了。小可妈妈一边朝卧室走去,一边对我说:"我把小可放好后,想跟你说几句话。"

我答应着，心里显得异常空虚和忐忑。我想到前段时间她总是很晚才从镇上回来，每次交流又欲言又止，感觉心里飞舞着一万只饥饿的蚊子。深邃的夜空里，暗月与繁星在悄声低语。我坐在石头凳子上，吹着暖暖的风。此刻，我特别想抽支烟，但不得不面对自己是个肺癌晚期病人的窘境。

"有个事情，我想了很久不知道怎样对你说。"小可妈妈的声音从背后传来，"但是，今天晚上无论怎样我都要说。"

"小可的身体没有问题吧？"说话的时候，我看着地上模糊的石板，"这几天他半夜还会醒来吗？"

"偶尔会醒来，我唱首歌哄哄他，隔会儿又能睡去。"她挨着我坐下来，"看上去他的身体没有明显变化，不过……"

"不过什么？"我又想起前几次她话到一半就停止的情形。

"总有一天他的身体会彻底坏掉。"她的眼睛在黑夜里眨巴着，"现在，距医生说的那一天不远了。"

"前几天新闻报道说，有个被医生认定活不过三个月的病人，结果在深山静养了三年都还活得好好的。"我恍惚记得是一个星期前在报纸上看到的，"报纸还在屋子里，明天我找给你看吧。"

"这样的好事哪能落到我们小可身上。"她长长的叹息在夜色中胡乱飘荡，汹涌的忧伤扑面而来，"我从来不敢奢望奇迹出现。"

"既然我们还不知道结果，就应该朝好的方向想，至少得给自己留个希望吧。"我也叹息着,"人这一生,不就是活在一种念想之中吗?"

小可妈妈沉默着。

我问:"你不是有事要给我说吗?"

她迟疑着,半天没说出来。

我又问:"有什么事情就直接说吧。"

"我想为小可实施安乐死。"

她说得很快,快得我差点没听清楚。

"安乐死?"

月亮不知在什么时候躲进了云层。小可妈妈在漆黑的夜里不断地点头。我感觉她的脑袋一直在摇晃,一直在下坠,最后仿佛快要埋进自己的怀里了。

"安乐死,安乐死……"我一遍又一遍地重复着。

我突然想起了苏菲娅。她在病床上挣扎的时候,我曾与一个医生就安乐死做过漫长的沟通。现在,我依然记得那一个个漆黑的夜晚,我在电话里向对方倾诉自己的想法。不过,最终的结局证明了我是多么异想天开。当年,那个医生赞同我所有的观点,但他却无能为力。我一次次努力,又一次次无功而返。他能够给予我的,只是一声声叹息和同情。此时此刻,当年的对话历历在目。

一股无奈在胸中荡漾开来。

"你可以帮我吗?"小可妈妈软绵绵地说,"我不想看着他在病魔的折磨下慢慢离开。"

"难道你不想多与他生活一段时间吗?"我觉得自己的话很可笑和幼稚,"小可真的很可爱。"

"我知道人的生命一旦朝着终点走去时,很难再有挽回的机会。"她差点要哭了,"所以,我辞掉工作全心全意地照顾小可。这段时间,我想清楚了。与其看着他一点一点地萎靡下去,还不如马上就彻底地离开。我已经把所有的爱都给他了,剩下的只有相互的折磨和难忍的悲痛。我有一种感觉,小可是不忍心我在这个世界太孤独,才忍着病痛的折磨迟迟不愿离开。可是,我不需要他再留在这个世界陪着我,我希望他早日脱离苦海。你不是说告别此生是为了更好地走向来世吗?我希望小可能够轻松地踏上来世的旅途。"

我在天鹅绒般的夜色里仰天长叹。

小可妈妈的心情我理解,但我真的无能为力。我说:"现在还没有为安乐死立法,所以,没有人愿意帮助小可安乐死。"

"就没有别的办法了吗?"

我摇着头,叹着气。

"一个人一次性吃多少安眠药就可以毫无痛苦地离开这个世界?"

我浑身战栗,没想到小可妈妈会说出这样的话。那个十岁的男孩,是她无比疼爱的亲生儿子。她能忍心把安眠药喂给自己的儿子吗?想起来都汗毛倒竖,浑身冒起鸡皮疙瘩。不过,我激动的心终于平息下来。一个母亲能够产生这样的想法,她内心的煎熬和痛苦可想而知。

"如果你给小可吃安眠药，那就是谋杀。"我没有气愤，心情平静得自己都难以相信。

"我知道。"她哀怨地说，"我愿意用自己的罪恶减轻儿子的痛苦，换取儿子的安宁。"

"我不知道多少安眠药才能达到你的目的，而且，一般的药房里也买不到安眠药。"我哽咽着说，"所以，我帮不了你。"

"安眠药是医生才能开吗？"

"是的。"

小可妈妈不再言语。恍惚中，我看见她在浓浓的夜色里不断地点头。

在以后的很多个夜晚，我都自责不但没有想办法阻止小可妈妈为儿子实施安乐死的念头，而且还告诉她可以到医院找医生买到安眠药。如果小可如当年的苏菲娅那样，躺在病床上无法动弹，活脱脱的就是个活死人，也许我会支持她的做法，即便我知道那是谋杀。当年，我也怀着这样的心情站在苏菲娅的呼吸机前，如果不是智杰及时赶到，我早已成为一个杀人犯，尽管我乐意为此身陷囹圄。但是，小可与苏菲娅不一样。他还能走路、微笑，表达各种情感；他是个病人，但不是植物人。

一个个宁静的夜晚，山间的虫鸣不再那么美妙，曾经悦耳的乐章变成了闹心的噪音。我心烦意乱、辗转难眠，直到筋疲力尽才能浅浅地睡下。我的思绪在现实与睡眠之间穿行，分不清自己到底身在何处。

接连失眠让我的身体衰弱得仿佛随时会倒下。我就像一个气球,身体里的气正在一点一点地消失,要不了多久就只剩下一张皮囊。我希望自己尽快好转起来,但身体越来越酸软无力,走起路来偏偏倒倒。我想如果风再大一点,我可能就会被吹倒在地,化为尘土随风飘散。

四月中旬的一天上午,我懒洋洋地坐在院子里晒太阳,眯着眼睛快要睡着了。恍恍惚惚中,我做了一个梦。梦中的我在呼啦啦地睡觉,朦胧之中听到有人敲门。我想起床开门,却发现身如重石动弹不得。我手脚并用、奋力挣扎,直至在痉挛中醒来。我揉了揉疲倦的双眼,发现真的有人敲门。

我战战兢兢地把门打开,出现在我面前的是两年未见的黄睿。我对她的出现感到错愕、惊讶,从未想过她会来。虽然她打扮得很时髦,穿着一件看上去很高档的风衣,但我还是能看得出她的苍老,那是一种从眼神里散发出来的岁月的味道。她站在门口注视着我,迟迟不愿进门。我说:"进来呀,这可是你的家。"她还是不动,眼神在铺满灰尘的大门上游弋。半晌,她略微生气地说:"原来你生病了,而且病得这么严重。但是,你儿子当初没有告诉我啊。"

"是不是知道我得了肺癌,你就不愿意让我在你家里住了?"我努力地开着玩笑,但口气听上去一点也不轻松、幽默,好像在做一场艰难的谈判。

"你说什么呀!"她直冲冲地往院子里走,"我的意思是你应该早点告诉我,我好来看望你。你不知道,很多朋友都关心你呢。如果他们知道你的情况,都会来看你的。"

"你可别告诉他们啊。"

"怎么啦?你不欢迎?你别忘了,这里可是我的家。"

"我不希望给大家添麻烦嘛。"

黄睿在院子里走来走去,仿佛是第一次来到这里。她夸奖我的坚强和勤奋,把一个破败的院子搞得充满生机;她称赞智杰是个孝顺的儿子,花那么多钱把房子装修得这么漂亮。黄睿时不时地整理着风衣,一副不服老的派头。我真羡慕她,还有那么多创作的时间和热情。

"你怎么想起今天回来?"

"我给你打了好几次电话,想问你在这里能不能找到创作灵感。可是,你从来都不接。我想起你儿子上次给我打过电话,手机里还有他的号码,便给他打过去。他告诉我,你生病了。"

"这孩子真是藏不住话。"

"话是用来说的,为什么要藏啊?"

我们相互看着,不约而同地笑了。

太阳火辣辣的,晒得皮肤痒痒作痛。但是,我们却不愿意进屋,就在外面海阔天空地聊着,陈年旧事像太阳照射下湖面泛着粼粼波光,一圈圈地在眼前晃动。小可妈妈为我和黄睿准备了水果,让我们在两年之后重新谈起了人生和文学,以及那些不着边际的逸闻趣事。当我们聊起几位作家的绯闻情史时，不禁朗声大笑。在我的印象中，黄睿始终是个精力充沛、才华横溢的诗人，即便花白的头发告诉人们她已经进入暮年，但只要谈起诗歌依然活跃得像个二十岁的小青年。黄睿告诉我，她的最新诗集正在出版之中，如果顺利的话，这个夏天便要上市。我恭喜她，却看到她眯着眼睛摇头摆手。

"有什么值得恭喜的？"

"作品出版总是好事呀。你看我，写了一辈子，一本书都没有出过。"

"别自嘲和自损了，在写出一篇好文字和出版一本不满意的书之间，你愿意选哪个？"

"这个命题不存在。"

"你就撒谎吧。"

"我撒谎了吗？"

"其实我懂你，心里跟我想的一样，我们都想在文字中实现自身的价值，不让自己完全淹没在鸡毛蒜皮的世俗生活里。"

我呵呵地笑着。

"自从我第一次见你，从你的眼神里就看出来了。"

我依然笑而不语。

"你的眼神里，总有一股子孤独、寂寞和无奈。"

我收起笑容，想起曾经那些促膝交谈的时日。有些人，相守一生并不相知；有些人，萍水相逢却心有灵犀。

"还有精力写吗？"

"断断续续地写那本《与人生言和》，但从目前的情况来看，估计难以完成。不知道什么时候，我才能重新动笔。"

"想为人生做总结？"

"这个时候，是该做这事儿了。"

"希望你能顺利地完成。"

"我尽力而为。"

其实，我已经放弃《与人生言和》的写作。虽然我时常对人提起这件事，但内心里早已不抱任何希望。

道别的时候，黄睿说了很多对我来说已经毫无意义的安慰话。她希望看到我更好的文字，她希望看到我重新出现在文学沙龙里，她希望我每天都快快乐乐地活在文字世界中。我不断地点头，看着她的背影消失在午后的阳光里。

有些转身，是为了重逢；有些挥手，便是诀别。

接下来的日子，我完全沉浸在阅读中，《疾病的隐喻》和《与死亡言和》两本书不知被我读了多少遍，仿佛每一页每一个字都深深地刻在我的脑海里。除此之外，我忘记了很多事情，无论是悲伤还是快乐。明明智杰和智美才带着孩子们来看过我，我却在电话里唠叨很久没有看见他们了。一个星期天的傍晚，我给若曦打电话："什么时候来看我呀？爷爷可想你啦！"

"我们昨天才来过呀。"若曦惊讶的语气听上去脆生生的，非常动听。

"是昨天过来的？"

"对呀,你还说我瘦了呢。"

"哦……那你为什么瘦了啊?"

"想爷爷了呗。"

"想爷爷就要瘦,那就别想了吧。"

"那可不行,我宁愿瘦成一根稻草,也要想念爷爷。"

"好吧,好吧。瘦成一根稻草,风一吹就把你吹到桃源居来了。"

若曦在电话里咯咯地笑着。

在我稀里糊涂的日子里,小可妈妈非常反常。某一天,我突然意识到这位穷途末路的母亲不断地在桃源居和市区之间往返奔波,而且回家越来越晚。五月初的一个傍晚,小可妈妈还没回来,我便到小可的卧室问他:"妈妈呢?"

"她去医院了。"

"给你买药?"

"不是,是给她自己买药。"

"她生病了?"

"她说身体有点不舒服,可能是太累了吧。"

"嗯。她的确很累。"

我为小可妈妈的奔波与处境感到心酸,便坐在院子里等她。不管她是否真的把我当父亲对待,在我的眼里她已然成为我的女儿。两个小时后,她才从暮色中走进来。看着她的身影,我感到莫名的欣喜。小可妈妈只是礼节性地与我寒暄几句,便冲进厨房里准备晚饭。她一边做饭一边扯起嗓门告诉我她去哪儿了,对这么晚才回来做饭感到歉意。她知道儿子睡着了,但却不知道小可之前已经告诉过我她去医院的事。所以,听着她的谎言,我很不安和难过。

"以前单位的事情需要处理,所以回来晚了。"趁着熬汤不需要守在厨房里,她来到我的卧室,"肚子是不是很饿了?"

"事情都处理好了?"我偷偷地看着她的脸。

"小事一桩,处理好了。"她的表情没有泄露任何秘密,"明明知道我照顾小可走不开,可就这么一件小事还是要来麻烦一个已经离职的人。"

"办好了就对了。"

"现在的人,真的没有一点同情心。"

说着,她朝厨房走去。

我到小可的卧室,把他叫起来吃饭。饭菜很好,但我吃在口中却味同嚼蜡。好几次,我尝试着质问小可妈妈到医院是不是找医生开安眠药,但话到嘴边又硬生生地咽了下去。我是那样怯懦,看着小可妈妈与小可一起沉入深渊,却无力拯救。

五月中旬后,小可的生物钟就完全颠倒了,晚上睡不着,白天却是迷迷糊糊地躺在床上,又不能完全睡下去。有几次,我躲在门口观察,发现小可躺在床上手脚时不时地抽搐,口中喃喃自语。我感觉他快要支撑不住了,便给林芙蓉打电话,让怀人居的护理人员赶过来。离开怀人居到桃源居时,林芙蓉承诺过,如果需要护理人员帮忙,只需要打个电话立即就有人过来。

程文玲也来了,看上去她比以前憔悴了许多。时间和距离没有在程文玲和小可之间产生隔膜,他们有说不完的悄悄话。他躺在她怀里,温顺得像只小猫。我们听不清他们的耳语,但细软的话语听上去让人无比温馨和感动。

临走时,我把程文玲拉到院子的角落里,悄声地问:"小可怎样?"

程文玲没说话,默默地摇着头。

我的心像颗石子儿在浩瀚的海洋里急速下沉。

真正的悲伤终于在初夏的夜晚来临,那一刻,天崩地裂的感觉充斥着整个世界。我仿佛置身于一片废墟和瓦砾之中,四顾茫然,悲伤无措。

那是个奇特的夜晚,仿佛冥冥之中注定要发生很多事情。小可没有吃晚饭,黄昏时分就睡着了。我和小可妈妈在客厅吃饭时,她胡乱地吞着饭菜,没说一句话。我感觉很陌生,平常无论怎样她都会说几句话,至少会关心我的身体状况。但是,这天她从头到尾都保持沉默,没吃几口便独自走进厨房收拾锅碗。我无趣地吃了几口,丢下碗筷便回房休息了。

躺在床上睡不着,烦躁如奔腾的河流一次次撞击我的心房。我起床喝水,再次躺下,依然无法入睡。我又起来,抓起一本书,想要通过读书来让自己安静。一串串文字从我的眼前飘过,但那些文字却对我充满敌视。我越是想要记住它们,它们却越是用力摆脱我的记忆。胡乱翻了几十页,我却不知道这本书的作者到底想表达什么。放下书,我赌气似的重新躺上床,叮嘱自己一定要睡着。

时间一分一秒地过去,各种虫鸣混合在溽热的空气中。我翻来覆去,迷迷糊糊地躺了几个小时,自己都搞不清是否睡着。一番折腾下来,全身酸痛得难以动弹,像摊烂泥一样躺在床上。如果不是尚存微弱的呼吸,此时的我与死尸没有区别。

我吃力地从床上爬起来。在床沿坐着,我祈祷着,希望双腿不再疼痛和麻木。可是,这两根木桩始终不见好转、毫无知觉。我等不住了,硬撑着站起来,深一脚浅一脚地朝小可的卧室走去。屋子里黑黢黢的,开门的时候我的脑袋直接撞在门框上。幸好我走得慢,撞击力度不大。我揉揉额头,继续往前走。

小可卧室的房门虚掩着,里面透出幽幽的灯光。我凑近门缝,小可妈妈的背影在缝隙里显得格外飘忽。她背朝着我,看上去很矮,不知道是站着还是坐着。我很好奇,深更半夜的她怎么还没有睡。我轻轻地敲门,接连敲了很多次,她都没有反应。一种不祥的预感袭击过来。我缓缓推门,蹑手蹑脚地走进去,被眼前的景象惊呆了。

寂静,整个世界没有一点声音。

小可妈妈双膝跪地,披头散发地看着床上的儿子。小可安静地躺着,从他的面部表情看,我感觉不到他的呼吸。我的眼神停留在小可的胸前,那种前所未有的平静让人恐惧。我瞬间意识到,小可的心已经停止跳动。

我挪动身体,但双脚好像被强力的胶水粘在地上。挪动的力度越大,双腿就越痛。我感觉如果再用力一点,两腿就会碎成粉末。

"怎么啦?怎么啦?"我想要咆哮,但说出来的话却是那般微弱,不知道小可妈妈能否听见。

没有人回答我。

"到底出什么事了?"我继续问道,声音并未有丝毫提高。

还是没有人回答我。

我失魂落魄地站在那里,无助地看着眼前的一切。

半晌,小可妈妈把头埋得更低,散乱的头发遮住了整个脸庞。她看着手中的书,平静地说道:"我对于死亡的喜悦,远远大于商家在海上大发利市的喜悦,或众神吹嘘沙场凯旋的喜悦,或圣人深入禅定的喜悦。因此,有如一位在时间来到时就踏上征程的旅人,我将不再留在这个世间,我将安住于涅槃的极乐堡垒中。我的这一世已尽,我的业已消,祈祷所能带来的利益已经用罄,世间的事业已经完成,这一世的表演已经结束。在一瞬间,我即将在纯净、广袤的中阴境界中,认证出我心性的显现。"

小可妈妈停住了,木然得像尊雕像。

夜色不再流动。我默默地看着她,沉浸在她刚才的话语里。

不知过了多久,几分钟或者十几分钟。小可妈妈站起来,把手中那本红色的书轻轻地、缓缓地放在桌子上。但是,她并没有立即离开,而是目不转睛地看着书。接着,她走过去,双手摊开放在书上。片刻后,她的脑袋慢慢下垂,直到额头停留在自己的掌心。

我的经脉已经舒缓,双脚不再僵硬,但却不想前进,只是眼神呆滞地看着眼前的一切。良久,我的心潮平静下来。我说:"既然小可开始另一段旅途的时间来到,那么,我们就祝福他吧。在新的旅途中,小可不会孤独的。"

小可妈妈抬起头,转过脸,微笑地看着我。这是我此生见过的最复杂的脸庞。

这个夜晚,我和小可妈妈一宿未眠。我们坐在夏夜的小院里,没有哭泣,没有言语。天亮以后,我们各自回到房间。

我取出很久未用的相机,来到小可的床前,为他拍摄了最后一张照片。这个还差几天就满十一岁的孩子,脸上平静得就像沉浸在一场永远无法醒来的梦中。我猜想着,他一定是按照我给他描绘的路线,在通往来世的路上经历着各种奇妙的事情。我站在床前,一个个文字在脑海里浮现。那些朴素的文字,是我对小可最好的纪念。接下来我要做的事,就是记录下小可短暂的一生。

突然,我想把小可搂在怀里,就像以往任何一次拥抱那样。这个温暖而残忍的拥抱,就是我们此生情谊的句点。我弯下老腰,双手托着小可沉重的脑袋,贴着他冰冷的脸蛋。就在那一瞬间,几粒药丸紧紧地抓扯着我的眼睛。

"安眠药。"我自言自语,重复了好几遍。

顿时，我就像被浇了一桶冰水，全身上下被寒冷包围。我放下小可，逃命似的奔向卧室。作为一个六十多岁的肺癌晚期病人，我不知道从哪里来的力量，双腿快得像个矫健的运动员。回到卧室后，我双手紧紧地抱在胸前，摁住咚咚跳动的心脏。几分钟之前还充满力量的双脚，突然之间就像被抽走了骨髓，疼痛、酸软、无力。我感觉自己再也站不住了，便和衣躺在床上，用被子蒙住双眼。无论我的眼睛是睁开还是闭着，整个世界都是一片漆黑。

我昏沉沉地躺在床上睡了一整天，不想吃饭不想说话。好几次，我想给智杰、智美和孩子们打个电话，但拿起手机后又放弃了。我怎么对他们说？我又能说些什么呢？小可妈妈为儿子的后事忙碌着，也没心思照顾我。我孤独地躺在宁静的桃源居里，仿佛这个世界只剩下我一个人。

第二天上午，太阳刚刚爬上山顶时，小可被一辆汽车拉走了。那辆车与我在怀人居里看见的任何一辆殡葬车没有区别，白色的车厢在太阳的照耀下散发着刺骨的寒光。工作人员对流程十分熟悉，我还没来得及多看小可一眼，他已经被抬进冰冷的车厢。小可妈妈背着那个蓝色的背包，低垂着头朝汽车走去。她走得很艰难，细碎的步子左右摇晃，好像大地在剧烈地震动。我看着她孱弱的背影，浑身无力得发不出一声感叹。

上车之前，小可妈妈停住脚步，回头看着我。几分钟后，她的脸上绽开一个微笑。这个微笑与昨天晚上的一样。平静的眼神，微微上翘的嘴唇，都与昨晚如出一辙。眼前的景象与昨晚完全重叠。我仿佛看见躺在汽车里的小可就像躺在床上那样自然、平静。

小可妈妈朝我点了点头便转身上车,"砰"的一声关上车门。

这是我最后一次见到小可妈妈。

轰鸣的马达带走了一切悲伤。我孤独地站在院子门口,感觉脚下的土地在摇晃和颤抖。寻欢追着一只母鸡从眼前扑闪扑闪地飞过,留下几根不断跳跃的鸡毛。鸡毛悠悠落下,死气沉沉地贴在那棵茂盛的桑葚树的阴影中。我软绵绵地靠在院墙上,身体里最后一口气快要耗尽了。

我使尽全身力气回到房间,昏昏沉沉地倒在床上。

迷迷糊糊中,我发现自己走在拥挤的大街上。整个城市灰蒙蒙的,空气沉闷得令人窒息。我仿佛来自某个遥远的星球,孤独地走着。街上车水马龙人流如织,但没有任何人看我一眼。我观察着从身边走过的每一个人,他们冷漠的表情就像被冷冻了千年的岩石。高楼大厦和滚滚人流,像流动的油画在我眼前渐次消失。后来,我看到了绿油油的田野,看到了茂盛的丛林,看到了蜿蜒的小道。我踏过山路,涉过小河。筋疲力尽时,我排队喝了一碗汤。我舔着嘴唇踏过泥潭,走进那间陌生的小屋。

一团白色气体飘过来。

我挥舞双手拨开雾霭,蓦然看见小可站在门外。他侧身回头看着我,脸上洋溢着干净的笑容。只要我再往前走一步,就能像往常那样紧紧地把他搂在怀里。

创作谈

一堂生命课

蒋 林

在我的作品中,《最好的告别》算是"特别的一部"。它所指向的是生命的终结,是谁都不乐意主动提及的死亡。但是,死亡是自然规律,谁都无法避免,就像哈夫洛克·埃利斯所说的那样,痛苦和死亡是生命的一部分,抛弃它们,就是抛弃生命本身。

与我以往的作品一样,故事简单,线索不多。小说的主人公是被确诊为肺癌晚期的66岁的凌先生,以及同样罹患绝症的10岁男孩小可。两人有着相同的境遇——生命即将走到尽头,并不约而同地来到临终关怀医院怀人居。但是,他们又有着不同的人生:一个为零碎半生的庸常感到遗憾,一个因没有机会走完未来的人生而感到遗憾。

一老一少的相遇,在死亡的门前,他们通过短暂的相处和交流,碰撞出了很多关于人生和生命的感悟。两人共同回忆过去,梳理人生中的点点滴滴;两人共同走向未来,用平静面对死亡的步步紧逼。他们原谅了人生中所有的内疚和自责，他们宽恕了人生中所有的背叛和伤害；他们在"世外桃源"中与人生握手言和。

无论我们与这个世界有多大的冲突，最终都不得不与人生言和，与自己言和。

通过这部小说，我试图表达以下三层意思：

第一，什么样的人生才是完美的人生？

这个故事告诉我们，完美的人生不是获取的名与利，而是对家人的牵挂、关怀与爱。生命中的每一个时刻，我们都应竭尽全力。所以，不留遗憾的人生，才是完美的人生。

第二，怎样面对曾经经历的风雨坎坷？

其实，没有谁的人生是一帆风顺，总会有各种曲折与坎坷。但是，人生之路就是一段段风景，过去的就过去，我们要学会向前走，别回头。

第三，温暖与希望才是人生永恒的力量。

小说中，10岁男孩的小可拥有一位伟大的母亲，虽然她知道儿子的生命终将无法挽留，但是她依然给儿子带去无尽的关怀。尽管这样的温暖与关怀并不能挽救儿子的生命，但却让他在生命的最后时刻，尽可能地生活得平静。

明明知道前路艰难，但依然要带着希望前进，这才是生活的意义。

与其说这是一本关于死亡和临终关怀的小说,不如说是一本关于生命关怀的小说。我想梳理和表达的是,我们每一个人,从生命诞生到离开世界所要经历的各种片段。每一个片段,都是一段旅途;每一段旅途,都有开始与结束。

只是,怎样的告别才是最好的告别?

青年评论家王永军这样写道:"小说通过主人公凌先生在生命最后时刻对自己的人生的追忆,与现实中在怀人居的生活交替呈现,平行发展,在细节中将人性的善恶展露无遗,表达了主人公与人生言和的温暖与智慧,使我们获得感动并产生共鸣。他们在遭受严重的生命困惑时,却能以超然的心态面对死亡,面对人生,面对现实,其在向死而生的生存体验下捍卫与实现死亡尊严的呼声,逐渐内化为一种自觉的生命旅程——获得了死亡的权利,庄严地、体面地、自然安详地走向死亡,更好地捍卫了生命的尊严,使死变成了另一种生。"

我们曾经来到这个世界,但是,总有一天,我们也终将离去。